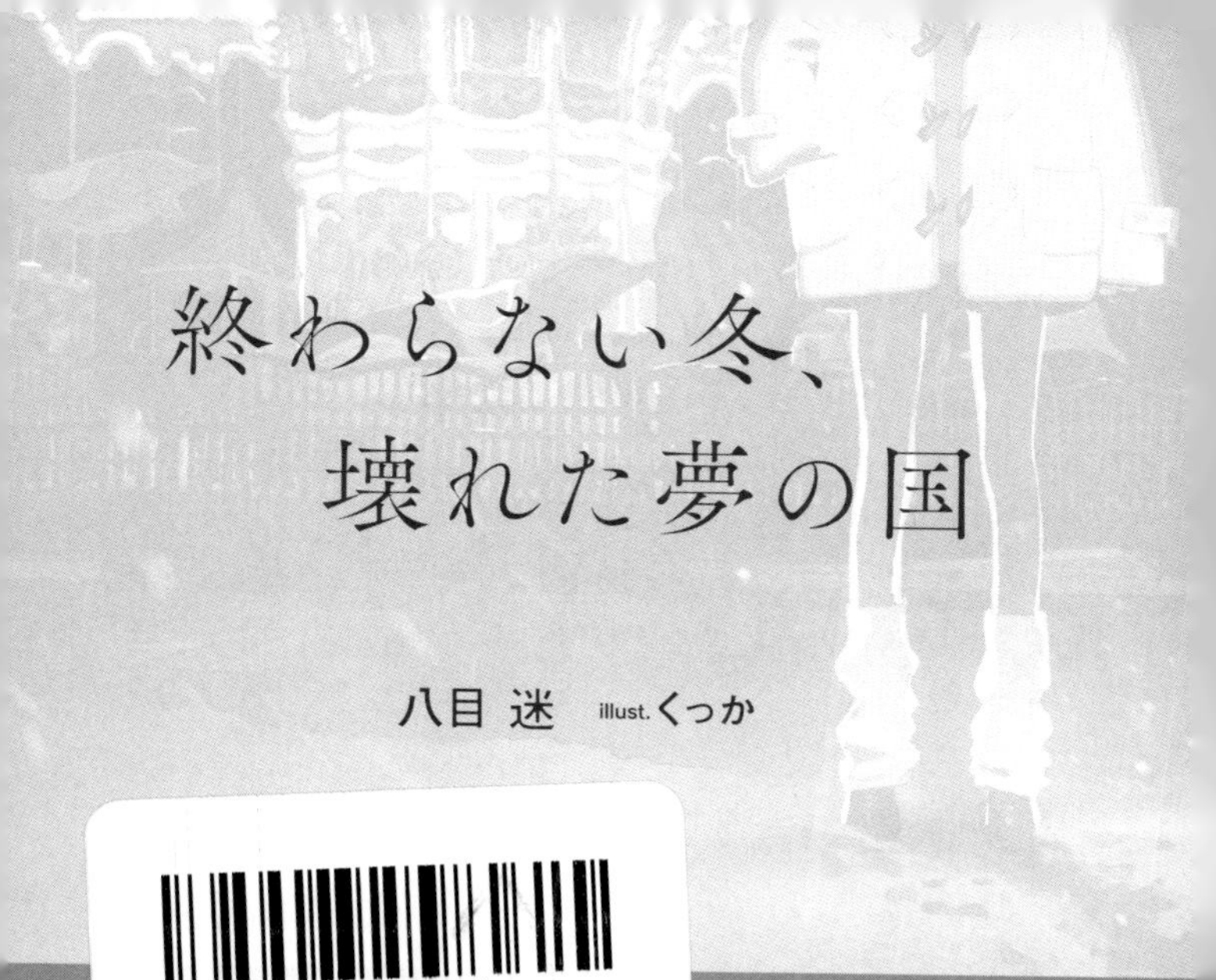

# 終わらない冬、壊れた夢の国

八目 迷　illust.くっか



character
## 登場人物

竜崎《りゅうざき》カシオ
主人公。高校の友人たちと
サニーパークを訪れる。

小寺《こでら》あせび
サニーパークの
謎を知る女子高生。

釘丸秀二《くぎまるしゅうじ》
カシオの幼馴染。

湯野《ゆの》雫《しずく》
カシオの友人。

小練菜々《こねりなな》
カシオの友人。

「ごめんなさい……本当に、ごめんなさい……」

ひときわ冷える夜だった。

嗚咽の混じった声が、細やかな雪片とともに頭上から降ってくる。

もはや起き上がるどころか、身体を震わせる体力すらなかった。骨に沁みるような寒さだった。薄く雪の積もった地面から、コートに冷たい水が染み込んでくる。

あらゆる実感に欠けていた。背中を刺されて倒れている自分を、まるで俯瞰《ふかん》して眺めているような錯覚に陥っている。不思議と、痛みすら感じないのだ。ただ「このままじゃ死ぬぞ」という警告が、脳から送られ続けている。

一七年の生涯で最も死に近づいている今、頭上から聞こえてくる謝罪の言葉よりも、バカみたいに明るい音楽が鼓膜に張り付いていた。ナイトパレードだ。ほんの数分歩いた先では、今も着ぐるみたちが愛嬌《あいきょう》を振りまいているのだろう。俺が死にかけていることなどつゆ知らず。

「ごめんなさい……ごめんなさい……」

謝罪が繰り返される。

俺はわずかな体力を振り絞り、かろうじて頭の向きを変える。すると空が見えた。雲に覆われた月は白くぼやけた染みでしかなく、星は一つも見えやしない。

眼球に雪の結晶が落ちてきて、その冷たさに目を瞑《つぶ》る。まぶたを上げると、声の主が屈み込んで俺を見下ろしていた。

今になって、どうして、という問いが頭に浮かんだ。

なぜ、俺は刺された？

恨まれる筋合いはないはずだ。あまりにも唐突すぎる。意味が分からない……しかし悠長に考えている暇はない。命の灯火が消えかかっているのが分かる。それでも、動けないし、声も出せない。どうすることも、できない。

「聞いて、カシオくん……」

ようやく、彼女の口から謝罪以外の言葉が出てきた。

何かを伝えようとしている。俺は耳に意識を集中させた。たとえ死ぬのだとしても、どうして俺が刺されることになったのか、その理由を知りたかった。

彼女は懇願するように、あるいは懺悔《ざんげ》するように告げる。

「お願い……あせびちゃんを、助けてあげて」

そこで意識が途絶えた。

# 第一章

# 開園

「人食い遊園地、ってのがあるんだけどさ」

今まさに遊園地へと向かっているバスの中で、物騒な単語が聞こえた。隣を向くとシュウジと目が合った。おしゃれな丸メガネの奥に見える瞳に、構ってほしそうな感情が滲《にじ》んでいる。

「なんだそれ。ホラー映画？」

「やっぱ興味あるよな。仕方ないな教えてやるよ」

お前が話したいだけだろ、と思いながら俺は窓枠に頬杖《ほおづえ》をつく。すると結露した窓から漂う冷気が頬を舐《な》めた。火照《ほて》った身体には心地よい冷たさだ。車内は暖房が利きすぎているうえに、そこそこ混んでいる。

「ちょっとした都市伝説だよ。その遊園地に入った人間が続々と消えてるって話でさ。どれだけ捜しても見つからないんだけど、唯一、人が消える瞬間の映像を残した監視カメラがあったんだ。そこに映っていたのは、なんと……」

「着ぐるみが人を丸呑《の》みにしてた……だっけ？」

ずい、と後ろの座席からユノが割り込んだ。ウェーブのかかったツインテールが垂れ下がり、ユノがいつもつけている金木犀《きんもくせい》の香水がふわりと香る。

「おいユノ！　俺が言いたかったのに」

「そんなためるようなオチじゃないっしょ。結構ありがちな怪談だし」

「はー分かってないねお前は。こういうのは雰囲気が大事で意外性とかどうでもいいの。あと怪談じゃなくて都市伝説な」

「あっそ。口を挟んで悪うございましたね」

まったく悪びれることなく謝ると、ユノの隣からひょこりと栗色のボブカットが現れた。

「その都市伝説なら私も知ってるよ」

ネリコは大人しい性格のわりに、ホラーやオカルトの類いが大好きでスプラッタにも抵抗がない。だから人食い遊園地のことを知っていても意外ではなかった。

「有名なのか？　俺は全然聞いたことないが」

「カシオくん、ＳＮＳとかやってないもんね。いろいろあるんだよ、欲しいものがなんでも手に入るトンネルとか、時間が巻き戻る島とか、瞬間移動する少年とか……人食い遊園地はわりと最近のやつだね」

「詳しいな」

「もっと面白いこと教えてあげようか？」

えー、なになに、とシュウジとユノが興味深そうに顔を寄せる。

ネリコはいたずらっぽく笑った。

「人食い遊園地の都市伝説……その出処《でどころ》は、私たちが今向かってるサニーパークらしいよ」

事の発端はシュウジだった。

サニーパークにタダで入れる二名限定の入場券——ようするにペアチケットを、シュウジが福引きで当てた。それがきっかけで「せっかくならみんなで行こう」という話になり、いつものメンツである俺たち四人で行くことに決まった。ペアチケットなので残りの二人分は自腹を切らないといけないが、それは四人で割り勘する予定になっている。

そんな経緯で、冬休み最終日の一月七日に、俺たちはサニーパークへと向かっていた。

『ご乗車ありがとうございます。次は、サニーパーク前、サニーパーク前、終点です——』

車内アナウンスが流れた。そろそろ到着するみたいだ。腕時計を見ると、時刻は一〇時ちょうどだった。

サニーパークは東京郊外の小高い山の上にある。外に目をやると、園内の大観覧車が青空をバックに堂々と鎮座していた。

駐車場に着き、バスは停車した。

乗客たちが立ち上がり、運転席の横に支払いの列を作る。俺は脱いでいたコートを羽織り、耳にはめていたワイヤレスイヤホンをポケットにしまった。そうしているうちに、俺の順番は最後となった。

待っているあいだ、背中を反らして関節を鳴らす。すると、シートの下に何かが落ちているのが見えた。

「ん？」

落とし物だ。拾ってみると、まだ少し温かかった。さっきまで誰かが触っていたか、ポケットに入っていたのだろう。だがすでにほとんどの乗客が下車している。支払いの列に並んでいるのは、俺を除くと後ろに座っていたユノとネリコしかいない。スマホの落とし主は外だ。

この席に座ってたの、どんな人だったっけ。

まぁ、運転手に預ければいいか。そう思って、支払いの順番が来るのを待った。運転席が近づいてきて、スマホを差し出そうとした、そのとき。

それが一番正しいか？　と胸の内から問いかける声が聞こえた。

……いいや。俺にできることは、まだあるはずだ。

俺は素早く支払いを済ませ、運転席の横を通り過ぎ、バスから降りた。そして落ちていたスマホを掲げ、遠くまで聞こえるよう声を張る。

「スマホの落とし物があります、心当たりのある方はいますか？」

バスから降りたばかりの乗客だけでなく、通行人、駐車場の警備員までもがこちらを向いた。自分の声がよく通ることは知っている。部活の声出しで鍛えられているから。

俺の声に反応した人たちが、ポケットに触れたりカバンの中を覗《のぞ》いたりしている。落とし主が現れるのを待っていると、大学生くらいの男性が近づいてきた。

「すみません、すみません、それ、俺のです」

ひどく申し訳なさそうにしながら、手を差し出してくる。

この人の顔は、バスの中で見た記憶がある。だが……俺がスマホを見つけた場所とは、違う座席に座っていたような。

俺は拾ったスマホの電源ボタンを押す。するとロック画面が表示された。背景には赤ん坊が映っている。俺はもう一度、男性を見た。

「失礼ですが、ロックを解除してくれませんか？」

「え？」

「念のため、落とし主かどうか確認したいので」

「……ああ、いいですよ。別に」

スマホを男性に渡した、そのとき。

「そっ、それ、私の携帯です！」

近くにいた女性が叫んだ。

同時に、男はスマホを持ったまま弾《はじ》かれたように逃げだした。

やはり落とし主になりすましていた——そう確信した瞬間、俺も走りだした。この距離なら余裕で追いつける。全力疾走で駆けると、すぐに男の首根っこに手が届いた。しっかりと握りしめて引き寄せる。そして「大人しくしてください」と忠告した。

「は、離せ！　殺すぞ！」

罵声を浴びせて、掴みかかってくる。豹変《ひょうへん》した態度に一瞬気圧《けお》されたが、技術の染みついた身体は反射的に動いてくれた。

男の手をいなし、襟元を握り込む。手の中でぶちぶちと服の繊維がちぎれた。構わず足を股《また》下に潜り込ませ、部活と大会で何度も何度も決めてきた大内刈りからの内股をかけた。

男は背中から倒れ、「がはっ」と悲鳴を上げた。頭を打たないよう配慮はしたが、しばらく動けないだろう。ようやくスマホを手放したので、俺はそれを拾い上げる。

「よし……」

上手く決まったものの、心臓がバクバク鳴っている。こういったトラブルは過去にもあったが、むき出しの敵意を向けられることにはまったく慣れない。自分の正義心に不釣り合いな肝の小ささが嫌《いや》になる。

振り返ると、本来の持ち主であろう女性が駆け寄ってきていた。見覚えのある人だ。バスの中では小さな女の子を連れていた。座っていた席も、スマホが落ちていた場所に近かった気がする。

女性は息切れしながら、頭を下げた。

「す、すみません、私のだと思ったんですけど、この人が出てきたから違うと思って……でもやっぱりどこにも携帯がなかったから、やっぱり、私のだと……」

スマホを渡すと、女性は難なくロックを解除してみせた。本人で間違いない。

「お役に立ててよかったです」

「ええ、本当に……ありがとうございました」

「それで、なんですけど……通報しますか？」

通報、の単語に反応したのか、男はよろよろと起き上がった。この短い時間で五年くらい老けたように見える。

「つ、通報だけは勘弁してくれ……頼む……」

膝《ひざ》に手をついて、土下座する勢いで頭を下げる。

どうします？　と俺は女性に視線を向けた。

「ええと……私は、別に。あまり関わりたくないので……」

「分かりました。では、そうしましょう」

話はまとまった。男は立ち上がると、「クソ……舐《な》めやがって……」と負け惜しみのような悪態をついてその場から去った。本当は通報したほうがいいのだろうが、あまり追い詰めたくないし、みんなを待たせている。

女性と別れて、シュウジたちの元に戻った。

「すまん、待たせた」

「いやすごいなお前」

シュウジが呆《あき》れたように言った。

「大したことじゃない」

「褒めてねーから。運転手に渡せばもっと早く終わってたし、あんな取っ組むこともなかっただろ」

「最初はそうするつもりだったよ。でもそれだと落とし主が受け取るまで時間がかかるだろ？　遊園地まで来たのに、落とし主を不安な気持ちにさせたくなかったんだよ」

「お前がそこまでやる必要ないだろ」

「あるよ。分かってるだろ、シュウジは」

シュウジは少し困った顔をしたあと、大きくため息をついた。

「ああ、そうだな。分かってる。さすがだよ、未来の警察官」

皮肉っぽく言って、ぽんぽんと俺の肩を叩《たた》いた。

将来、警察官になること。

それは俺の人生における最優先事項だ。刑事だった父に憧れ、物心ついたときからその背中を一心に追っていた。スポーツ選手やパイロットには見向きもしなかったし、絵本の読み聞かせよりも父の仕事話を聞きたがった。俺の今までの人生で、父の影響を受けない日はなかった。そんな自分が警察官を志すのは、自然な成り行きといえるだろう。

「すごかったねカシオ！　ヒーローみたいだったよ」

そばにいるユノが言う。シュウジと違って好意的に捉えてくれているみたいだ。

「大げさだな」

「そんなことないって。見ず知らずの人のためにあんなことできないもん。誇っていいよ、カシオは。シュウジは素直に褒めないけどさ」

「俺は小学生のときからカシオのこと見てんだぞ。目の前でこう何度も正義漢っぷりを披露されたら『またか』って気持ちにもなるわ」

「なるなバカ」

「は〜？　ならせろや」

二人は視線をぶつけていがみ合う。仲裁に入ろうとしたら、ごほん、とネリコが大きめの咳《せき》払いをした。

「喧嘩《けんか》もいいけど、そろそろ行かない……？」

シュウジとユノは、ふん、と互いに鼻を鳴らして、サニーパークのゲートへと向かって歩きだした。俺とネリコもそれに続く。

「助かったよ、ネリコ」

「いいよ、いつものことだし。二人とも仲が良いんだか悪いんだかって感じだよね」

「そうだな」

口喧嘩はしょっちゅうだが、少し時間が経《た》てば普通に話している。今回もそうなるだろう。禍根《かこん》を残さないのがあの二人のいいところだ。

北風が吹いて、俺は歩きながらコートのポケットに手を突っ込む。よく晴れているが、空気は冷たい。今年の冬は平年よりも気温が低いらしく、東京では一二月に雪が降った。今日は昼から曇りのようだが、最近は天気予報が外れることもままあるので過信はできない。

ゲートが近づくと、ごおお、と電車が通ったような轟音《ごうおん》が耳をつんざいた。視線を上げると、ジェットコースターが見えた。

「あれ、木でできてるのか」

ライドが走行するレールは、ここからでもうっすらと木目調を確認できた。幾重にも組み上げられた骨組みは、巨大なアスレチックのようだ。

「珍しいよね、木製コースター。音と振動がすごいらしいよ」

ネリコの説明に「へえ」と相槌《あいづち》を打つ。

本来のジェットコースターとはベクトルの違う怖さを感じる。それに……。

「結構高さあるな……」

「ジェットコースター苦手？」

「俺が？　まさか。あれくらいなんてことない」

強がってみせたが、実をいうと図星だった。高いところは平気なのだが、浮遊感のあるアトラクションは苦手だ。内臓がふっと持ち上がる感覚がどうしても好きになれない。投げ飛ばされることには慣れているのだが。

「そうだよね。カシオくん、苦手なものとかなさそうだし」

「まったくないわけじゃないさ。トマトのどろっとした部分とか苦手だしな」

「あ、それ私も」

喋りながら歩いているうちに、ゲートの前まで来た。

ゲートは宮殿を模した造りになっていて、上部には太陽とヤシの木のオブジェが掲げられている。南国をコンセプトにしているらしく、ハワイアンな音楽が流れていた。今日みたいな寒い日にはちぐはぐに感じるが、客入りは多い。冬休み中かつ、都内から一時間以内で行ける利便性の良さ、さらにディズニーよりも圧倒的に安いと考えれば、この人気にも納得だ。

とりあえず料金所でチケットと、ついでにアトラクションが乗り放題になるカードタイプのワンデイパスを買った。今日は夜まで遊び尽くすつもりだ。

ユノが待ちきれないように「今日はたくさん遊ぶぞー！」と両手を挙げる。

俺たちは園内に足を踏み入れた。


「まずは何から乗ろっか？」

ゲートを抜けた先の広場で、ユノが声を弾《はず》ませた。

「そりゃジェットコースターだろ」

と答えたのはシュウジだ。

「え〜、いきなり？　ジェットコースターってフルコースでいうメインじゃない？」

「じゃあ前菜はなんなんだよ」

「うーん……メリーゴーランドとか？」

「メリーゴーランドて。高校生が乗るもんじゃないだろ」

「そう？　別にいいじゃん。みんなが乗ってるとこ写真撮ってあげるからさ」

「お前は乗らねーのかよ」

ああだこうだと揉め始める二人を傍目《はため》に、俺は辺りを見やった。

古き良き遊園地、というのがサニーパークの第一印象だ。空中ブランコやコーヒーカップ、バイキングといった定番は大体揃《そろ》っている。ヒーローショーもやっているみたいだ。敷地はそれなりに広く、夏は大型プールが開放されるらしい。

南国風のテーマは、ゲートだけでなくパーク全体に共通しているようだ。至るところにヤシの木やシダといったトロピカルな植物が植えられ、自然が多い景観となっている。木製コースターもその雰囲気作りに一役を買っていた。

俺たちのいる広場では、バルーンアートを実演するスタッフの姿や、マスコットキャラのアクセサリーなんかを売っているワゴンショップが見られた。全体的にレトロな雰囲気はあるものの、パーク側の盛り上げようとする意図は随所に感じられた。実際その努力は成果を上げているようで、まだ開園したばかりなのに、すでに広場は多くの人で賑《にぎ》わっている。

俺はユノとシュウジに視線を戻す。まだ揉めている。仕方ないなと思いながら、ネリコのほうを向いた。

「なあ、ネリコは乗りたいアトラクションとか──」

途中で言葉に詰まった。

目を瞬いて、改めて、見慣れているはずのその少女を見る。

……ネリコって、こんな顔だっけ？

なんというか……急に雰囲気が変わった。ついさっきまで穏やかで優しい佇《たたず》まいだったのに、今では限界まで張り詰めた糸を思わせる緊張感を纏《まと》っている。まるで別人みたいな変わりようだ。それでいて無表情なのが不気味だった。

どうしたんだ、と声をかけようとした瞬間。

パンッ！

と大きな音が聞こえた。音のしたほうを見ると、幼い男の子が泣いていた。どうやらバルーンアートを割ってしまったらしい。スタッフが駆けつけて新しいバルーンアートを手渡すと、男の子は機嫌を取り戻した。

「私はみんなに合わせるよ」

ネリコが言った。それがさっき、俺が投げかけようとしていた質問の答えだと理解するまで、少し時間を要した。

「そ、そうか。分かった」

俺は改めてネリコの顔を窺《うかが》う。

少し表情が硬いような気もするが、いつものネリコに戻っていた。なんだったんだろう、今のは。くしゃみでも我慢していたのだろうか？

気になったが、あまり人の顔をじろじろ見るものではない。俺は意識を切り替えた。

シュウジとユノがこちらを向く。二人の表情を見るに、行き先が決まったようだ。

「何に乗るんだ？」

二人は声を揃《そろ》えて答える。

「バイキング！」


ということで、一発目のアトラクションはバイキングに決まった。サニーパークでは【グレートマリア号】と呼ばれている。列に並んで一〇分ほど待ち、四人一緒に海賊船型の大型ブランコに乗り込んだ。俺は酔いそうになっていたが、ユノは子供みたいにはしゃいでいた。

続いて【デラマンチャの幽霊退治】。

トロッコに乗って洋館のように造られた屋内を進む、ライド型アクションだ。現れる数々の幽霊をおもちゃみたいな拳銃で撃ち倒していく。なんで幽霊に銃が効くんだよ、とシュウジが設定にダメ出ししていた。

三番目は【ハイパーフライ】。

火の見櫓《やぐら》をモチーフにしたフリーフォールだ。俺たちを乗せたライドがビル七、八階くらいの高さまで上り、そこから一気に落下する。これは結構キツかった。やはり浮遊感のあるアトラクションは苦手だ。

「うえ……」

ベンチに座って吐き気が収まるのを待つ。

ぐったりしていると、近くのメリーゴーランドが目についた。サーカスのような音楽を流しながら、過剰なほど煌《きら》びやかな装飾を纏《まと》って回転している。南国をコンセプトにしているからか、跨《また》がる遊具は馬や馬車ではなく、イルカや船だ。レトロな雰囲気のサニーパークの中では、かなり目立つアトラクションだった。

「カシオくん、これあげるよ」

遊具に跨がる子供たちを眺めていると、ネリコからミネラルウォーターを差し出された。

「いいのか?」

「うん。代わりに今度ジュースでも奢《おご》ってもらうよ」

そういうことなら、と遠慮なくいただく。

ペットボトルを受け取ったとき、ネリコの右手首に青いリストバンドが巻かれていることに気がついた。フェスなんかで見るタイプのものだ。バスに乗っていたときは着けていなかったような気がする。

「そのリストバンド、どうしたんだ？」

「キャストの人にもらったの。私が今年一万人目の入場者らしくて」

「へえ、そうなのか……」

遊園地ではスタッフのことをキャストと呼ぶらしい。アトラクションの列に並んでいるとき、ネリコに教えてもらった。

だが、いつもらったのだろう。入園してからずっと一緒だったから何かあれば気づくはずなのだが。

うっと吐き気がこみ上げてきて、俺は慌てて水を飲んだ。混沌《こんとん》としていた胃の中が落ち着きを取り戻す。

「みんなこっち来て！」

ユノがワゴンショップの前でぶんぶんと手を振った。

そちらへ向かうと、ユノはキャラもののキャップを持っていた。もふもふで暖かそうだ。さっき購入したようだった。

「これ知ってる？　イヌのゾーイくん。サニーパークのマスコットキャラだよ」

そのゾーイくんとやらは、園内の看板やアートパネルで何度か目にしていた。実際に動いている着ぐるみも見たことがある。デフォルメされたイヌのキャラクターで、ピンと立った耳が特徴的だ。他にも仲間がいるらしい。

「どう？　可愛《かわい》いっしょ〜」

キャップを被《かぶ》ってみせ、へへ、と少し照れの入った笑みを浮かべる。そんなユノを見て、俺はうんと頷《うなず》いた。

「たしかに可愛いな。よく似合ってる」

ユノは面食らったように目を見開くと、突然しおらしくキャップを深く被った。

はん、とシュウジが鼻で笑う。

「ま、ユノってイヌっぽいとこあるよな」

ユノは素早く顔を上げた。顔は笑っているのに、目つきは険しい。

「へ〜、どこらへんが？　返答によっては叩《たた》く」

「あー……ほら、あれだ。寒さに強いとこ」

「……まぁ、セーフってことにしとくか」

ホッとするシュウジ。

二人のやり取りを見て、思わず笑みが漏れた。やはり仲がいい。

ふと腕時計を見ると、一三時を回っていた。混雑を避けるため昼食を遅らせていたが、さすがにお腹が空いてきた。そろそろ食事にしようと、俺たちはフードコートへと移動する。

メインストリートに入ると、南国リゾートのようなヤシの木の並木道を見通せた。道の脇《わき》にはクレープ屋やアクセサリーショップの他に、射的や輪投げ、ダーツといった縁日で見るような屋台が並んでいる。通りの真ん中ではクマの着ぐるみが風船を配り、子供たちを笑顔にしていた。

平和だ。

幸福が空気中に溶け出しているかのように、ただここにいるだけで夢見心地の気分になる。テーマパークを最初に『夢の国』と表現した人はセンスがいい。

ただ……なんというか。

こんなにも周りが賑《にぎ》やかで幸せそうだと、自分はここにいなくていいんじゃないか？　と考えてしまう。寂しさでも疎外感でもない。地に足をつけている実感が、どうしても得られないのだ。そういう意味でも、夢見心地だった。

フードコートに着く。席を確保してから、四人それぞれ食事を買った。いずれもファストフードだ。ホットスナックの香ばしい匂いが食欲をそそった。

ハンバーガーを頬《ほお》張りながら、俺は何気なく外を見る。コートの襟を立てて歩く大人たちがいる一方で、薄着で走り回る子供もいた。見ているだけで寒くて、だけど微笑《ほほえ》ましかった。

「カシオはどう思う？」

シュウジに話を振られ、窓から視線を離す。

「悪い、なんの話だ？」

「聞いとけよ。ほらこれ」

スマホの画面を見せてくる。アプリの天気予報が表示されていた。午後から曇りだったのが、雪の予報に変わっている。

「夜には積もるかもだってよ。夕方くらいで切り上げるか?」

「天気を見ながら決めればいいんじゃないか? さすがに電車が止まるほど積もらないだろ」

「それもそうだな」

シュウジはスマホをテーブルに置く。

俺は残りのハンバーガーを口に押し込んだ。紙ふきんで口と手を拭《ふ》いて、立ち上がる。

「ちょっと用を足してくる」

シュウジの「いってら」を背中で受け止め、男子トイレへと向かった。

客入りのピークを過ぎたフードコート内は、どこかアンニュイな雰囲気が漂っている。片手でベビーカーを揺らす母親、コーヒーを啜る老夫婦、黙々と携帯型ゲームに興じる少年。皆一様に、外の喧噪《けんそう》から距離を置いている。そんな人たちを横目に、俺は男子トイレに入った。

直後、ぎょっとした。

女子高生が、手洗い場に腰掛けていた。

その子が女子高生だと分かったのは、コートの下に制服を着ていたからだ。厚手のタイツを穿《は》き、赤いマフラーを巻いている。頭には、ゾーイくんのグッズと思《おぼ》しき犬耳のカチューシャを着けていた。その表情は退屈そうで、黙々とスマホをいじっている。

一旦《いったん》、俺はトイレを出た。そして壁の表記をたしかめる。男子トイレで間違いない。気を取り直して、再び中に入った。そして、その女子高生に言う。

「間違えてますよ」

「間違えてないよ」

彼女はそう答えると、スマホをポケットにしまって「よっ」と腰を上げた。

ずいぶんと顔立ちの整った子だ。鼻筋はすっと伸び、あどけなさの残る目は人を安心させる愛嬌《あいきょう》がある。ブリーチした髪は綺麗《きれい》なグラデーションを描いていた。オフの日のアイドル、という印象を受けた。

しかし「間違えてないよ」とはどういうことだろう。少し考えて「ああ」と納得する。

「失礼しました。見た目で決めつけるのはよくなかったですね」

「なんか勘違いしてるようだけど、ふつーに女だよ」

ほら、と言って両手で自分の胸を強調してみせた。反応に困るのでやめてほしい。

「……女なら、やっぱり間違ってるだろ。勘違いされたくないなら出たほうがいい」

「心配しなくていいよ。一三時二六分から二九分までの三分間、このトイレには君以外誰も入らないから」

「どうして分かる」

「私はね、このサニーパークで起こることはすべて把握してるんだよ。君のことも知ってるよ、竜崎《りゅうざき》カシオくん」

不意打ちのようにフルネームで呼ばれた。

どこかで会ったか？　だが見覚えはない。制服もうちの高校とは違うものだ。

「珍しい名前だよね。親は時計好き？」

「……電卓のほうだ。賢い子に育ってほしい、という思いが込められているらしい」

「あはは。電卓から名前取る親いるんだ」

「俺もバカみたいな由来だと思ってる」

彼女は面白そうに笑う。

結局誰なんだろうか、と訝《いぶか》しんでいると、彼女は笑みを浮かべたまま目を細めた。

「でもまぁ、親の期待どおり君はずいぶんと真面目に育ったようだね。成績優秀かつ運動神経抜群。柔道じゃ全国大会にも出てるんだっけ。そのうえ将来の夢は警察官ときた。すごいね。エリートの卵って感じ」

俺は息を呑《の》んだ。どうして、そんなことまで。

柔道や学校の成績はともかく、警察官を目指していることは親しい人にしか話していない。ユノかネリコの友達だろうか。だったらもっと普通に声をかけるはずだ。

「誰なんだ、あんた」

「そんなに警戒しないでよ。私は忠告しに来ただけ」

「忠告？」

「ネリコちゃんに気をつけて」

　思わず眉《まゆ》を寄せる。

　ネリコの知り合いなのだろうか。それにしては穏やかではない言い草だ。

「分かるでしょ？　君のお友達の、小練菜々《こねりなな》だよ」

「それは分かってる。ネリコがなんなんだ」

「う～ん、説明すんのめんどいし、言ってもどうせ信じないからなぁ。時間もあんまりないし。まぁ、私の言ったことだけちゃんと覚えてればいいよ。でないと、さ」

　彼女は意地悪そうな笑みを浮かべると、一歩、二歩とこちらに近づき、耳元に顔を寄せてきた。急な接近に身構えるも、ふわりと漂うチョコレートの甘ったるい香りに毒気を抜かれる。

　そして。

「君、殺されちゃうかもよ」

　耳がくすぐったくなるような声で、物騒なことを囁《ささや》いた。

　驚いて後ずさると、彼女は「にゃはは」と笑って身を引いた。「じゃね」と短く別れを告げて、男子トイレから出ていく。

　狐につままれたような気分だった。

　結局、何がしたかったのだろう。忠告だとか言っていたが……ネリコが俺を殺す？　たちの悪い冗談だ。

追いかけて問いただそうかと思ったが、尿意がその考えを妨げる。構う必要はない。きっとただのいたずらだ。警察官を目指している話は、おそらくどこからか漏れたのだろう。真に受けなくてもいい。


その後、予報どおり雪が降ってきた。

見上げれば、落ちてきそうな黒々とした雲から、ちらちらと雪が舞っている。夕方から夜にかけて勢いが強くなるらしい。今のところジェットコースターが運休になったこと以外に影響は出ていない。俺はひそかに安心したが、ユノは落胆していた。とはいえそれも一時的なもので、すぐ元気になった。

「ねえ、次はあれに乗ろうよ！」

先導するユノに俺たち三人がついていく。それがお決まりの流れだった。空中ブランコにコーヒーカップ、そしてメリーゴーランドにも乗った。もし遊園地の楽しみ方にマニュアルがあるのなら、俺たちはそこからほとんど逸脱しなかっただろう。それほど正しく、模範的に楽しんだ。

園内を回っているうちに、日没の時間が訪れた。

今夜はひときわ冷えた。雪はなおも降り続け、サニーパークに薄い雪化粧を施している。傘をさすほどではないが、できれば屋根の下にいたい、そんな空模様だ。

帰りのことも考えて、アトラクションは次で最後にしよう、という話になった。トリに選ばれたのは【ビッグサン】だ。サニーパークのシンボルにもなっている大観覧車。放射状にライトアップされた外観は、名前のとおり夜空に昇らんとする太陽のようだった。

早速、列に並び、順番が来るのを待つ。四人なら一つのゴンドラに入れるだろう。

あともうすぐのところで、シュウジが「あ」と声を上げた。

「そういや俺、高いとこ無理だったわ」

「え？」

今さら何を言っているのだろう。フリーフォールに乗っても平気な顔をしていただろうに。

冗談だと流そうとしたら、ネリコが「私も」と小さく手を挙げた。

「実は高所恐怖症なんだよね。だから二人で乗ってきなよ」

「な、何言ってんの二人とも!?」

ユノが取り乱す。だがシュウジもネリコも曖昧《あいまい》な態度ではぐらかし、順番の列から外れた。

どうやら二人とも本当に乗らないつもりらしい。ここまで来たのに？

ユノが必死に引き戻そうとするが、二人の意志は変わらなかった。

「お二人でよろしいですか？」

そうこうしているうちに、順番が来てしまった。シュウジとネリコは意地でも乗らないようだし、ここまで来て「やっぱりやめます」は収まりが悪い。

「仕方ないな。二人で乗るか？」

「え、ええ〜……？　まぁ、カシオがいいなら……」

渋々といった様子でユノが頷《うなず》く。

ポケットからワンデイパスを取り出してキャストに見せると、「こちらにどうぞ」とゲートの奥に案内された。流されるままゴンドラへと乗り込み、扉が閉められる。

ごうん、と一度大きく揺れたあと、二人を乗せたゴンドラはゆっくりと高度を上げていく。中は空調がないため肌寒い。アクリル製の窓は綺麗《きれい》に磨かれているが、細かい傷が目立った。

「いや〜、参ったね。あいつら、ほんと何考えてんだろ。降りたら説教しなきゃ」

ぶつくさと文句を言いながら、ユノは落ち着きなく自分のツインテールをいじった。

「なんか申し訳ないな、俺なんかと一緒で」

「そ、そんなことないよ！　カシオは何も悪くないし……それに、まぁ、これはこれでいいんじゃない？　二人だと、ほら、広いし！」

そう言ってユノは両手を広げてみせる。当たり前のことを真剣に言うものだから、少し笑ってしまった。それに釣られてか、ユノもえへへ、と微笑《ほほえ》む。

「それよりさ……カシオは今日、楽しめた？」

「ああ。久しぶりにいい息抜きになったよ。ここんとこ部活で忙しかったからな」

「そっか、よかった。私も今日すごく楽しかった。なんか、ずっと一人で舞い上がってたような気もするけど……」

「たしかに今日のユノは一段と元気だったな」

「やっぱり？　うわ、思い返すと恥ずかしくなってきた……」

「いいことだろ。遊園地じゃ楽しむことがマナーみたいなもんなんだから」

「そ、そうだよね！　うん、そのとおり！」

　ユノはしきりに頷く。

　なんだかぎこちなかった。ユノと二人きりになるのは、何も今回が初めてではない。観覧車の中というシチュエーションがユノを緊張させているのだろうか。

　無理に沈黙を埋める必要もあるまい。俺は外に視線を投げた。観覧車はまだ四分の一周ほどしたところだが、サニーパーク自体が小高い山の上にあるので、すでに景色が綺麗だ。特に東の地上は、満遍なく光の粉をまぶしたように輝いている。雪が降っていなければ、もっと遠くまで見渡せただろう。

「あ、あのさ、カシオ」

　名前を呼ばれて、視線をユノに戻した。

　妙に畏まった居住まいをしていた。背筋はピンと伸び、分かりやすく肩に力が入っている。

「どうした？」

「あの……実は、カシオに前々から言いたいことがあって」

ユノは俯《うつむ》いて、膝《ひざ》の上でぎゅっと握りこぶしを作る。

「言いたいこと？」

「実は、私……」

ユノはなかなか次の言葉を発しなかった。俯いたまま、じっとしている。よく見ると、膝の上に載せられた握りこぶしが小刻みに震えていた。寒いのかと思ったが、それにしてはユノの顔は耳まで赤く、鼻の頭に汗をかいていた。

……この感じ、もしかして。

ユノの言おうとしていることを、なんとなく察する。経験に乏しい俺でもさすがに分かる。

心臓が高鳴り、驚きと緊張が一度に訪れた。

ユノは大きく深呼吸した。それからまた数秒の沈黙を挟んだあと、意を決したように口を開いた。

「やっぱり、今度言う」

俺はずっこけそうになった。なんだったんだ、今のタメは。

「ほんとごめん……今はちょっと違うかもなって気がしてきて……ごめん……」

ちょっと大げさなくらい申し訳なさそうにしている。しかも、二度も謝られた。

「謝らなくていいよ。また気が向いたら言ってくれ」

「うん……」

しょんぼりと頷《うなず》いた。

ユノには悪いが、安心している自分がいた。もしこれが本当に――俺の勘違いだったらかなり恥ずかしいが――告白だったら、きっと返事に窮していた。ユノは俺にはもったいないくらい可愛《かわい》くていい子だし、ユノと友達でなくなるのは少し怖い。

それから観覧車が一周するまで、二人で景色を眺めたり今日撮った写真を見返したりした。最初はしどろもどろだったユノも、次第にいつもの調子を取り戻した。

観覧車から降りると、シュウジとネリコが近くで待っていた。シュウジは俺の元に寄ってきて耳元で「どうだった？」とたずねた。

こいつ、仕組んでたな。

「何もないよ。景色を見ながら雑談して、それで終わりだ」

シュウジは俺のことをまじまじと見つめると、いまいち腑《ふ》に落ちない表情で「そうか」とだけ言った。思うところのありそうな反応だったが、それ以上の追及はなかった。

ふと明るい音楽が耳に届いた。ナイトパレードはすでに始まっているようだ。四人でメインストリートへ向かうと、もう人混みができていた。道の真ん中を、目に痛いくらい電飾を盛られたフロート車が行進している。

ユノが「あっ」と何かを見つけたようにフロート車の上を指さした。

「見てみて、ゾーイくん乗ってる。めっちゃ手ぇ振ってるよ」

シュウジが目を細める。

「あのカバオくんみたいなやつか?」

「それはクマのズーズー」

「どれも同じに見えるわ」

「全然違うし!」

もう少し前で見ようと、俺たちは人混みの中を進む。すると、ネリコに服を引っ張られた。

彼女は小声で俺に話しかけてくる。

「……カシオくん、ちょっと来てくれない?」

「今か? 構わないが、ならシュウジたちに——」

「お願い、今すぐ」

有無を言わせない口調だった。緊急の用件なのかもしれない。

分かった、と頷《うなず》くと、ネリコに手を引かれて、人混みから抜け出した。そのままメインストリートからも離れる。一体どこまで行くのだろう。

黙ってついていくと、ネリコはフードコートの裏手で足を止めた。

人気《ひとけ》がなく、外灯の明かりにも乏しい場所だった。当然、屋根もないので雪に降られる。ナイトパレードが行われている今、誰もこんなところに寄りつかない。

「人目につくとまずいのか？」

告白──という考えがよぎったが、ネリコにかぎってそれはないな、と考え直した。脈がなさすぎる。

「……高一のとき、文化祭の前日にみんなで出かけようとしてたの覚えてる？」

「文化祭？」

「ほら、展示の準備で遅くなって、夜まで学校に残ってたやつ」

「ああ、あったな……」

高校一年生のときの、文化祭前日。正確には前夜のことだ。出し物であるお化《ば》け屋敷の準備に時間がかかり、クラスメイトの大半が夜まで作業していた。もちろん先生の許可は得ていた。当時、同じクラスだった俺とネリコも、その場にいた。

どうして今、その話を？

「準備が終わったあと、実行委員の子がみんなをカラオケに誘ってたでしょ？　前夜祭、って言ってさ。みんな乗り気だったよね。でも、カシオくんだけがはっきりと反対した。自分が断るだけじゃなくて、前夜祭そのものをやめさせた」

「ああ……覚えてるよ」

あのときの白けた空気は、正直、キツかった。だが後悔はしていない。準備が終わったとき、時刻は二二時を越えていた。高校生がそんな時間に出歩くものではない。警察官を志す人間なら、止めて当然だ。

「カシオくん、総スカン食らってたよね。ノリが悪いとか、真面目ちゃんとか言われて。でもね……私は結構、感謝してるんだよ」

ネリコは控えめに笑った。

「苦手なんだ、カラオケ。あのときは断りにくい空気になってたから、行くしかないって諦めてた。でもカシオくんがやめさせてくれたおかげで、助かったんだよ。そのお礼を、ずっと言いたかった。ありがとう」

「いや、俺はまったく構わないが……」

「ほんの些細《ささい》な出来事だけどさ。あのときのカシオくんは、私にとってヒーローだった」

胸がこそばゆくなった。喜ぶ場面なのだろうが、いろいろと唐突で、いい返事が思いつかない。とりあえず、「ありがとう」と返しておいた。

「私が言いたいのは、それだけ。ごめんね、急に連れだしちゃって。もう戻ろうか」

「あ、ああ」

これで用件は終わり？　なんだか拍子抜けだ。お礼を言うだけなら、今じゃなくてもいいだろうに。でも悪い気はしない。ネリコの気持ちは、ありがたく受け取っておく。

俺は踵《きびす》を返した。すると大粒の雪が、目の前をひゅるりと落ちていった。昼に比べて雪の勢いが強まっている。すでに薄く積もっているが、明日には雪合戦ができそうだ。

『ネリコちゃんに気をつけて』

不意に、トイレで出会ったあの女子高生の声が耳元で蘇《よみがえ》った。

なぜこのタイミングで思い出したのだろう。あれは単なるいたずらだ。たちの悪い冗談だ。

それで納得したはずなのに、今になって警戒のアラートが脳内で鳴り響く。

たしか、あの女子高生はこうも言っていた。


『君、殺されちゃうかもよ』


どん、と。

突然、ネリコが背中にぶつかってきた。同時に、腰の辺りがじわっと熱くなる。熱湯をかけられたみたいだった。反射的に熱くなった部分に手を伸ばすと、指先が鋭利なものに触れた。

なんだ、これ。

「――ふっ、ううっ」

後ろから嗚咽が聞こえてくる。

振り返ろうとすると、急に足に力が入らなくなって、俺は膝《ひざ》をついた。そのときずるりと腰の辺りが引っ張られるような感触がした。跪《ひざまず》いたまま、ネリコのほうを向く。

彼女の手には……俺の見間違えでなければ、刃物が握られていた。しかも、先端からぽたぽたと赤い液体が滴《したた》っている。

おいおい……冗談だろう？

身体がすさまじくだるい。たまらず地面に手をついた。熱がじわじわと腰から腹へと広がり、何かが垂れてくる。

それでもなんとか立ち上がろうとすると、今度は背中に、どす、と衝撃が走った。

「が――」

二度目は決定的だった。いや、致命的というべきか。刃物の先端が皮膚を突き破り、肋骨《ろっこつ》の隙間《すきま》を通って、肺まで到達する感触を、まるでスローモーションのように感じ取った。痛い、とかそういう次元ではなかった。ダイレクトな死の予感に思考が支配された。

身体を支えることもできなくなり、地面に倒れた。肺を膨らますことができず、酸素を取り込めない。本気の一本背負いを食らったときとは別種の息苦しさがあった。

身体の末端から、感覚が消えていく。地面から、冷たい死が身体に這《は》い上がってくる。

「うう……うぐっ……」

ネリコの嗚咽が聞こえる。

なんでお前が泣くんだよ、泣くくらいなら刺すなよ――。

「ごめんなさい……本当に、ごめんなさい……」

朦朧《もうろう》とする意識のなかで、ネリコの声が鼓膜を震わせる。

「お願い……あせびちゃんを、助けてあげて」

## 第二章

# サニーパークのスペシャルパス

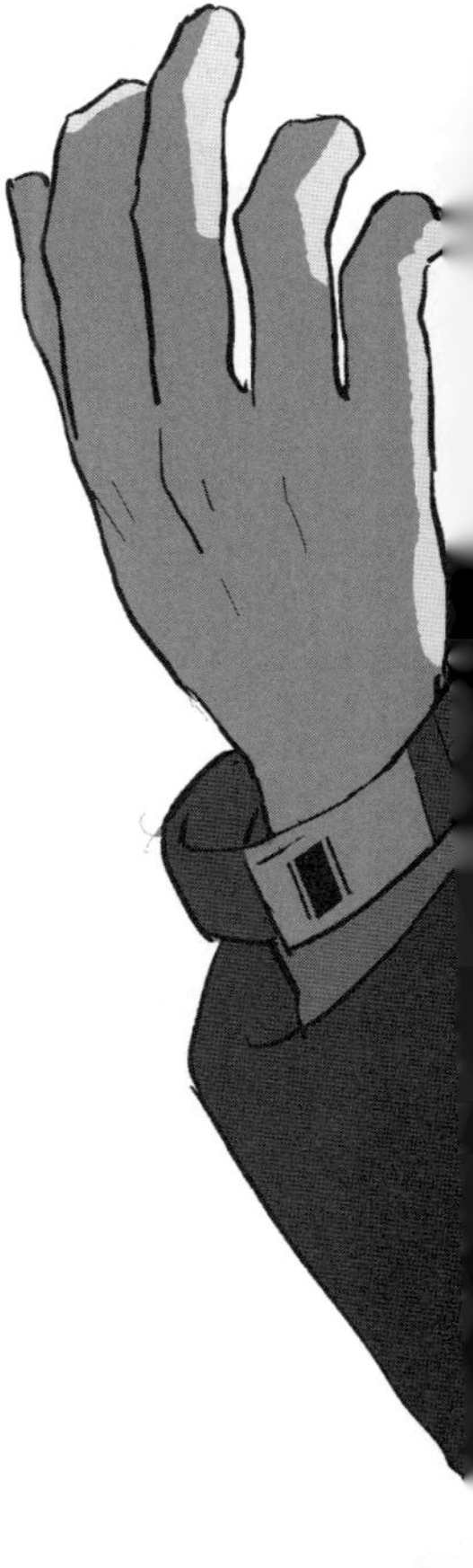

「まずは何から乗ろっか?」

ユノが子供のように顔を輝かせ、俺たち三人に意見を求める。

最初に答えたのはシュウジだ。

「そりゃジェットコースターだろ」

「え~、いきなり? ジェットコースターってフルコースでいうメインじゃない?」

「じゃあ前菜はなんなんだよ」

「うーん……メリーゴーランドとか?」

「メリーゴーランドて。高校生が乗るもんじゃないだろ」

「そう? 別にいいじゃん。みんなが乗ってるとこ写真撮ってあげるからさ」

「お前は乗らねーのかよ」

二人の会話をよそに、俺は激しい動揺に襲われていた。

……何が、どうなっている?

さっきまで夜だったはずだ。雪も降っていた。なのに今は、晴天の空に太陽が輝いている。場所もフードコートの裏手ではない。ここはゲートを抜けてすぐのところにある広場だ。キャストがバルーンアートを実演し、ワゴンショップではマスコットキャラのアクセサリーが売られている。俺の知るサニーパークの広場と、何から何まで同じだ。

とっさに、自分の背中に触れた。腰にも。だがどこにも傷はない。服を捲って直接触れてみても同じだった。地面に倒れたはずなのに、汚れすらない。夜ではなく、朝の一〇時だ。念のためスマホでも確認してみたが、同じだった。

腕時計を見てみると、時刻は一〇時一五分だった。夜ではなく、朝の一〇時だ。念のためスマホでも確認してみたが、同じだった。


「ん……？」

自分の右手首に青色のリストバンドが巻かれている。よく見てみると『HAVE FUN!』と印字されていた。『楽しんでね！』か？　こんなもの、着けた記憶がない。だが見覚えはあった。誰かが着けていたような。あれは……そうだ、ネリコだ。

「ネリコ！」

「わっ。な、何？」

ビクッ、と肩を震わせるネリコ。彼女の手首を見てみたが、リストバンドはなかった。俺の記憶違いだろうか――って、待て待て待て。それより、もっと大事なことがあるだろ。

「ネリコ……正直に答えてくれ。俺に恨みとかあるか？」

「う、恨みぃ？　どうしたの、いきなり。別にないけど……」

「なら刃物は？　包丁とかナイフみたいな鋭利なもの、持ってないよな」

「持ってるわけないじゃん……そんなもの持ち歩く女子高生がどこにいんのさ」

「本当か？　ポーチの中、見せてもらっていいか？」

ひく、とネリコの頬《ほお》が引きつる。何か言いたげに口を震わせたが、大きなため息とともにポーチを開けた。

中はごちゃごちゃしているが、包丁らしきものは見当たらなかった。小さなポーチなので、中身を取り出して検《あらた》める必要もないだろう。

「あのさ、カシオくん。私は君のこと知ってるからいいけど、女の子にポーチの中見せろって言うのはマジでやめといたほうがいいよ。職質じゃないんだから」

真面目に怒るときのトーンだった。今になって自分のしたことを自覚して、恥ずかしさと申し訳なさがこみ上げてくる。

「そ、そのとおりだな……すまん」

まずいな。気が動転している。ネリコが俺を刺すわけがないだろう。

だが、あれは夢というにはリアリティがありすぎた。刺された記憶だけではない。俺はこの三人と一緒にサニーパークで遊んだ。朝から夜まで遊び尽くした。乗ったアトラクションだって全部覚えている。

シュウジにも話を聞こうと「なあ」と声をかけようとしたら、
パンッ！

と大きな音がした。続いて子供の泣き声が聞こえてくる。近くにいた子供がバルーンアートを割ってしまったらしい。

デジャブだ。まったく同じ出来事が、前にもあった。別にバルーンアートを割ってしまうこと自体は珍しくもない。なのに胸騒ぎがする。何か、すごくおかしなことが起きている。

「あ、カシオも乗りたいやつあるか？」

シュウジがこちらを向いた。

「いや、そういうわけじゃないんだが……」

「あっそう。ま、一番目はもう決まったんだけどな」

もしかして。

嫌《いや》な予感がして、俺は恐る恐るたずねた。

「……バイキングか？」

「なんだよ、聞こえてたのか？」

いいや、二人の会話は聞こえていない。記憶と同じなのだ。バルーンアートが割れたことも、一番目のアトラクションがバイキングになったことも。

偶然か？　そうでなければ……未来予知？　バカか。あるわけないだろ、そんなこと。

「おい、なんか顔色悪いぞ」

シュウジが心配そうに俺の顔を覗《のぞ》き込む。平気だ、と取り繕うこともできたが、それよりも現状をはっきりさせておきたかった。

「なあ、シュウジ。俺たち、サニーパークに来てからどのくらい経《た》った？」

「どのくらいって……さっきゲートを抜けたとこだろ」

「俺はさっきまでどうしてた？」

「別に、普通だけど」

「具体的には？」

「普通は普通だよ。さっき割り勘でチケット買って、ゲートを通ってここに来ただろ。覚えてねえの？」

「それは覚えてる。ただ、記憶がちょっと混濁してて……というか、もう単刀直入に訊くぞ。俺たち、すでにサニーパークで遊ばなかったか？」

「はあ？　四人で来たのはこれが初めてだろ。お前、なんか変だぞ。駐車場で取っ組み合ったとき頭打ったか？」

「いや、そういうわけじゃなくてだな――」

「え、何、どうしたの？」

ユノが深刻そうな顔をして近寄ってきた。ちょうどいい。ユノにも訊いてみよう。

「ユノはどうだ？　二人で観覧車に乗ったこと、覚えてるか？」

「二人でって、私とカシオが？　そ、そんなこと今までないでしょ！　あったら絶対に忘れないもん……」

「そうか……」

ユノもシュウジも覚えていない。異常を認知しているのは俺だけか？　あるいは、俺の頭に異常が起きているか。

「おい、ほんとに大丈夫かよ」

シュウジがじっと俺を見つめる。そばにいるユノとネリコも、同じような視線を注いでいた。しまったな、と頬《ほお》の内側を噛《か》む。妙なことが起こっているのはたしかだが、不安を煽《あお》るつもりはない。三人の反応を見るに、おそらく俺だけの問題だ。無闇に話すべきではなかった。

一旦《いったん》、落ち着け。

今のところ実害を被っているわけでも危険が差し迫っているわけでもない。単なるデジャブという可能性も、まぁ考えられなくはないのだ。少なくとも未来予知よりかは現実的だ。だから、事を大きくしないほうがいい。

「……悪い、どうかしてた」

言いながら頭を回す。上手くごまかさないと。

「実は……浮遊感のあるアトラクションが苦手で。みんなに伝えるべきかどうか悩んでたんだ。それで気を揉んでたら、自分でもよく分からないこと口走ってた。だからさっき言ったことは忘れてくれ」

嘘《うそ》をついているわけではないが、急ごしらえの言い訳なのでちょっと無理がある。不安に思いながら俺は三人の反応を窺《うかが》った。最初に口を開いたのはネリコだ。

「ああ……やっぱり苦手だったんだ、ジェットコースター」

「だったら無理して乗らなくていいよ！　アトラクションはたくさんあるんだし」

二人は納得してくれたようだが、シュウジは怪訝《けげん》そうにしていた。さすが、付き合いが長いだけあって簡単には騙《だま》されてくれない。だが問いただすのも面倒だと思ったのか、「じゃあバイキングはやめとくか」と話を合わせてくれた。

すまん、と俺は改めて三人に詫《わ》びた。本心から申し訳ないと思っている。だがこれでひとまず、不穏な空気は取り払えた。みんなを心配させないようにしないと。

結局、最初のアトラクションはコーヒーカップに決まり、四人で移動を始めた。歩きながら、俺はネリコにこっそりと話しかけた。

「なあ、ネリコ。あせびちゃん、って分かるか？」

「あせびちゃん？　さあ、知らないけど……マスコットかなんか？」

「いや……知らなければいいいんだ」

と答えつつも、首を捻りそうになっていた。サニーパークで遊んだ記憶がデジャブや壮大な妄想だとしたら、「あせびちゃん」という名前はどこから出てきたのだろうか。

『あせびちゃんを、助けてあげて』

意識を失う直前、ネリコはそう言っていた。あれは聞き間違いではない。今でも鮮明に思い出せる。切っ先が皮膚に潜り込んでくる感触も、地面の冷たさも、雲に覆われた月も。

ぶるりと寒気がした。ここに来て刺された実感が追いついてくる。やはり実体験としか思えない。悪夢の質感とはまったく異なる。まるで、本当に死んだみたいだった――。

俺の身に、何が起こっている？

その後も違和感は膨らむばかりだった。

とにかく既視感を覚えることが多かった。【デラマンチャの幽霊退治】に乗った際、シュウジが放った「なんで幽霊に銃が効くんだよ」という一言や、ユノがファンキャップを買ったこと、さらには昼から雪が降ってジェットコースターが運休することも……すべてが完全に同じというわけではないが、記憶との一致が何度も見られた。脳の異常にせよ、超能力に目覚めたにせよ、とにかく原因をはっきりさせたかった。分からないことが何よりも不気味だ。

みんなと適当に話を合わせながら、俺は解明の糸口を探した。そこで真っ先に浮上したのは、あの女子高生だ。

『君、殺されちゃうかもよ』

彼女は、俺がネリコに刺されることを予言していた。

きっと、彼女がキーを握っている。しかし居場所も名前も知らない。みんなとパークを回りながら彼女の姿を捜してみたが、見つからなかった。男子トイレの中にもいなかった。なんの手がかりも掴めないまま、やがて夜が訪れた。

最後のアトラクションは観覧車だった。またしても既視感。俺の記憶が正しければ、このあとシュウジはこう言う。

「そういや俺、高いとこ無理だったわ」

的中した。記憶と同じだ。

「あー、私もなんだよね。だから二人で乗ってきなよ」

「な、何言ってんの二人とも!?」

この流れも、知っている。

ユノの抵抗も虚《むな》しく、結局、俺とユノの二人で観覧車に乗ることになった。

「いや〜、参ったね。あいつら、ほんと何考えてんだろ。降りたら説教しなきゃ」

「ああ……」

相槌《あいづち》を打ちながら、俺は窓の外を見る。自然とあの女子高生の姿を捜していた。外は暗く、雪のせいで視界が悪いため、地上はよく見えない。それでも、もしかしたら、という思いを捨て切れずにいた。

「わ、夜景が綺麗《きれい》だね。あっちの明るいところは都心かな？　てっぺんまでいったら私の家も見えるかも……」

「どうだろうな……」

ダメだ。やっぱりあの女子高生は見つからない。そもそも見つかったところで観覧車が一周するまで降りられないのだ。無意味なことをした。

「あ、そういえば今度マラソン大会あるよね。私、帰宅部だから最後まで走り切る自信なくてさ。それで最近は頑張って朝走るようにしてるんだけど、早起きがしんどくて――」

そもそも、あの女子高生は実在するのだろうか。すべては俺が生みだした空想だったんじゃないだろうか。そう思うと、すべてがバカバカしくなってきた。

「――ねえ、聞いてる？」

俺は窓から視線を外した。

「悪い、ぼうっとしてた」

「……私といたら退屈かな？」

ユノの表情には自嘲《じちょう》と落胆が浮かんでいた。直後、俺は自分の失態に気づく。二人きりだというのに、会話をおろそかにしすぎた。今さら焦りが湧いてくる。

「いや、そんなことはないよ。退屈なんてしてない」

「……ほんとに？」

「ああ、遊び疲れてただけだ。マジですまん。ほんと、悪かった」

「そ、そんなに謝らなくていいよ。私もごめん、めんどくさい言い方しちゃったね」

気まずい空気になってしまった。

今からでも遅くない。俺は必死に会話を盛り上げようとした。それが功を奏してか、次第にユノは機嫌を取り戻した。いや、実際のところは分からない。そう取り繕っているだけかもしれない。

どうにもすっきりしないまま、観覧車は一周し、俺とユノは地上に降りてきた。なんだかすごく疲れてしまった。待っていたシュウジに「何話してたんだ?」と訊かれたが、まともに答える気力もなかった。

それより、今は憂慮すべきことがある。

俺はこのあと、ネリコにフードコートの裏に連れていかれ、背後から刺される。

その記憶は、何よりも鮮明だった。今のところ、ナイトパレードを見にいくことはもう決まっている。どうか何事もありませんように、と祈りながら、ネリコへの警戒を怠らないようにした。

メインストリートが近づき、明るい音楽が大きくなるにつれ、心拍数が上がった。ネリコが俺を刺すわけがない、と頭では分かっているのに、神経はピリピリと張り詰めている。

俺とネリコの体格差なら、警戒してさえいれば自己防衛できる。それでも身の危険は感じるし、友達が殺人鬼だなんて想像もしたくない。

緊張感が高まっていくのを感じながら、人混みの中を進み、前列のほうまで来た。ここならパレードがよく見える。煌《きら》びやかなイルミネーションが辺り一帯を照らしていた。

「カシオくん」

ネリコに声をかけられた。

どくん、と心臓が跳ねる。俺は平静を装いながら「なんだ？」と返した。

「ちょっと場所変わってくれない？　前の人、背が高くて……」

「あ、ああ。分かった」

言われたとおり立ち位置を変える。するとネリコは満足したように「ありがと」と言った。

その後も身構えていたが、結局ネリコと交わした会話はそれだけで、呆気《あっけ》なくナイトパレードは終了した。たちまち人混みは散らばり、多くの人は吸い込まれるようにゲートへ向かっていく。シュウジが「俺たちも帰るか」と呟《つぶや》いた。

「ああ、そうだな……」

人の流れに乗って、ゲートを目指した。一歩ずつ出口に近づくたび、ずっと肩にのしかかっていた重荷が落ちていくように感じた。

――よかった、何事もなくて。

ナイトパレードを無事に終えられてホッとしていた。今のところ、ネリコの様子に不自然な点はない。いや、今のところではない。今日一日、ネリコは至って普通だった。

結局、たびたび感じた既視感の正体も、どうしてネリコに刺された記憶があるのかも謎だが、原因を突き止める気力は失《う》せていた。すべては杞憂《きゆう》だったと、自分を納得させる。

ゲートが見えてきた。入場も退場も、同じ場所からだ。

ああ、疲れた。遊園地は、しばらくごめんだ。

そういえば……と俺は自分の手首を見る。この青いリストバンドも謎のままだ。何度か引きちぎろうと格闘したが、無駄に丈夫で、切れ目すら入らなかった。まぁいいか。家に帰ったらハサミで切ろう。

ゲートに入る。

回転アーム式のバーが、ガコンと回った。


「まずは何から乗ろっか？」


ユノの声がした。

目の前の光景に、俺は絶句した。

立ち尽くしたまま動けない。現実を受け入れたくなくて、強く目を瞑《つぶ》る。どうか夢であってほしかった。帰りのバスの中で見ている夢だと。だが目を開けて見えた光景は、やはり信じがたいものだった。


なんでまたゲートの前に戻ってるんだ!?

なんで昼になってる!?

心の中で絶叫し、食いつくように腕時計を見た。時刻は一〇時一五分。また一〇時！　前方にいるユノとシュウジは「さっき着いたばかり」みたいな顔で話し合っている。これがデジャブなわけがない。間違いなく過去にも見た光景だ。

時間が、巻き戻っている？

まさか。あり得ない。バカげた考えだ。

他の可能性を探っていると、広場でバルーンアートを配っているキャストに目が止まった。そばには幼い男の子がいる。その子はキャストから犬のバルーンアートを受け取り、嬉《うれ》しそうに抱《かか》えた。

俺は男の子に注目した。もし、本当に時間が巻き戻っているのなら、あの風船は――。

パンッ！　と割れた。

完全に予想どおりだ。キャストが慌てて新しいバルーンアートを手渡し、男の子の機嫌を取るところも同じだった。ドラマの再放送を見ているようだった。

原理も理由も不明だが、もはや疑う余地はなかった。だが……それでも、まだ信じたくなくて、「ユノ、シュウジ」と震える声で二人を呼んだ。同時に振り向く二人に、俺はたずねる。

「……何に乗るか、決まったか？」

「ああ、さっき決まったとこだ」

シュウジが言い、ユノが質問に答える。

「バイキングだよ」

頭を殴られたような衝撃が走る。

いいや、分かっていた。分かっていたのだが……こんなことってあるか？　意味が分からなさすぎて吐き気がしてきた。

「おい、お前なんか顔色悪いぞ」

シュウジが心配してくる。

どう説明すればいいのだろう。「時間が巻き戻っている」と伝えたところで信じてもらえるわけがない。俺だって今の状況を信じられずにいる。他人に理解させるのは無理だ。

頭を抱《かか》えそうになっていると、シュウジの肩越しに一人の女の子が見えた。犬耳のカチューシャを着け、制服の上にコートを羽織っている。遅刻した友人を待つような不機嫌さを醸し出しながら、こちらを見つめていた。

彼女は、俺がずっと捜していた女子高生だった。

「っ！」

見つけた――俺は即座に彼女のもとへ駆け寄った。

訊きたいことは山ほどあった。だがいざ本人を前にすると、何から訊けばいいのか分からず、言葉に詰まる。そんな俺を見て、彼女は呆《あき》れたような顔をした。

「君さ〜、人の話を聞かないからこうなるんだよ」

「いや、それは」

仕方ないだろ。素性の知れない相手から「気をつけて」とか「殺されちゃう」とか言われても普通は真に受けない。それ以前に言動も怪しかった。男子トイレで待ち伏せして、いきなり俺の個人情報を言い当ててくる人間を信用できるか？

……というセリフが喉《のど》まで出かかったが、飲み込んだ。それより言うべきことがある。

「すまん……ただのいたずらだと思って、聞き流していた。本当に申し訳ない……」

「お、素直に謝れて偉いじゃん。仕方ないなぁ、特別に許してあげるよ」

俺はホッと胸を撫《な》で下ろした。

彼女の口ぶりからして何か知っていることは確実。俺は縋《すが》るように説明を求めた。

「あんたのことをずっと捜していた。どうしてネリコが俺を刺すと分かったんだ？　こうなることも予想していたのか？　そもそも、この状況は一体なんなんだ？」

「焦らなくても、ちゃんと説明してあげるよ。けどその前に、そっちを片付けたほうがいいんじゃない？」

くい、と彼女は顎《あご》で俺の後ろを指した。振り向くと、シュウジたちがついてきていた。三人とも説明を求めるような視線を俺に向けている。そのなかでもユノは狼狽《ろうばい》していた。

「カシオ、その子は……？」

ええと、と言葉を濁らせる。考えてみれば、俺はこの子の名前すら知らない。

切り抜け方を考えていると、彼女が俺の前に出た。

「どうも～。私、小寺《こでら》あせびっていいます。カシオくんのいとこです。急で悪いんですけど、この人ちょっとだけ借りてってもいいですか？　話したいことがありまして」

小寺あせび。

ネリコの言っていた「あせびちゃん」はこの子のことだったのか！　頭に引っかかっていた謎が一つ解けた。

ユノは「あ、はい」と答えると、おずおずと言葉を続けた。

「少しだけなら……」

「よかったです～。じゃあ行こうか」

「あ、ああ」

腕を引かれて、その場から離れる。この女子高生――小寺あせびの機転に助けられた。

ちらりと後ろを振り返ると、シュウジが俺を睨《にら》んでいた。いきなり別行動を始めた俺を目で咎《とが》めている。申し訳ないが、今はシュウジたちに気を使っている余裕がない。

この埋め合わせは必ず、と心の中で唱えて、俺は前を向いた。

「チョコとシナモンのチュロス、一本ずつ」

小寺の注文に、はーい、とワゴンショップの女性が返事をする。六〇〇円と引き換えに、黒ときつね色のチュロスが差し出された。砂糖まみれで見ているだけで胸焼けしそうだ。

小寺は二本のチュロスをサイリウムみたいに持つと、どこへともなく歩きだした。

「……一人で二本食べるのか？」

「ほしい？」

「いや、よく食べるなと思っただけだ」

「私、朝ごはん食べてないんだよ。だから毎回お腹空いた状態でスタートすんの。ここらへんのワゴンショップでなんか買うのがルーチンになってんだよね」

そう言って、シナモンのチュロスを囓《かじ》る。甘い匂いがこちらまで漂ってきた。もぐもぐと咀《そ》嚼《しゃく》して飲み込むと、今度はチョコのほうを囓った。交互に食べていくスタイルのようだ。

「知ってる？　チュロスって言葉は元々複数形なんだよ。単体だとチュロっていうの。だからこうして二本持ってる私は、今ちゃんとチュロスを食べてるといえるんだよ」

「そ、そうなのか」

よく食べるし、よく喋る。口が忙しいな、と思いながら小寺についていく。

俺は冷静さを取り戻しつつあった。小寺の危機感のない姿には不安を覚えるが、事情を知っている人間がいるのは心強い。

「なあ、小寺《こでら》は——」

「あせび」

俺の声を遮って、彼女はチュロスの先端をこちらに向ける。

「あせびって呼んで。好きじゃないんだ、今の名字」

意味深なセリフだった。家庭事情が気になるところだが、初対面で踏み込むことでもない。

「分かった。俺のことは好きに呼んでくれ」

「そうするよ、カシオくん」

名前呼びか。初めて会ったときからそうだが、妙に距離感が近い。後輩に接するような態度だ。もしかして、俺より年上なのだろうか。

「年を訊いてもいいか?」

「私? 君と同い年の一七歳だよ。一応ね」

一応? 引っかかる言い方だが……今は置いておく。そろそろ本題に入りたい。

「じゃあ、早速で悪いが、この状況について知ってることを教えてくれ」

「いいよ。ただその前に確認したいんだけど、君はどこまで把握してるの?」

「分かってることはほとんどないが……」

でも、冷静になった今ならある程度の分析はできそうだ。歩きながら、頭の中で状況を整理する。まとまったところで、俺は質問に答えた。

「自分でも信じられないが……俺は、同じ一日を繰り返している。今回で三回目だ。一回目はネリコに刺されて、二回目はサニーパークを出た瞬間に時間が巻き戻った。おそらく、俺とあせび以外はこの現象を認知していない。……これくらいだな」

言葉にしてみると、なんだか他人事《ひとごと》のように感じられた。それほど今の状況は容易に飲み込めるものではなかった。

「ま、三回目ならそんなもんか」

あせびはまたチュロスを囓《かじ》った。

「三回目なら？　まるで四回目や五回目があるような言い方だが」

「あるよ。六回目も七回目も。もしかすると、一万回目も百万回目もあるかもね」

「俺は真面目に話している」

「こっちだって真面目に話してるんですけど」

ちょっと怒ったふうに言って、あせびは「つまりね」と続けた。

「私とカシオくんは同じ一日をループしてるんだよ。私はそのままループ現象って呼んでる。サニーパークから出た途端に時間がリセットされるんだ。だから明日も今日だし、昨日も今日。これからずっとサニーパークから出られず、同じ一日が続くんだよ。最高だね」

「……マジなのか？」

「大マジだよ」

嘘《うそ》だ、と言いたくなった。これから何万回も同じ一日を繰り返すのか？　想像するだけで血の気が引く。そんなの、生き地獄じゃないか。

「どうやったら抜け出せるんだ？」

「大丈夫、方法はあるから」

「教えてくれ」

あせびは、なんでもないふうに答える。

「誰かを殺すこと」

俺は歩みを止めた。

過去に何度か不良と衝突したことがある。彼らは「殺す」とか「死ね」とかいう言葉を、ナイフを見せつけるみたいに軽々しく使う。だがあせびのそれは冗談や脅しのニュアンスではなかった。身近な選択肢として提示された「殺す」だった。

あせびも立ち止まって、こちらを振り返る。

「誰かを殺せば、ループから抜け出せる。その代わり、今度は殺された人がループに陥る」

きゃああ、と悲鳴交じりの歓声が降ってくる。気づけばフリーフォールの近くまで来ていた。

「君の前は、ネリコちゃんだった。だけどあの子は、何度も繰り返す今日に耐えきれなくなって、君を殺した。その結果が今だよ」

誰かをループに引きずり込む代わりに、自分は抜け出せる。

あまりにも現実離れした話だった。悪趣味なデスゲームの設定を聞かされているみたいだ。それが自分の身に起こっている出来事だとは、到底思えない。だが、そんな状況でもなければネリコが俺を刺すわけがないし、あせびが嘘をつく理由も思い当たらなかった。

あせびは右手を挙げた。すると袖《そで》が捲《まく》れて、青いリストバンドが現れた。それは俺の右手首にあるものと同じだった。

「サニーパークのスペシャルパス」

あせびは皮肉っぽく笑った。

「これはね、証なんだよ。サニーパークで永久に遊べるよ、っていう証。ループ現象に巻き込まれた人は、みんな手首にこれが現れる。すごいよ、これ。どうやってもちぎれないし、絶対に外れないんだ。今度試してみるといいよ」

あせびは歩きだす。

しばらく突っ立っていたが、はっと我に返って小走りで追いかける。あせびの隣に並び、俺は話しかけた。

「その話が、本当だとして……」

「本当なんだってば」

「ネリコも誰かに殺された、ってことなのか」

あせびは二本のチュロスを同時にぺろりと平らげた。そして、包み紙をノールックで後方に投げ捨てる。丸められた包み紙は、見事ゴミ箱に収まった。

咀嚼《そしゃく》したチュロスを飲み込んでから、あせびは「そうなるね」と答えた。

「でも、そこは気にしないほうがいいよ。こんな状況だもん、誰が誰を殺してもおかしくないでしょ。それに、殺すっていっても命を奪うわけじゃないんだしさ。現に君は生きてる」

「それは……まぁ、そうか」

あせびの言うとおりだ。恨むべきは、この異常すぎる現象そのものだろう。

「いつからなんだ？」

「何が？」

「ループだよ。あせびはどれくらい繰り返してるんだ？」

「千を超えてから数えるのはやめた。三千……いや四千はいってるかな？　分かんないや」

さらりとした返事に、俺は言葉を失った。

こっちはたった三回目で疲弊しているというのに……。慣れもあるだろうが、それにしたって何千回も同じ一日を繰り返すのは、想像を絶する苦痛だろう。この飄々《ひょうひょう》とした少女が、そんな過酷な運命を背負っているなんて想像もできなかった。

「ループに嵌まった人は、君の前に七人いたよ。ループから抜け出すために誰かを殺して、そしたら殺された人がループに巻き込まれて、その人もまた誰かを殺して……そうやって、君に順番が回ってきたってわけ」

「……ひどい話だ」

あせびは俺の顔を覗《のぞ》き込んで、気遣うように笑った。

「そんなシリアスにならなくても大丈夫だって。嫌《いや》なことばっかりじゃないんだよ？　たとえば……」

あせびは突然、だっと駆けだした。どこへ行くのかと思ったら、進行方向にいた親子のそばでジャンプし──女の子の手から放れた風船を、見事にキャッチしてみせた。

あせびが風船を手渡すと、親は驚きながらお礼を言い、小さな女の子は「おねーさんすごい！」と手を叩《たた》いて喜んだ。それにあせびは笑顔で応えて、俺の元に戻ってくる。

──今の、風船を手放す前に走りだしてたよな。

きっと彼女は分かっていたのだ。この時間、この場所で、あの女の子が風船を手放してしまうことを。

「とまぁ、何度も繰り返してると、こんな感じに全能っぽく振る舞えちゃうわけ。これはなかなか気分がいいよ。ＲＴＡみたいでしょ」

「すごいな」

素直に感動した。ＲＴＡが何は分からないが。

あせびは自慢げに「へへん」と胸を反らし、かと思ったら今度は自嘲《じちょう》気味に笑った。

「ま、こんなことしたって無意味なんだけどね」

一日が終わり、ループが始まれば、あの女の子はあせびのことを忘れてまた風船を手放すのだろう。だから、無意味。

「そんなことはないだろ」

「へえ？　なんで？」

「親切をすると気分がいいからだ。たとえあの子が忘れても、あせびが覚えているかぎり善いことをした自分を好きでいられる。だから、意味はある」

あせびはぱちぱちと目を瞬き、あはっと笑った。

「いいこと言うね〜。警察より先生のほうが向いてんじゃない？」

「第二志望として考えとくよ」

まぁ警察以外の職に就くつもりはないのだが。

あせびは再び歩きだす。その背中を追いながら、俺は問いかけた。

「人を殺す以外に、ループから抜け出す方法はないのか？」

「ないね。大抵のことは試したけど、ダメだった。残念だけど殺すしかないよ」

「……それでも、何かあるはずだ」

「ま、考えるのは自由だよ」

自分も当事者だというのに、投げやりな言い方だった。この現象の被害者——便宜的にループ被害者と言うが、その人たちとも同じようなやり取りをしたのかもしれない。俺の前に七人いた、と言っていたが、そのうちの一人はネリコとして、他にはどんな人がいたのだろう。そもそも考えてみれば、他の人がループから抜け出していくなか、なぜあせびはループに囚《とら》われ続けているのだろうか。

疑問は尽きないが、非現実的な話ばかり聞かされて頭が疲れていた。思考を整理する時間がほしい。

そう思った矢先、あせびは足を止めた。目の前には大観覧車【ビッグサン】がそびえ立っている。今は誰も並んでいなかった。

「乗るのか？」

「うん。けどちょっと待ってよ。…………よし、ゴー」

謎の間を空けてから、観覧車の乗り場に進んだ。あせびは俺が持っているものと同じカードタイプのワンデイパスをキャストに見せる。俺も同じようにしてから、二人でゴンドラに乗り込んだ。

扉が閉まり、二人きりの密室がゆっくり上っていく。どこからか隙間《すきま》風が入り込んでいて、ひゅーひゅーと小さな風切り音が聞こえていた。

「どうして観覧車に？」

「食べたあと動くと脇《わき》腹痛くなっちゃうからね」

めちゃくちゃ個人的な理由だった。だがちょうど頭を休めたいと思っていたし、ここならあせびとゆっくり話ができる。

「あせびもサニーパークには友達と来たのか？」

ループ現象のことも気がかりだが、もう少し彼女のことを知っておきたい。

「いいや、一人だよ」

「一人？」

それは……よくあることなのだろうか。一人カラオケや一人焼き肉が謳われたように、一人遊園地がトレンドになっているのかもしれない。ＳＮＳで自撮りを上げたりするのかも。

「変わってる、って思った？」

「あ、やっぱりそう思うのが普通なのか？」

「あはは、何その言い方。なんかサイコパスっぽいんだけど」

「てっきり俺の知らないところで流行っているのかと……」

「んなわけないじゃん。流行るにはハードル高すぎでしょ」

「でも、あせびは一人で来たんだろ？」

「生きてりゃ一人で遊園地に行きたくなる日もあるよ」

あるか？　まぁ、ないとも言い切れない。

俺は座席の背にもたれた。窓から差し込む陽光が暖かい。あせびは頬杖《ほおづえ》をついて、景色を眺めていた。

綺麗《きれい》な横顔だった。長いまつ毛は優美な曲線を描き、唇《くちびる》はグロスで艶《つや》めいている。ぱっちりとした目にはなんの憂いもなく、これから夏休みを迎える子供みたいに輝いている。何千回も同じ一日を繰り返しているとは思えない、清々《すがすが》しい表情だった。

どうして平気でいられるんだ？

素朴な疑問が湧いた。常人なら心が折れてもおかしくない状況だ。数千回は嘘《うそ》なんじゃないか、とも思ったが、そこで意地を張る意味がないし、たった数回でも精神は削られる。事実、俺はすでにサニーパークから出たくてたまらなくなっている。

訝《いぶか》しんでいると、あせびはこちらを向いた。

「私、今の生活わりと気に入ってるんだよね」

一瞬、心の声が漏れたのかと焦った。あるいは表情から疑問を察したのかもしれない。

あせびは恍惚《こうこつ》とした表情で続けた。

「ここには観覧車もメリーゴーランドもジェットコースターもあって、将来のことを考えなくてもよくて、ずーっと遊んでてもそれが普通で……ほんと、夢の中にいるみたい」

野暮だと思いつつも、俺は確認のつもりで問うた。

「だから、この状況を受け入れてるのか？」

「永遠かもしれない時間が手に入ったんだよ。楽しまなきゃ損だと思わない？」

「思わないな」

即答した。あせびの意向にそぐわなくても、そこは譲れなかった。

「変わらない毎日なんて拷問でしかない。俺は早く明日に行きたい。遊園地は一日で十分だ」

あせびは微笑《ほほえ》んだ。

「私は君の意志を尊重するよ」

優しい言い方なのに、どこか突き放されたような感覚を覚えた。

もし、あせびが本当に今の生活を受け入れているなら、俺の言葉に反感を覚えてもおかしくない。けど、そんなことがあるだろうか？　三つ星の高級フルコースだって、毎日同じ店で食べていれば必ず飽きる。あせびの考えが、どうにも理解できなかった。

「結構いいとこなんだよ、サニーパーク。老舗の遊園地だから古いところはあるけど、何度もリニューアルして誰でも楽しめるようになってるし」

「そういう問題ではないと思うが……」

「たとえばあそこらへんとか、改装でめっちゃ綺麗《きれい》になったんだよ」

そう言って視線を外に向けた。

話を逸《そ》らされている。衝突はしたくないが、多少の軋轢《あつれき》はあっても真剣に話してほしかった。けど仕方ないか、という気持ちもあった。本音で話し合うには、まだ時間も信用も足りていない。これから言葉を重ねていけば、そのうち心を開いてくれるはずだ。

俺はあせびの視線を目でなぞった。

観覧車は園内の最奥にあるのだが、あせびが見ている方向は敷地の反対側だ。だから眼下には森しか広がっていない。改装の形跡どころか、人工物すら見当たらなかった。

「どれだ？」

「もっと手前。背の高い木が見えるでしょ？」

「んん……？」

腰を浮かせ、顔を窓に近づける。背の高い木……どれも同じ高さに見える。

「なあ、一体どれのこと――」

あせびのほうを向いた瞬間、胸ぐらを掴まれ、身体を強く押された。そのまま背中を窓に押しつけられる――と思ったら、その窓が「ばがん」という音とともに外れた。

「なっ!?」

腰が窓枠に乗り上げ、ふっと足が床から浮く。上体がのけぞり、視界に青い空が広がった。

俺は反射的にあせびの腕を掴んだ。あせびはなおも俺の胸ぐらを掴んでいるが、その気になれば突き落とすこともできるだろう。さすがにこちらの体勢が悪すぎる。

「このゴンドラだけ窓枠が劣化しててさ。押したら簡単に外れんの。しかもこの時間は観覧車に乗ってる人ほとんどいないし、敷地の反対側だから地上からも異変に気づかれない」

訊いてもいないことをあせびは説明する。だが動揺に染まった頭には何も入ってこなかった。

「な、何を……」

冗談では済まされない。危うく殺されるところだった。もしあせびが手を離せば、俺は頭から地面に落下する。

——誰かを殺せば、ループから抜け出せる。

まさか、最初からこれが目的で観覧車に乗ったのか？

驚愕《きょうがく》で言葉を継げずにいると、あせびは俺の考えを見抜いたように「殺さないよ」と言った。

「ただし、私の言うことを聞いてくれるならね。そんな無茶なお願いはしないから安心してよ。なんならカシオくんが望んでることでもあるよ」

「俺が、望んでる……？」

「カシオくんさ、早いとこ誰か殺して、サニーパークから出ていってくれない？」

使いっ走りを頼むような軽さで、あせびはそう言った。

「人間ってほんと好奇心旺盛《おうせい》だからさ。同じ一日を何度も繰り返してると、『今回はちょっと違うことをやってみよう』って気持ちになるわけ。その『ちょっと違うこと』がいたずら程度ならまだいいよ。でもどんどん過激になって、いつか他人を害するかもしれない。その矛先が、私に向くリスクもあるわけで」

「そっ、そんなことはしない」

「どうかな。カシオくんはギュゲスの指輪って知ってるかな」

「ギュゲ……なんだって？」

「ギュゲスの指輪。ちょっとした思考実験だよ。その指輪をはめると、周りから姿が見えなくなるんだ。だから不正も犯罪もやりたい放題なわけ。そこで昔の偉い人はこんな命題を思いついた。ギュゲスの指輪を手に入れたとき、果たして人間はそれを私利私欲のために使わずにいられるか……ってね。サニーパークのスペシャルパスは、これと同じなんだよ」

つまりね、とあせびは続けた。

「普段は真面目でエリート気質な君も、ループっていう治外法権を手に入れたら豹変《ひょうへん》するかもしれない。女の子を口説きまくってやりたい放題、みたいなさ」

かっと頭に血が上り、あせびの腕を握る手に力が入る。

「ふざけるな。俺がそんなことするわけ――」

「動くな」

ぐい、と身体がさらに外に押し出される。落下の恐怖に、声が詰まった。

「さっきも言ったけどね。私はここでの生活が気に入ってるんだよ。だから、誰にも邪魔されたくないんだ」

子供に言い聞かせるように、あせびはゆっくりと語りかける。

「君が言うことを聞いてくれないなら、私はこの手を離すよ。ネリコちゃんのときみたいに、生き返るとは思わないでね」

口調は優しいのに、目は無機質な冷たさを帯びていた。つい数分前まで楽しげに話していたのが嘘《うそ》みたいだ。すべて演技だったのだろうか。

「さて」

あせびは仕切り直すように言う。

「もう一度訊くよ、カシオくん。私のお願いを聞いてくれるかな」

びゅう、と冷たい風が吹いた。髪がなびき、耳の先から熱が奪われていく。

俺はすでにネリコに一度殺されている。人は、殺《や》るときは殺る、と経験から知ってしまった。だから、あせびの言動もただの脅しとは思えなかった。しかも彼女は、同じ一日を何千回も繰り返してけろりとしている人間だ。常人の神経ではない。そもそも人をゴンドラから落とそうとしている時点で、一般的な善性や良心には期待できない。

俺は、誰も殺したくない。

そうしなければループから抜け出せず、そして殺された相手が生き返るとしても、殺すのは嫌《いや》だ。大体、誰かを殺してループから抜け出せたところで、そのあとはどうなる？　俺は人殺しの罪を背負わなければならないのか？　あるいは、すべてなかったことになるのか？

「早く決めなよ、カシオくん」

軽い苛立《いらだ》ちを滲《にじ》ませて、あせびは催促する。

「もしかして時間稼ぎでもしているのかな？　人に見られたところでやめるつもりはないけど、待つのは嫌だからタイムリミットを決めさせてもらうね。ゴンドラが頂点を過ぎたら、問答無用で落とす」

　ここより上に見えるゴンドラは、四つか五つ。あと一、二分程度しかない。そんな短時間で決断できるわけがないだろう。でも考えるしかない。頭を回せ。少なくとも俺が死ぬ選択肢はなしだ。この状況を切り抜けるには……もう嘘をつくしかない。

　ゴンドラが一周するまで、従順なフリをする。地上に下りても、当然、誰も殺さない。約束を反故《ほご》にされたとあせびは怒るだろうが、対応はそのとき考える。問題の後回しでしかないが、今はそれがベストだ。

　俺は乾いてカラカラになった舌を動かす。

「わ、分かった。あせびの言うことに……従う……」

　の一言が喉《のど》に突っかかったまま、固まる。

　たとえ一時の嘘でも、いずれ警察官になる俺が殺人を許容する発言はしたくなかった。だが状況が状況だ。このままだと死ぬかもしれない。でも、それでも、自分の信念は曲げたくない。

　頭の中の天秤《てんびん》が揺れる。保身と正義心――天秤は、後者に傾いた。

「……や、やっぱり無理だ」

「ん？」

「俺は……絶対、誰も殺さない」

　あせびは目を見開いた。拒否されるとは思っていなかったようだ。

「私の言ったこと、ちゃんと理解できてる？　カシオくんにとってもそう悪い話じゃないと思うんだけどな。君が決断さえしてくれたら、できるだけ抵抗や罪悪感を感じないようお手伝いしてあげるよ」

「それでも、人殺しは嫌《いや》だ。完全に命を奪うわけじゃないにせよ、個人的な理由で人を傷つけることはできない……」

「ふーん、そっかぁ」

諦めたような声。

「じゃ死ぬしかないね」

あせびの手に力が入り、重心が頭のほうへと移動していく。強烈な死の予感が全身を駆け巡った。落ちる――。

「まっ、待て待て待て！　ちょっと待ってくれ！　まだ話は終わってない！」

「もういいよ」

「俺に協力しろ！」

あせびは手を止めて、不愉快そうに顔を歪《ゆが》めた。

「協力〜〜〜？　君、今の状況分かってる？」

「俺は一刻でも早くサニーパークから出たい。あせびは誰にも邪魔されたくない。利害は一致してるだろ。だから誰も殺さなくてもサニーパークから出られる方法を一緒に探してくれ」

「言ったじゃんか、そんなのないんだって。過去にループしてたみんなが、どれだけ試行錯誤したと思ってんのさ」

「きっと方法はあるはずだ。あせびが何千回もループしてるのはもちろん分かってる。だが年月に換算すれば一〇年とか二〇年だろ。世の中には何十年も研究してようやく解明される法則もあるんだ。俺なら必ず見つけられる！」

思考を加速させ、乾いた舌を回す。喋るのをやめたら死ぬ、そんな思いに駆られていた。

「必ず見つけられるって、その根拠は？」

根拠？　そんなものはない。だが捻り出せ。何かあるはずだ。洞察力に優れているとか忍耐があるとか……それじゃあせびを納得させるのは難しいだろう。これは面接なんかじゃない。もっと、あせびが反応するような言葉を選ばなければ。

でも、俺はあせびのことをほとんど知らない。ループ現象のことだってそうだ。それで根拠もクソもないんじゃないか。その場の勢いとはいえ「必ず見つけられる」は言いすぎだったかもしれない。クソ……ただでさえループ現象でいっぱいいっぱいなのに、どうしてこんな状況になってんだ。そもそもループ現象なんかに巻き込まれていなければ……別にネリコを恨むわけではないが。

……ネリコ。

ネリコはどうして俺を刺した？　ループから抜け出すためには、誰かを殺す必要があるのは分かる。だが、俺を選んだ理由は――。

活路が見えた。

「ネリコだ」

「ネリコちゃん？」

「ああ。どうしてネリコが俺を刺したのか考えたんだ。俺が死ぬ直前、ネリコは泣いていた。私怨があって殺したわけじゃない。なら俺を刺した理由は……俺ならループを終わらせられると、希望を見出してくれたんじゃないか？　誰かを殺さないとサニーパークから出られないっていう負の連鎖を断ち切ってくれると。それに、ネリコに言われたんだ。あせびちゃんを助けてあげて、って」

あせびは眉《まゆ》を寄せた。何か言おうとしていたが、俺は構わず続ける。

「ネリコがどれくらいループしていたのかは知らない。だがサニーパークから出るために試行錯誤してたはずだ。それでもダメだったから諦めた。そんなネリコに、俺は託されたんだ。俺ならループを打ち破る力があると信じてくれたんだよ。これが俺の根拠だ。俺に託したネリコの言葉を信じろ」

「……」

あせびはじっと俺を見下ろしている。俺もあせびを見上げていた。言葉だけじゃなく、目線でも強く訴えかけた。決してあせびから目を逸《そ》らさず、瞬きもしなかった。

もう言葉は尽きた。あとはあせびに委ねるしかない。

「……あせびちゃんを助けてあげて、ねえ」

飴玉《あめだま》を口の中で転がすようにあせびは言った。

「あの子、そんなこと言ってたんだね。私、別になんにも困ってないんだけどな。結局ネリコちゃんも、私のこと、全然理解できてなかったんだね」

心臓がざわりとする。好感触とはいえない反応だ。だが、あせびは怒っているというより、どこか寂しがっているように見えた。俺の言葉が、というかネリコの言葉が、何かしらの形で琴線に触れたらしい。

「とはいえ……それなりに長い付き合いだったからね。ネリコちゃんの意志を無下にするのも気が引ける」

そう言うと、あせびは俺の身体を引っ張った。

重心が頭から腰のほうへと移動し、俺は上体を起こしてゴンドラの中に戻ってくる。落下の恐怖から解放されて、俺は倒れ込むようにシートに座った。

――た、助かった。

背中にびっしょりと汗をかいていた。湿ったインナーが肌に張り付いて冷たい。

「ま、君の言うことも一理あるよ。誰も殺さずに出られるなら、それに越したことはない。私だって人殺しを強要するのは胸が痛むからね」

俺を殺そうとしてたくせにどの口が……と思ったが、もちろんそんなことは言わない。ここであせびの機嫌を損ねるわけにはいかない。

「……協力、してくれるんだな？」

「あくまで君がループから抜け出す方法を一緒に探してあげるだけだよ。私はサニーパークから出たいわけじゃないから、そこは履き違えないように」

「ああ、それでいい……」

思い出したように疲労感が襲いかかってくる。緊張と恐怖に、ごっそりと体力を奪われた。しばらく喋る気にもなれなかった。

すでにゴンドラは頂点を過ぎ、下りに入っている。俺は脳の休息に努めた。俺が黙っているあいだ、あせびは外の景色を眺めていた。

ふとスマホが震えてポケットから出してみると、ユノからメッセージが届いていた。

『まだかかりそ？』

未読のままにしておいた。スマホをサイレントモードにして、ポケットにしまう。ユノたちには悪いが、当分、終わりそうにない。

やがて観覧車は一周し、俺たちは地上に降りてきた。あせびが外れた窓のことを報告すると、キャストは慌てた様子で確認に向かった。

「どこかに座ろうか」

そう言って、あせびはふらりと移動を始める。通りがかった自販機で、あせびはホットココアを、そして俺は缶コーヒーを購入した。さらに少し歩いて、近くにあるベンチに並んで座った。視線の先では、緑色の着ぐるみが子供たちに風船を配っている。あれはカエルだろうか。サニーパークにいるマスコットの種類は無駄に多い。

「は～、あったかあったか」

あせびはホットココアの缶を握りしめて暖を取っている。

一つ、確信したことがある。あせびは強がりではなく、本当にこのループ現象を楽しんでいるようだ。一応理解はしたが、共感は一ミリもできなかった。本人が望んでいるとはいえ、どういう精神構造をしていたら、永遠に繰り返す一日を楽しめるようになるのだろうか？

戦々恐々としていると、あせびは俺を見てくすりと笑った。

「もう怖いのはナシだからそんなビクビクしないでよ。あれはね、テストみたいなもんだよ、テスト。本気で落とすわけないじゃんか。これから長い付き合いになるかもしんないんだから、本音を知っときたいでしょ？　その点、君は合格だよ。あんな状況でも保身に走らなかったんだから、大したもんだよ。もっと喜びなって～」

そう言って、肩をべしべし叩《たた》いてくる。

う、うざい……人を脅しといてなんでこんなに楽しそうなんだ。

「テストにしては、やりすぎだ……大体、本当に落とすつもりなかったのか?」

「転落死体とか見たくないじゃんか」

「理由が軽いな……」

「それに、本当に死ぬわけじゃないからね」

俺は観覧車のゴンドラを見上げる。

「あの高さから落ちたら死ぬだろ」

「あ、死ぬには死ぬんだけどさ。スペシャルパスを持ってる人は、死んでも次のループで生き返るんだよ。ループの条件は、園外に出るか死ぬかのどっちかだから」

「……? でも、ネリコのときみたいに生き返ると思うな、って言ってなかったか?」

「そう言わないと脅しにならないでしょ」

顔が引きつりそうになる。よく平然とそんな嘘《うそ》をつけたものだ。

「もし私とカシオくんが殺し合いをしても、状況は何も変わらないよ。死んでも次のループで生き返るし、スペシャルパスを持ってる人を殺してもループからは抜け出せない。だから君が本気でサニーパークから出たいなら、私以外の人を殺さないとダメだよ」

「言っただろ、俺は誰も殺さない」

「最初はみんなそう言うんだよ」

あせびは缶のプルタブを起こして、ホットココアを飲み始めた。

本気にされていない。俺の信念を軽んじられたみたいで腹が立ったが、苛立《いらだ》ちは表に出さないようにする。あくまで俺は、協力してもらう立場だ。

俺も缶コーヒーを飲んだ。ブラックの苦みが気持ちを落ち着かせる。

「……根拠はなんなんだ。スペシャルパスを持ってる人を殺してもループから抜け出せない、とか。そんなのどうやって調べたんだ」

「調べたっていうか、実際にそういう出来事があったんだよ」

さらりと衝撃的なことを言った。

つまり、過去にループ被害者同士で殺し合いが起きた、ということなのだろうか。壮絶な状況だが、まったく想像できないわけじゃない。なかにはループに巻き込まれて錯乱した人間もいたはずだ。こんな状況なのだから、正気を失ってもおかしくない。

「今はまともでも、人間、どうなるか分かんないからさ。カシオくんも気をつけてね」

「悪夢みたいだ……」

額《ひたい》を押さえる。そのとき、右手首に巻かれた青いリストバンドが目についた。表面に印字された『HAVE FUN!』の文字に俺は顔をしかめる。楽しんでね？　楽しめるわけがない。

「ふざけてる」

俺は缶コーヒーを握りしめた。スチール缶だから、力を込めても凹《へこ》まない。

「本当に、なんなんだこの現象は。誰かを殺さないかぎりずっとサニーパークに閉じ込められるだって？　誰が考えたのか知らないが、悪意がありすぎる」

「ふざけてるのは否定しないけど、悪意はないと思うよ」

あせびは神妙な顔で言った。

「どういうことだ？」

「ちょっとした昔話を聞かせてあげるよ」

こほん、とあせびは小さく咳払《せき》いすると、子供に絵本を読んであげるように話し始めた。

「むかしむかし……私にとって一周目の一月七日のことです」

昔も何も今日じゃないか、と思ったが、何千回もループしているあせびにとって、一周目のことは昔話になるのだろう。ややこしいな。

「このサニーパークで通り魔事件が起きました。楽しい夢の国は一転して恐怖に包まれ、来園者は逃げ惑います。犯人はすぐに捕まったものの、二人の命が犠牲になってしまいました」

やけに生々しい。俺は黙って続きを聞いた。

「哀れに思ったサニーパークの神様は、死んだ二人を生き返らせて、殺される前に時間を戻しました。それだけではありません。嫌《いや》な思いをした二人に、『お詫《わ》びの品』を贈りました」

あせびは一口、ホットココアを飲む。

「サニーパークでは、その『お詫びの品』こそがスペシャルパスなのです。アトラクションが乗り放題になるワンデイパスなんかと同じにしてはいけません。なんせこれは、サニーパークで永遠に遊べる、特別なパスなのですから」

あせびは物語の終わりを演出するように、目を伏せた。

「ようするに、この現象はサニーパークの神様による、屈折した善意の表れなのです……めでたしめでたし」

「何もめでたくないだろ……ていうか、その話」

遅れて、衝撃がやってくる。

通り魔事件。死んだ二人。サニーパークのスペシャルパス。

まさか、あせびは。

「なあ、犠牲者の二人って……」

「一人は私のことだね」

あせびは平然と言った。

「あ、言っとくけどサニーパークの神様云々《うんぬん》は私の創作ね。いるかどうか分かんないけど、なんかいたほうがしっくり来るから」

「……通り魔事件、っていうのは？」

「それは本当」

目の前を子供が横切り、そのあとを若い夫婦が笑顔で追いかける。あの親子も、観覧車の列に並ぶ仲睦まじいカップルも、スマホで撮影するのに夢中な女子高生も、誰もこのサニーパークで凄惨《せいさん》な事件が起きたとはきっと想像もしていない。

むごい話だった。

俺はあせびに同情するべきなのだろう。だがあまりにも軽い調子で話すものだから、悲しんだり義憤に駆られたりすることができなかった。むしろあせびのことが一層、分からなくなってきた。

「どうして、ここにいられるんだ?」

「ん?」

「それだけ壮絶な目に遭っておいて、どうしてこの状況を楽しめる? 嫌《いや》にならないのか? 俺には、まったく理解できない……」

ひょっとして、あせびはとっくに正気を失っているんじゃないだろうか。それとも、サニーパークから出たくない理由が他にあるのか?

「なんでって、そりゃあ、あれだよ」

あせびはホットココアを一気に飲み干した。ぷはあ、と息をつくと、俺のほうを見て得意げに笑う。

「私、メンタル最強だから」

「……そういう問題か?」

あせびは目の横でピースして「元気一番」と言った。まともに答える気がないのか、すでに正気を失っているのか、本当にすさまじく肝が太いのか……おそらく一番目だろうが、これについては考えるのはよそう。自分とは考え方が違う、という割り切りも大事だ。

あせびにはまだまだ聞きたいことが山ほどある。あせびの言うとおり、これから長い付き合いになるかもしれない。上手く付き合っていかないと。

「あ、そうそう」

あせびは思い出したように言った。

「一つ、言っておきたいことがあるんだよね」

「なんだ?」

「君が一刻も早くパークから出たくなったら、身代わりにするのは同年代の女の子にしてね」

「……あ?」

「一緒にループするなら、やっぱ話の合う子がいいからさ。私は自分の安全を脅かされたくないだけで、孤独になりたいわけじゃないんだよ」

「お、お前……」

こいつ、自分が何を言ってるのか理解してるのか? 俺に同年代の女の子を殺せと?

飛び出しそうになる罵声を、コーヒーで胃に流し込む。一気に全部飲み干して、空き缶を強くベンチの上に置いた。

「俺は、絶対に、誰も殺さない」

「それ、今日三回目だよ」

ループから抜け出すために、俺はあせびの力を借りる。だがそれはそれとして、こいつとは仲よくできそうにない。今、はっきりと、そう確信した。

俺は勢いよく立ち上がった。

「本当にサニーパークから出られないのか、まずはこの身でたしかめたい。試し終わったらまた合流する」

「おっけ。じゃあ電話番号教えておくよ」

そう言って、あせびは一一桁の番号を暗唱した。アプリじゃなくて電話番号？　訝《いぶか》しがりながらも、忘れないよう電話帳に登録する。あせびは俺の手元をしげしげと眺めていた。

「……なんだ？」

「いや、ビギナーらしいな〜って思って」

それくらい諳記しろ、と遠回しに言っているのだろうか。よく分からないが、いちいち突っかかることもない。俺は「また連絡する」と言い残して、ゲートに向かった。

「カシオくんはどのくらいもつかなぁ」

意地悪そうに呟《つぶや》く声が背後から聞こえた。俺は無視して歩き続けた。苛立《いらだ》ちが歩くペースを速くする。コーヒーの空き缶をゴミ箱に投げ捨てて、メインストリートに進んだ。

——嫌《いや》なヤツ。

度し難い性格だ。ネリコはどうして「助けてあげて」などとあんなヤツの身を案じるような発言をしたのだろうか。

……まぁいい。ここを出るまでの辛抱だ。今は検証に集中しよう。

あせびの話によれば、サニーパークから出ようとすると時間がリセットされる。一度は実際に経験したが、確証がほしい。ループの瞬間を、捉えてみせる。

メインストリートを抜け、ゲートに入る。回転アーム式のバーが腹に触れ、そこから一歩を踏みだした。わずかな抵抗とともに、バーが回る。

ガコン。

# 第三章

## ナイトカストーディアル

「まずは何から乗ろっか?」

戻った。

やはりサニーパークからは出られないらしい。予想していた結果ではあるが、あまりにも非現実的な体験で変な笑いが漏れそうになる。

ゲートを抜ける直前までの記憶は明瞭《めいりょう》なのに、長い時間が経《た》ったような感覚がする。深い眠りから突然叩《たた》き起こされたような気分だ。それでいて思考は澄んでいるし、眠気もない。前回までループの直後は混乱していたから意識していなかったが、身体のコンディション自体はかなりいい。

「うーん……メリーゴーランドとか?」

時間が巻き戻ったことで体調もリセットされているのだろう。思えば、体感的には二日以上もぶっ続けで活動しているのに、一度も眠たくなったことがない。それに、ヒゲが伸びている気配もなかった。科学的には説明がつかない現象だ。俺に解明できるとは思えないので、深く考えるのはやめておく。

「お前は乗らねーのかよ」

さて。

ゲートを抜けるとループすることは分かった。では他の場所からだとどうだろう。おそらく同じ結果だろうが、一応、試しておく。

と、その前に。

俺は歩を進めた。ユノとシュウジの横を通り、目にするのはもう四度目となるバルーンアートを手にした男の子へ寄った。

男の子がこちらに気づき、俺は声をかける。

「君、バルーンアートは割れやすいから注意したほうがいいぞ」

「え、あ、うん」

男の子は少し怯《おび》えた様子で頷《うなず》く。すぐさま母親が警戒したように「こっちに来なさい」と俺から男の子を遠ざけた。不審者みたいな目で見られたが、別に構わない。この子の泣き顔を見ずに済んだのだから。

親子の前から去り、シュウジたちのところに戻ってきた。

「何やってんだ？」

「バルーンアートが割れそうだったから、注意してきた」

「ええ……余計なお世話だろ」

傍《はた》から見ればそう思うだろうが、放っておけばあの子は泣く羽目になる。だからこれは正しい行いなんだ……と説明したところで信じてもらえないだろう。それより、シュウジたちには大事なことを伝えなければならない。

「三人とも、聞いてくれ」

ユノとネリコがこちらを向き、シュウジは怪訝《けげん》そうに眉《まゆ》を寄せた。

「なんだよ、改まって」

「いきなりで申し訳ないが、今から単独行動をさせてほしい。これには大きな理由があるんだが、悠長に説明している暇はないんだ。終わったらちゃんと説明するから、どうか少しのあいだ俺のことは放っておいてくれ」

三人はぽかんとしていた。当然の反応だ。急にそんなことを言われて納得できるヤツはいない。でもループ現象を三人に信じてもらうのは大変だろうし、できれば嘘《うそ》はつきたくない。だからこう言うしかなかった。

「頼んだぞ」

一方的に言い放ち、俺は逃げるようにその場を去った。ひと呼吸間を置いて「おい待て」と言いながらシュウジが追いかけてくる。だが美術部のシュウジでは柔道部で毎朝五キロ走っている俺には追いつけない。というか、もはや「ように」ではなく普通に逃げていた。

間もなくして、シュウジを撒《ま》くことに成功した。

一息ついて足を止めると、今度はスマホが震える。ユノからメッセージが届いていた。

『急に走りだすからびっくりした！』

『どしたの？相談のるよ〜』

『（首を傾げる猫のスタンプ）』

すまん、と心の中で詫《わ》びて、スマホをサイレントモードに切り替える。ちゃんと謝って、埋め合わせもいくらでもする。ここから出られたら。

俺は数歩進んで、目の前の柵《さく》を見上げる。ここは空中ブランコの裏手、サニーパークの西の端だ。サニーパークは鉄製の柵にぐるりと囲まれており、ゲート以外から人が出入りできないようになっている。

柵の高さは三メートルほどだろうか。足を引っかけられる場所は中間と頂点の二か所。ちょうど『柵』という漢字の右側みたいな形をしている。これなら難なく登れそうだ。それに、ここはパークの端っこなだけあって人通りが少ない。誰かに見つかる前に登り切れるだろう。

俺は「はー」と手の平を吐息で湿らせる。

「行くか」

柵を掴んだ。握力と靴のグリップを使って登り、まずは中間地点に足をかける。よっ、と柵の上に手をかけ、懸垂の要領で上体を持ち上げた。そのまま身体を園外に投げ出す。

「まずは何から乗ろっか?」

ユノの声。

ループした。

元より上手くいくとは思っていないが、軽い虚無感に襲われる。やはりゲート以外から出ても同じか。

　念のため、他の場所からも試した。観覧車の裏手、ゴーカート場のそば、オフシーズンで閉鎖中の大型プール……どの場所からでも結果は変わらなかった。全身がサニーパークから出た瞬間に、ループが始まる。早くも行き詰まりを感じてきた。

「メリーゴーランドて。高校生が乗るもんじゃないだろ」

「そう？　別にいいじゃん。みんなが乗ってるとこ写真撮ってあげるからさ」

　シュウジとユノが盛り上がっているのを傍目《はため》に、俺はネリコに話しかけた。

「悪い、ネリコ。ちょっと用を足してくる」

「あ、うん。分かった」

　その場からそっとフェードアウトして、ついでにバルーンアートを手にした少年に「割らないようにな」と小声で注意する。同じ場面を何度も繰り返しているうちに行動が最適化されていた。これならシュウジからダッシュで逃げる必要もないし、あの少年の母親から怪しまれることもない。

　一人になったところで、俺はスマホを取り出す。あせびと合流しようと電話帳を開いた。

「……あれ」

　登録したはずの電話番号がどこにも見当たらなかった。あせびの名前で登録したことは覚えているのだが――そこではたと自分のミスに気づく。

ループすると、記憶以外のすべてが一月七日の一〇時一五分にリセットされる。だからスマホで入力した情報も、ループすればなかったことになる。

『ビギナーらしいな～って思って』

あせびの発言を思い出して、舌打ちしそうになった。こうなることを見越していたのだろう。なぜその場で教えてくれなかったのか。

「協力する気あんのか……」

「あるよ」

ぎゃっ、と俺は悲鳴を上げた。

慌てて振り返ると、あせびがひそひそ話でもするような近さで立っていた。

「びっくりした？」

にひひ、とあせびは笑う。どうやら近くで俺のことを見張っていたらしい。

「電話番号分かんなくて焦った？」

「焦ってない。なんで教えてくれなかったんだ、とは思ったが」

「口で説明するより体験するほうが理解しやすいじゃん？　カシオくんもサニーパークから出られないか自分で試したでしょ。人は失敗を重ねて学んでいくんだよ」

「それはそうだが……」

聞こえのいい言葉で丸め込まれたような気がしないでもない。

とりあえず、もう一度、電話番号を教えてもらった。今度こそちゃんと諳記した。

あせびは近くにあるお面やカチューシャが売られているワゴンショップを指さした。

「私がループすると、毎回あそこのワゴンショップから始まるんだ。ゲームでいうリスポーンってやつだね」

「人によって違うのか」

「うん。場所も時間も結構バラバラ。サニーパークに入ってすぐじゃなくて、少し経《た》ったところがリスポーン地点になるんだよ」

「へえ……」

感心しながらも、ゲームの仕様を聞かされているみたいでうんざりした。今まで絶対的だと思っていた時間の概念が、根底からぐらぐらと揺るがされる。

「それで？　カシオくんはこれからどうするつもりなのかな」

あせびは腕を組んで、わずかに頭を傾けた。妙に楽しそうだった。邪険にされるよりマシだが、遊び感覚で協力されるのも不安を覚える。

「さっきまでサニーパークから出られないか試してたんだ。だがどこから出ても、ゲート前の広場に戻された。手詰まりってほどじゃないが、そろそろあせびから話を聞きたい」

「話って？」

「いろいろあるだろ。過去のループ被害者たちがどうやって脱出しようとしていたのか、とか。他にも些細《ささい》なことでもいいから情報がほしい。ループ現象と過去のループ被害者、あとサニーパークに関することも、できるだけ詳細に教えてほしい」

「注文が多いなぁ」

あせびは嫌《いや》そうな顔をして歩きだした。

「おい、どこ行くんだ」

「逃げやしないって」

あせびは振り返りもせず足を進めて、メインストリートに入った。並木道のように並ぶヤシの木が風に揺れている。この辺りは目立ったアトラクションがない代わりに、ワゴンショップがたくさん並んでいる。あせびはそのうちの一つを訪れて、ストロベリー味とキャラメル味のチュロスを注文した。

「カシオくんもなんか買ったら？」

「甘いものは苦手なんだ」

「甘くないやつもあるよ」

「今は食欲がないからいい」

「ノリ悪ぃ〜」

お姉さんもそう思いません？　とあせびはワゴンショップの店員さんに話を振って、苦笑を返されていた。嫌なノリだ。

近くのベンチに座ると、あせびは「さてと」と切り出した。

「まずは何から聞きたい？」

「過去のループ被害者がサニーパークから出るために試したこと、全部教えてくれ」

あせびはちょっと面倒くさそうな顔をしたが、「分かったよ」と了承した。

それから長い話が始まった。

過去のループ被害者たちは、思いつくかぎりのことを試していた。穴を掘って地中から出る。マンホールから下水を通って出る。柵《さく》を破壊して出る。ヘリを呼んで上空から出る。人間以外の生物を殺して出る。他者を仮死状態にして出る。サニーパークの所有者である株式会社ダイヤモンドソリューションズの売買契約書を遠隔で改ざんして一時的にサニーパークの敷地面積を日本全域に拡大して出る。エトセトラ。

すべて失敗に終わった。なかには「どうやって実行したんだ？」というものもあった。

「ループ現象の原因はスペシャルパスだと考えて、これをちぎろうとした子もいた」

あせびは袖《そで》を捲《まく》って、右手首に巻かれた青いリストバンドを見せた。

「だけど、ハサミでも包丁でも火でもちぎれなかった。引き抜こうとしても、手が血まみれになるだけだった。もうやめたほうがいいのに、その子は諦めが悪かった」

あせびは淡々と語る。

「リストバンドが手を通らないなら、いっそ手首ごと切断してしまえばいい……狂気の沙汰《さた》だけど、その子はやってのけたんだ」

「……上手くいったのか？」

「今度は左手首に新しいスペシャルパスが出現した」

ああ……と俺は額《ひたい》を押さえた。

「その子は次のループで出ていったよ。確実なやり方でね」

俺はベンチの背にもたれて、息をついた。思い出したように周囲の喧噪《けんそう》が耳に届く。時刻は一一時半、メインストリートは多くの人が行き交っていた。

「誰も殺さずにサニーパークから出ることも、スペシャルパスを外すことも、不可能。それが、うん千回とループした私が出した結論だよ」

反論したかったが、すっかり打ちのめされていた。

サニーパークから抜け出すためには、過去のループ被害者たちを上回る覚悟が必要になるのだろう。重圧が全身にのしかかる。自分がどれだけ危機的状況にあるのかを、ようやく正しく認識できた気がした。

「まだ試してないことも、あるんだけどね」

俺はあせびのほうに身を乗り出した。

「ほんとか？」

「うん。それでもサニーパークから出られる可能性は低いけど」

「教えてくれ」

食い気味に言った。誰かを傷つけること以外なら、なんでもやってみせる。

「まず、斧《おの》でカシオくんの首を切断する」

「………一応、最後まで聞く」

「その首をパークの外に投げて、向こう側で待機しているスーパードクターに受け止めてもらう。それで、急いでカシオくんの生首を適当な身体に縫合してもらったら、『サニーパークから全身が出た瞬間にループする』の法則を破れるかもしれない」

「頭の移植を実現できるスーパードクターはどこにいるんだ」

「これから探すんだよ、野生のブラック・ジャックを」

「身体はどこから調達するんだ」

「カシオくんのクローンがどっかにあるはず」

「日本はクローン人間の生成を禁止している」

「実はアメリカが極秘で開発してて……」

「分かった、もういい。ないんだな、手立ては何も」

少しでも希望を見出そうとした俺がバカだった。

「暗い顔してたから、場を和ませようと思ってさ」

「そんな冗談で笑うわけないだろ……」

「ま、百パーセント冗談ってわけでもないんだけどね」

背筋が強張《こわば》った。脅し……ではない。それくらいしなければサニーパークからは出られない、とあせびは言いたいのだろう。一層、気が重たくなるのを感じた。

俺は大きめの咳《せき》払いをして気を取り直す。

「先人たちの努力は、痛いほど伝わった。ただ……」

大事なことをまだ聞いていない気がする。サニーパークからの脱出がことごとく失敗に終わったのは分かった。誰かを殺さないかぎり、パークから出られないことも。だがあせびの話では、ループ現象そのものに対する言及がほとんどなかった。

少し考えて、違和感の正体に気づく。

ループの発動条件は、自分が死ぬか、サニーパークの敷地外に出ること。それなら、

「もし、サニーパークに――」

「あ、ごめん。ちょっと待ってて」

突然用事を思い出したように、あせびはベンチから立ち上がった。ワゴンショップのそばで足を止めるとスマホを取り出し、どこかに電話をかけ始める。

誰と通話しているのだろう?

怪訝《けげん》に思いながら終わるのを待っていると、

「カシオ?」

と名前を呼ばれた。

声のしたほうを振り向くと、そこにはユノが立っていた。正確には、ユノと、シュウジと、ネリコの三人だ。そして三人とも、信じられないような目つきで俺を見ていた。

――ま、まずい。

ユノはこれ以上なく困惑しながら「ここで何してるの？」と訊いてきた。

「電話をかけても出ないし、既読もつかないし……めちゃくちゃ心配したんだよ？」

それは本当に申し訳ないと思っている。俺は「用を足してくる」と言って三人の元を離れてから、その後はスマホをサイレントモードにしていた。ループのことに集中したかったとはいえ、あまりにその場しのぎな対応をしてしまった。

「わ、悪い。本当にすまなかった。これには事情があって……」

「事情って？」

ユノの声音《こわね》が鋭さを帯びる。表情から困惑が薄れ、代わりに怒りが滲《にじ》みだした。

「おい、ちゃんと納得できるように説明しろよ」

シュウジは明らかに怒っていた。その背後では、ネリコが軽蔑《けいべつ》の交じった視線を俺に向けている。修羅場だった。

冷たい汗をだらだら流しながら言い訳を考えていると、あせびが近くまで戻ってきていた。もう電話は終わったらしい。この苦境をなんとかしてくれることを期待したが、俺を見て苦笑したあと、Uターンして立ち去った。あいつ、他人のフリしやがった。

「ねえカシオ、聞いてる？」

「あ、ああ。ええと、その」

……誰か助けてくれ。


そして夜が訪れる。

昼頃から降り始めた雪は、夜が更けるにつれ勢いが強くなった。風も出てきて、体感温度は氷点下並だ。吐く息はタバコの煙のように白く、地面にはべちゃっとした雪が積もっている。

俺は疲れ切った足取りでサニーパークの北東へと向かっていた。閉園時間が近づいているため、ゲートに向かう客と何度もすれ違った。

観覧車の近くに『関係者以外立ち入り禁止』の札を見つける。周りに誰もいないことを確認してから、俺はその札の奥へと進んだ。暗い一本道を進んでいると、看板が見えてきた。

【ブリリアント・ビーチ】

この先はサニーパークの大型プールだ。だが冬季は開放されておらず、人気《ひとけ》はまったくない。

脱衣所のそばを通り過ぎると、開けた場所に出た。外灯の明かりが無人のプールサイドを照らしていた。

敷地全体の割合でいえば、プール場はさほど広くなかった。ドーナツ状のプール、子供用の浅いプール、そして一番大きい渚《なぎさ》のプールの三つで構成されている。どのプールも水が抜かれ、廃墟《はいきょ》のような物寂しさに包まれている。ただそれより気になったのは、プールサイドのド真ん中に立てられたビーチパラソルだ。傘の下には日焼けするときに使うようなデッキチェアまで用意されていて、そこには膝《ひざ》を抱《かか》えて寝転がるあせびの姿があった。場所的にはマッチしているが、季節感はガン無視だった。

ビーチパラソルに近づいていくと、もはや見慣れた犬耳のカチューシャが目についた。あせびが、みの虫みたいにブランケットにくるまっている。

「すまん、待たせた」

遅れたことを詫《わ》びると、あせびはブランケットにくるまったまま勢いよく身体を起こした。

「おそ～～～い！」

実は、昼間にあせびと連絡を取っていた。俺の『気になっていること』をその場で訊いてもよかったが、ゆっくり話を聞きたかったので夜に落ち合う約束をした。そしたら、このプールサイドを指定されたのだ。約束の時間を三〇分も遅れたことは悪いと思っている。

俺はビーチパラソルの下に入った。あせびのブランケットはサニーパークのお土産ショップで売られていたものだ。ゾーイくんがプリントされた、ここの限定商品。

「凍え死ぬかと思ったんですけど」

「悪かったよ。三人を説得するのに時間がかかったんだ」

「ふうん……なんて言ったの？」

「人と会う約束がある、って正直に話した。あせびの名前は出してないが」

「それで納得してくれたんだ」

「いや、死ぬほど詰められた。何も訊かないでくれ、って土下座する勢いで頼み込んで、なんとか帰ってもらった」

　ユノたちを説得するのは骨が折れた。修羅場になったときも、死ぬ気で謝ってなんとかその場を収めることができた。

「思い出すだけで胃が痛む……ユノたちに申し訳ない」

「別に気に病むことないんじゃない？　ループすればどうせみんな忘れるんだから」

「みんなが忘れても、俺に罪悪感は残る」

「真面目だねえ」

　俺はポケットに手を突っ込んで、周りを見た。

「明かり、点《つ》いてるんだな。冬のあいだは真っ暗なのかと思ったが」

「私が点けたんだ」

「どうやって？」

「分電盤をちょちょいとね。ちなみにここは警備員の巡回もないから、一人になりたいときはおすすめだよ」

「へえ……とんだ穴場だな」

「寒いのが難点だけどね」

たしかに、ここは冷える。人気《ひとけ》がないからか、それともオフシーズンのプールサイドという空間がそう錯覚させるのか、パークの中心地よりも肌寒く感じる。

手の平を擦《こす》り合わせて暖を取っていると、あせびがじっとこちらを見てきた。そして、何かいいことでも思いついたように、纏《まと》っているブランケットを両手で広げた。

「カシオくんも入る？」

「なっ」

大胆な誘いに声が詰まった。するとあせびは、いたずらが成功した子供みたいに笑った。

「いい反応するねえ。からかい甲斐《がい》があるよ」

顔が熱くなる。不本意だが、おかげで寒さは紛れた。

「あのな……そういう言動は勘違いを生むからやめとけ。お前、顔はいいんだから」

「いえ～い、褒められた」

あせびは声を弾《はず》ませると、今度は意地悪そうな笑みを浮かべた。

「もしかして、カシオくんも勘違いしそうになってるのかな？」

「なってないから安心しろ」

「だよね」

わずかに声のトーンが下がった。

「それでいいよ。君はここに長居するべきじゃないからね」

長居。それはループ現象のことを指しているのだろう。このプールサイドでもサニーパークでもなく、永遠に繰り返す一月七日に長居するべきではない、とあせびは言っているのだ。

ただ、どういうニュアンスで言っているのかは、いまいち分からなかった。俺の意志を尊重してくれているのか、早く出ていってくれ、と迷惑がっているのか……後者な気がする。

「俺も長居は望んでない。それより、訊きたいことがある」

「昼間の話の続き?」

「そうだ」

俺はデッキチェアの端っこのほうに座った。

昼間、ずっと抱《かか》えていた疑問をあせびに投げかける。

「サニーパークから出るとループするよな。だったら、閉園時間を過ぎてもサニーパークに居座っていたらどうなるんだ?　そのまま明日になるのか?　それとも、どこかのタイミングで勝手にループするのか?」

「あー、それね……」

あせびはポケットからスマホを取り出して画面を見た。

「あと三〇分か」

サニーパークの閉園時間は二〇時。あともうすぐだった。

「ここまできたら自分でたしかめたほうがいいんじゃない？　そのために夜まで待ってたんでしょ」

「ああ。でもあせびの話も聞いておこうと思ったんだ」

「実際に体験するのが一番だよ。たぶん、口で言っても信じない気がする」

「時間が巻き戻るより信じられないことなんてあるか？」

「あるんだな、これが」

ふむ、と俺は顎《あご》をさする。不安は大きいが、そこまで言われると気になってくる。

「じゃあ、待ってみるか」

「うん、そうしてみて。寒いから私は次に行くね」

あせびは立ち上がった。先にループするつもりのようだ。

遠ざかる背中を眺めていると、あせびは少し離れたところでこちらを振り返り、小悪魔めいた笑みを浮かべた。

「きっと忘れられない体験になるよ」

遠くから聞こえる退園を促すＢＧＭが、夢の終わりを告げている。

はらはらと雪が降りしきるなか、俺は無人のプールサイドで息を潜《ひそ》めていた。時刻は二〇時二〇分。とっくにサニーパークの閉園時間を過ぎている。

今のところ、何も起こっていない。

ビーチパラソルに積もった雪が、ぱらら、と目の前を滑り落ちた。雪の勢いはどんどん強まり、それに伴って気温も下がっている。二の腕を擦ったりその場で足踏みしたりして体温を保っていたが、さすがに堪《こた》えてきた。

俺はプールサイドを出て、サニーパークの中心部へと向かった。とにかく身体を動かしたかった。

閉園時間を過ぎているにもかかわらず、パーク内にはまだちらほらと客が残っていた。みんな、キャストに誘導されまっすぐゲートに向かっている。どうやらアトラクションは閉園間際まで受け付けをしていたらしく、今いる客はアトラクションを乗り終えたところのようだ。観覧車はまだ回っているが、受付は閉まっていた。

俺はキャストに見つからないよう、物陰に隠れながらパークを散策した。そうしているうちに、観覧車が止まり、退園用のＢＧＭが止《や》んだ。客が全員帰ったのだろう。アトラクションの照明は生きているが、稼働してるものはもうない。

パークを巡回するキャストから身を隠していると、車の排気音が聞こえた。そちらを見ると、小型のワゴン車が徐行していた。【ハクシャクのコーヒーブレイク】の前で停車して、中からスタッフがぞろぞろと現れると、コーヒーカップにブルーシートを被《かぶ》せていった。

「先輩は明日何するんすか？」

スタッフの話し声がこちらまで聞こえてきた。

「積みゲー消化する。雪たくさん降るみたいだし」

「雪、だるいっすよね～まぁそのおかげで明日臨時休園になるから文句言えないっすけど」

臨時休園……。

この雪が明日まで続けば、客足は遠のくだろう。それに、世間の学生は明日で冬休みが終わる。別段おかしな話とは思えなかった。

キャストたちが退散していき、元々ひっそりしていたサニーパークは、さらに深い静寂に包まれる。アトラクションは個別にブレーカーがあるようで、一つずつ照明が落とされていった。すべてのアトラクションから光が消えると、俺は通りの真ん中に出た。もう隠れる必要はないだろう。

「……暗いな」

外灯は点《つ》いたままだが、だからこそアトラクションの暗闇が際立っている。コーヒーカップやメリーゴーランドの中で、何かがうごめいているような錯覚に囚《とら》われた。

凍えるような寒さとわずかな恐怖心に震えながら、俺は歩きだす。こんなところに長居はしたくないが、このまま明日を迎えられるなら、それはそれで悪くない。仮にパークから出られなくても、同じ一日をずっと繰り返すよりかは希望がある。

とりあえず、待ってみるか。

雪と風を凌《しの》げる場所に移動しよう。メインストリートに行けば、どこかの店に入れるかもしれない。

歩きながら、ポケットからスマホを取り出した。時刻は二二時。サイレントモードにしていたから気づかなかったが、父から俺を心配するメッセージが届いていた。

「……」

返信する気はなかった。どうせ今回もサニーパークからは出られない。そうでなくとも、父と連絡を取り合うことはない。

父に憧れて、警察官を目指した。

それは、あくまできっかけだ。過去の話だ。今でも警察官を志していることは変わらない。

だが、父に対する憧れは、もう失われていた。

五年前に起きたあの事件から、父に対してずっと一線を引いている。もう恨んではいないが、親子の溝を埋める努力は放棄していた。

画面を消そうとしたところで、あることに気がついた。

「圏外……？」

おかしいな。昼間は普通に繋《つな》がっていたのだが……。

不思議に思っているうちに、メインストリートに入る。どうやっても電波は復活しそうにないので、俺はスマホをしまった。

そのとき、バン――と音を立てて、アトラクションの照明が一斉に点灯した。

「な」

暗闇の中でカメラのフラッシュを焚《た》かれたような痛みが目に走った。強烈な眩《まぶ》しさに思わず目を瞑《つぶ》る。

なんなんだ？　どうして照明が？　誰か残っていたのか？

混乱しながら薄目を開ける。

ぼやけた視界のなか、動く影が見えた。メインストリートの先から、何かがこちらに向かってきている。大きな頭に、長い胴体。重そうな身体で、どたどたとフォームの悪い走り方をしていた。

「なんだ、あれ……」

俺は目を細めて、再びその姿を捉えようとした。

あれは……着ぐるみだ。頭にツノみたいなモノが生えている。いや、ツノじゃなくて耳か。ピンと立った犬のような耳。そうだ。あれはサニーパークのマスコットキャラ。イヌのゾーイくんだ。

「は……？」

見間違いかと目を擦《こす》る。それでもやっぱりゾーイくんにしか見えなかった。ゾーイくんはどんどん近づいてくる。一心不乱に、走って、こちらに向かってくる。得体の知れない恐怖感が足下から這《は》い上がってきた。

――なんか知らんが、やばい。

俺はすぐさま走って逃げた。

不気味すぎる。なんなんだ、あれは。キャストか？　だとしたらどうして着ぐるみを着ているんだ。それに、なぜ走ってこちらに向かってくる。注意するだけなら、こんな怖がらせるような真似《まね》はしないはずだ。

走りながら後ろを振り返る。着実に距離は離れている。足はこちらのほうが速い。メリーゴーランドのそばを通ったところで、姿が見えなくなるまで引き離すことができた。ペースを落として一息つこうとしたら、

「うおっ⁉」

つい大きな声が出た。

逃げた先にも、着ぐるみがいた。

一体だけじゃなかった。今度はクマの着ぐるみだ。名前はたしかズーズーだったか。しかも、こいつもゾーイくんと同じように無言で駆け寄ってくる。

反射的に逃げ出そうとしたが、このままずっと追いかけっこを続けるのはごめんだった。それに、キャストである可能性も否定できない。俺は勇気を振り絞って対話を試みた。

「あの、すみません！　話を聞いてくれませんか！」

まずは歩み寄りの姿勢を見せる。

かぶり物を脱いで顔を見せてくれることを祈ったが、着ぐるみは返事の一言すらなく、足を止めることもなかった。話し合う気はないようだ。あるいは話が通じていないか。

俺を追い詰めてどうするつもりなんだ。あいつらに追いつかれると、一体どうなる？


――人食い遊園地、ってのがあるんだけどさ。


シュウジの声が蘇《よみがえ》る。

今まで完全に忘れていた。サニーパークは『人食い遊園地』の噂《うわさ》の出処《でどころ》だ。まさか、あの着ぐるみたちが追いかけてくる理由は……。

全身が総毛立つ。

俺は再び走りだした。

たかが都市伝説だ。普段なら絶対に信じない。だが、ループ現象という超常現象がすでに起きている。なら、人を食らう着ぐるみが出てきても、不思議じゃない。ヤツらに捕まれば、頭から丸呑《の》みにされて、誰にも知られず、死ぬ……。

ダメだ、考えるな。

俺は走り続けた。速さではこちらが勝っているが、このままじゃジリ貧だ。それに、着ぐるみの総数も分からない。もしパーク中に着ぐるみがいるなら、無闇に走り回ってもすぐに見つかる。

一度、ループしよう。あせびに事情を聞いてから再挑戦する。

俺はゲートに向かった。柵《さく》を越える手もあるが、登っているあいだに追いつかれたら堪《たま》らない。必死に走り続け、ゲートが見えてきた。よし、もうすぐ――。

「うっ」

ゲートのそばにも着ぐるみがいた。

カエルの着ぐるみだ。俺はとっさに進路を変えて近くのコーヒーカップへ向かった。ブルーシートを捲《まく》って、カップの中に身を隠す。ここで息を殺して、ゲートの前から着ぐるみがいなくなるのを待つ。そういう算段だった。

静謐《せいひつ》に包まれると、ずむ、ずむ、と雪を踏みしめる音が聞こえた。

着ぐるみだ。近くまで来ている。

身体が揺れるくらい、心臓がバクバクと鳴った。鼓動の音が外に漏れているんじゃないかと不安になるほどだった。俺は自分の膝《ひざ》を抱いて、身体から出る音を必死に抑える。

隠れるのは悪手だったんじゃないだろうか。ゲートまで突っ切るか、柵を乗り越えるほうがよかったかもしれない。不安が膨れ上がっていく。

こうなることが分かっていたら、絶対に一人じゃパークに居座っていなかった。無理やりにでもあせびを連れてくるべきだった。そもそも、どうしてあせびは着ぐるみのことを教えてくれなかったんだ。俺が困り果てるのを楽しんでるだけなんじゃないのか。

恐怖と後悔と苛立《いらだ》ちが、頭の中でミックスされて気分が悪くなってくる。

着ぐるみの足音はまだ聞こえる。

早く、どっかに行ってくれ――。

俺はひたすら祈った。

そうしているうちに、音が消えた。

……行ったか？

ブルーシートを捲《まく》り、おそるおそる頭を出す。

瞬間、俺は声にならない悲鳴を上げた。

ゾーイくんが、コーヒーカップのすぐそばで俺を見下ろしていた。

「――っ！」

逃げようとコーヒーカップから飛び出した。だがすぐに腕を捕まれた。その手を振り払おうとした瞬間、俺は悟った。

違う。

これは人間の力じゃない。

最初に連想したのはヒグマだ。毛の感じと腕の太さ、そして腕力がヒグマに近いように感じた。でも近いだけでやはり別物だった。こいつには、生物には必ずある力のムラみたいなのがまったくない。万力のように一定の力で握り込んでくる。振り払おうとしても、重機で固定されたみたいに動かなかった。

一〇年近く柔道に打ち込んできたからこそ、絶望的な差が分かってしまう。

力じゃ絶対に勝てない。そう思うと身体の力が抜けて、戦意喪失に陥りそうに――なるところを、ギリギリで踏ん張った。奥歯を割れそうなほど噛《か》みしめ、己を奮い立たせる。

「こんの犬畜生がっ――」

自由なほうの手で、ゾーイくんの頭を全力でぶん殴った。これには手応えがあった。頭が傾き……そして地面に落ちた。

俺は絶句した。

着ぐるみの中には、誰もいなかった。首の穴からぽっかりとした闇が覗《のぞ》いていた。

脳がフリーズして、その隙に自由なほうの手も掴まれた。こいつ、頭がなくても動くのか。

俺はがむしゃらにもがいた。しかし手は離れない。

他の着ぐるみもわらわらと群がってきた。

ヤツらは俺の身体を持ち上げ、どこかへ連れていこうとする。全力で暴れたが、無意味だった。俺は子供の手に握られたトンボのように無力だった。

次第に、抵抗する気力が失われていった。頭が恐怖と不安を紛らわせようとしているのか、思考が働かなくなる。

ヤツらは柵《さく》のそばで足を止めると、俺を園外に放り投げた。


「まずは何から乗ろっか?」

ループした。

昼間のサニーパークに、戻ってきた。

キィン、と耳鳴りがする。水中にいるように周りの景色はぼんやりとしていた。シュウジたちの話し声や、アトラクションの稼働音、行き交う人々の笑い声が、厚い膜を通したみたいにくぐもって聞こえる。

追いかけてくる着ぐるみは、もういない。安心するべきなのに、頭は今もなお夜のサニーパークに取り残されていた。実感が追いつかず、棒立ちしている自分を俯瞰《ふかん》しているような錯覚に囚《とら》われる。時間の感覚すら曖昧《あいまい》だった。

パンッ! と風船が割れる音が聞こえた。

そのとき、息苦しさを感じて俺は大きく息を吸った。呼吸を忘れていた。息をしているうちに感覚が明瞭《めいりよう》になってきて、周りの景色にピントが合い、喧噪《けんそう》がはっきりと耳に届いた。

「カシオくん、大丈夫?」

隣にいたネリコに話しかけられた。心配するように俺を見ている。

「あ、ああ。大丈夫だ……」

「なんか、すごい顔してたよ。くしゃみでも我慢してた？」

「いや……少し、立ちくらみがしただけだ」

ちょっと顔を洗ってくる、と言って俺は三人の元を離れた。トイレに向かって歩いていると、はらわたが沸々と煮え立ってきた。

なんで、あせびはあいつらのことを教えてくれなかったんだ。

本当に、死ぬかと思った。

歩きながらあせびに電話をかけようとすると、「カシオくん」と後ろから名前を呼ばれた。振り返ると、あせびがにやにやした顔で立っていた。両手に二本のチュロスが握られている。

「どうだった？」

「どうだった……？」

「動いてたでしょ、着ぐるみ。初見はビビるよね。あいつら、足はそこまで速くないけどずっと追いかけてくるんだよ」

ちょっとしたドッキリを仕掛けたみたいな気軽さで話しかけてくる。俺の黒々とした憤りに気づく素振りもない。

「あ、これ気になる？　カシオくんのためにチュロスを用意してあげたんだ。私なりの労《ねぎら》いってやつだよ」

そう言って、あせびはチュロスを差し出した。

「はい、どうぞ」

「いらない」

「まぁ、そう言わず食べてみなって。ほら」

あせびは俺の頬《ほお》にぐりぐりとチュロスを押し当ててくる。

カッと頭に血が上った。

「いらないって言ってるだろ」

俺はあせびの手を振り払った。するとチュロスが手から離れて、ぽと、と地面に落ちる。あせびは心底驚いたように「あ……」と小さく声を漏らした。

「どうして着ぐるみのことを黙ってたんだ。本気で、く……食われると思ったんだぞ！」

「いや、食われるって……別に、怪我《けが》したわけじゃないでしょ？」

「たしかに無傷だよ。でも怪我さえしなければ、なんでも平気ってわけじゃないだろ。お前は安全だからって理由で子供にR指定のホラー映画を観《み》せるのか？」

「カシオくんは子供じゃないじゃん……ていうか、そんなに怖かったの？」

「違う！　俺が言いたいのはそういうことじゃなくて……！」

やきもきする。脳内で振り上げた拳をどう下ろせばいいのか分からなかった。少しでも溜《りゅう》飲《いん》を下げたくて、怒りを言葉に変換する。

「もう、うんざりだ……こんなクソみたいな遊園地、一秒だっていたくない」

む、とあせびは眉《まゆ》を寄せた。

「じゃあ早く誰か殺して出てけばいいじゃん」

「殺せるわけないだろ！」

近くを通りがかった人が、ぎょっとした表情でこちらを見る。

俺は構わず続けた。

「殺すとかどうとか簡単に言うなよ。俺の身代わりに、誰かをこの地獄に突き落とすんだぞ」

「地獄って、そんな言い方……」

「地獄だろ。サニーパークから出れば問答無用で時間を戻されて、夜になれば得体の知れない着ぐるみが追いかけてくる……地獄が気に食わないなら悪夢と言い換えてもいい」

怒りをぶつけるように、吐き捨てる。

「こんなクソみたいな状況でふざけていられるお前がどうかしてるんだ。頭がおかしいんじゃないのか？」

あせびは目を見開いた。まるで心臓を撃ち抜かれたみたいに、固まる。

すぐ怒って言い返してくると思っていたので、意外な反応だった。ちょっと言いすぎたか、と後悔してきたところで、あせびの目がすっと細くなる。無言でこちらに一歩を踏みだすと、俺の足を踵で踏んづけた。

「いっ!?」

「せっかくちゃんと協力してあげようと思ったのに……もうなんも教えてあげないから！　死ねバーカ！」

ひどい捨てゼリフを吐いて、あせびは大股《おおまた》で去っていった。

ガキかよ、と小さく吐き捨てる。足の甲がじんじん痛んでいた。

俺はあせびが落としたチュロスを拾い上げる。ちょうど近くにゴミ箱がある。

「こんなもの……！」

俺は勢いよくチュロスを振りかぶる。そしてゴミ箱に向かって投げ捨て……られなかった。

腕をゆっくりと下ろして、ため息をつく。怒りが鳴りを潜《ひそ》めて、自己嫌悪が湧いてきた。

曲がりなりにも、このチュロスはあせびが俺のために買ってきてくれたものだ。それをはたき落としたのは、わざとじゃないにせよ酷だった。それに、「頭がおかしい」も言いすぎだ。

完全に冷静さを失っていた。

「何やってんだ俺は……」

俺はチュロスについた砂を払った。捨てるには忍びなかった。綺麗《きれい》に砂が取れたところで、カリカリの生地を嚙《かじ》る。

「！」

しょっぱい。

塩味だ。こんな味もあったのか。

――甘いものは苦手なんだ。

俺がそう言ったことを、あせびは覚えていたのだろう。だから、塩味のチュロスを買ってきてくれた。

ぎり、と奥歯を噛《か》みしめる。

「……クソ」

謝らないと。

俺は残りのチュロスを口に押し込みながら、あせびが去っていった方向に走った。まだ近くにいるはずだ。だがどれだけ走っても、あせびの姿は見つからなかった。

スマホを取り出して、あせびの番号に電話をかける。コール音は鳴るが、あせびは電話に出なかった。完全に拒絶されている。

俺は頭を抱《かか》えてうずくまった。

一〇秒ほどそうしたあと、無理やり自分を奮い立たせて立ち上がった。

「……捜すか」

結果からいうと、あせびは見つからなかった。

トイレの中、自販機の裏、ゴンドラの一つひとつに至るまで、シュウジたちに見つからないようにしながら、必死に捜した。それでもダメだった。電話をかけても、なしのつぶてだ。メインストリートで催されているナイトパレードのＢＧＭを聞きながら、俺はすっかり途方に暮れていた。

辺りは暗く、人捜しは困難だ。それに、これだけ捜して見つからないなら、あせびはすでにループした可能性が高い。

ここらが潮時か。一度、ループしよう。一応、次の手を考えてある。

もっと早い段階でそうすればよかったが、あせびの捜索は俺にとって罪滅ぼしの意味合いもあった。早々にループするのは、楽をしているみたいで嫌《いや》だったのだ。自己満足以外の何物でもないが。

俺はゲートへと向かった。

「まずは何から乗ろっか？」

ループした瞬間、猛ダッシュであせびのリスポーン地点へ向かった。ループが始まる時間は人によってバラバラらしいが、もし俺とあせびのリスポーンに大きな時間差がなければ、急げば会えるかもしれない。それが俺の『次の手』だった。

メインストリートの手前にあるワゴンショップまで来たが、あせびの姿はなかった。まだ諦めない。軽く息を切らしたまま、俺はワゴンショップの店員に話しかけた。

「あの、すみません。ゾーイくんのカチューシャを着けた女の子を見ませんでしたか？　髪を染めてて、コートの下に制服を着ている……」

「ああ、その子ならあっちに行きましたよ」

ビンゴだ。俺はお礼を言って、店員が指し示した方向へ向かった。その先にあるのはフードコートだ。朝食でも食べるつもりなのだろうか。

見逃しがないよう注意しながら走っていると、あせびの後ろ姿を見つけた。いた！　俺はペースを上げた。ここで逃がせば、二度と会えないような気がした。足音は向こうまで届いていないはずだが、勘が働いたのか、あせびは振り返った。そして「げっ」という表情をして、逃げた。

「ま、待ってくれ！　謝りたいんだ！」

「いいって！　謝んなくても！」

「頼む、話だけでも聞いてくれ！」

あせびは足を止めない。取り付く島もなかった。手荒な真似《まね》はしたくないが、止まってくれないなら捕まえるしかない。

徐々に距離が縮まっていく。もう少しで手が届きそうになった、そのとき。あせびは地面の小さな溝に躓《つまず》いて、派手にすっ転んだ。カチューシャが外れ、コートのポケットからスマホやら財布やらといった小物が飛び出し、地面に散らばる。

「だっ、大丈夫か!?」

俺はあせびのそばでしゃがみ込んだ。あたふたして見守っていると、あせびはのそりと起き上がった。

「いっっったぁ……」

手の平を少し擦りむいていた。他に怪我《けが》はなさそうだ。派手に転んだわりに大事にならなくて安心した。

あせびは痛がりながらも、地面に散らばったものを拾い始めたので俺も手伝った。スマホ、ワイヤレスイヤホン、リップクリーム……俺が拾ったものを差し出すと、あせびは乱暴に受け取った。

「どこかで手当てしてもらうか?」

「いいよ、どうせループすれば戻るし……」

「そうか……驚かせて悪かったよ。すまん」

あせびは無言で立ち上がると、フードコートの近くにあるテラス席に座った。もう逃げるつもりはないようだ。俺もあせびの正面に座る。

「その……あのときは、ひどいことを言って悪かった。俺にはあせびの力が必要だ。だから、今後も協力してほしい。頼む」

できるだけ素直に自分の気持ちを伝えて、俺は頭を下げた。

沈黙が落ちる。数秒ほど無言の時間が続くと、あせびは静かに嘆息した。

「謝んなくていいよ。元はといえば私が悪いし」

あせびは遠い目をして続けた。

「大事なときにふざけちゃうの、よくあるんだ。それが原因で喧嘩《けんか》になったことも何度かあったし……でも私、抑えられないんだよ。カシオくんが言うとおり、頭おかしいからさ」

「そんなこと……」

「あるよ。少なくとも『変わってる』とは思ってるでしょ？　まぁ、だからこそループに適応できてんだけどね。まともな人ほど、早く心が折れちゃうんだ」

あせびは淡々と話す。まだ怒っているのか、もう許してくれているのか、いまいち判断できなかった。

「やっぱり、相性ってのはあるよ。カシオくんは私ともループ現象とも、相性が悪かった。だから……協力しようがしまいが、きっとカシオくんは長くもたないよ」

突き放すような言葉に、強烈な不安を覚えた。

「分からないだろ、それは」

「いいや、分かるね」

あせびは立ち上がった。

話はまだ終わっていない。逃げられないよう警戒したが、あせびの動きはゆっくりしていた。

あせびはさっきまで自分が座っていた椅子《いす》を引きずって、そのまま歩きだした。椅子の脚が、地面と擦《こす》れてがりがりと音を立てる。

「……何やってるんだ？」

あせびは返事をせずに、歩き続ける。

とりあえずついていくが、意味が分からなさすぎて怖かった。一体、椅子をどこに持っていくつもりなんだ。周りの客も、不思議そうにあせびを見ていた。

メインストリートの手前まで来たところで、あせびは足を止めた。目の前には、着ぐるみたちの顔出しパネルがある。ちゃんと足場と背景も用意された、凝った作りのフォトスポットだ。ここで撮影している家族連れをよく見かけるが、今は誰もいなかった。

「カシオくん、最後に一つだけ教えてあげるよ」

あせびはどこか楽しげに言った。

……最後に？

「着ぐるみが出てくる条件は二つあるんだ。一つは、二二時を過ぎてもサニーパークに居座ってること。そしてもう一つは――」

あせびは椅子を持ち上げる。

そして、その椅子を顔出しパネルにぶつけた。ゾーイくんの顔出し部分がバキッと音を立てて折れ曲がる。二発目は、ゾーイくんの胴体を狙った。破壊の手は止まらない。ゾーイくんのパネルが原形を失うと、その隣にあるクマのパネルも椅子で壊した。

俺は唖然《あぜん》としていた。声をかけることすらできなかった。周りの人も同じだろう。ヤバい女がいる、と思われているに違いない。あせびがどうしてそんなことをしているのか、まったく理解できなかった。本当に頭がおかしいのか？　とさえ思った。

ふう、と息をついて、あせびは椅子を下ろした。

「こんなふうに、サニーパークの備品とかアトラクションを破壊すると……来るよ」

時間差で、あせびの言葉に理解が追いついた。

——着ぐるみが出てくる条件は二つあるんだ。

「おい、まさか……」

足音が、こちらに近づいてくる。

俺が振り返るよりも早く、どこからともなく現れたゾーイくんの着ぐるみが、あせびを横からかっさらった。

一瞬の出来事だった。

何もかもが唐突だった。

俺は唖然として立ち尽くしていたが、すぐに我に返って、着ぐるみを追いかけた。このまま逃がすわけにはいかない。全力疾走で距離を詰めていく。

あせびは脇《わき》に抱《かか》えられて、まったく抵抗していなかった。まさか俺から距離を取るためだけに着ぐるみを呼び寄せたのか？　理解に苦しむが、考えている暇はない。

なんとか手の届く距離まで追いついたが、着ぐるみの身体はずんぐりしていて掴むところがない。だから思い切ってアメフトのタックルみたいに腰にしがみついた。

「っ！」

信じられん……二人分の重量がかかってるのに、まったくスピードが落ちない。まるで車に引きずられているみたいだ。この感じ、深夜に現れた着ぐるみと同じだ。

俺は意地でも手を離さなかった。爪《つめ》を腹に食い込ませ、足裏の摩擦を最大限に活《い》かす。

「粘るねえ、カシオくん」

ゾーイくんに抱えられたまま、あせびがこちらを振り返ってのんきに言った。

「あせび！　まだ話したいことが――」

「私にはないよ」

ゾーイくんのスピードが落ちた。

ようやく止まった――かと思いきや、ヤツはすさまじい力で俺とあせびを掴み上げて、ゴミのようにゲートの外に放り投げた。

「まずは何から乗ろっか？」

俺は叫びそうになった。

――なんなんだ！　なんなんだよもう！　いくら話したくないからって、あんな方法を取らなくてもいいだろ！

頭をかきむしりたくなった。和解は失敗。どころか余計に溝が深まったかもしれない。あせびは怒っているわけでも傷ついているわけでもなく、完全に俺を見放していた。あの調子だと、また顔を合わせたとしても、まともに取り合ってくれないだろう。

憤りや後悔や自己嫌悪なんかが腹の内でぐるぐると渦を巻いて、澱《おり》のようなため息となって口から漏れだした。吐いた息が、わずかに黒く濁っているようにさえ見えた。

結局、チュロスの礼も言えなかった。

「どしたの、カシオくん。そんな大きなため息ついて……」

ネリコが心配してきた。

「や……なんでもない」

そうだ、これくらいなんでもないはずだ、と自分に言い聞かせる。あせびの力を借りなくても、きっとなんとかなるはずだ。

いいや。

なんとかしなくてはならない。

第四章

# 楽しんでね！

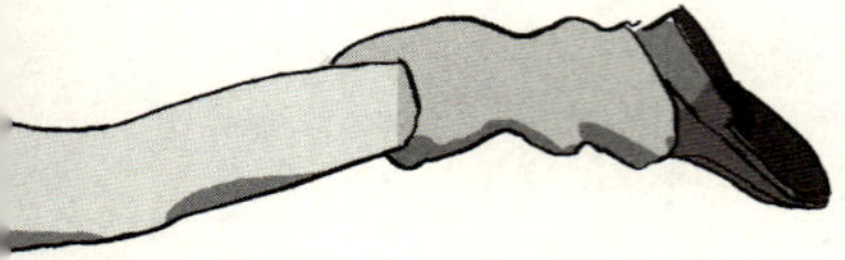

「ごめん、あせびちゃん。私、もう無理かも」

鳴咽交じりに話すネリコちゃんを前にして、なんだか別れ話みたいだな、と私は思った。でも袂を分かつ、って意味では正しいのかも。

サニーパークにあるフードコートの一角で、私とネリコちゃんは大事な話をしていた。午後四時のフードコートはまぁまぁ混んでいて、疲れた顔のお父さんお母さんや居眠りする子供の姿がちらほらあった。みんな食事は二の次で、帰る前に少し休憩しに来たような、そんな人が多かった。

「謝らなくていいよ、ネリコちゃん」

私は微笑《ほほえ》んでみせた。

「まぁ、寂しくないっていったら嘘《うそ》になるけどさ……無理して引き止めるつもりはないよ。いつかはこのときが来るって思ってたし。それに、これはネリコちゃんの問題だからね」

ネリコちゃんはじっとテーブルを見つめてる。買ってきたコーヒーは一口も飲んでなかった。たぶん、とっくに冷めてる。

「身代わりにする人は、もう決めてるの？」

私はネリコちゃんにたずねた。ネリコちゃんは俯《うつむ》いたまま、小さく頷《うなず》いた。

「……竜崎《りゅうざき》カシオくん、って分かる？」

「リュウザキ……って、君と一緒に遊びに来てる男の子？」

ネリコちゃんは後ろめたそうに「うん」と言った。

「いやいや、それはやめたほうがいいって。だってネリコちゃんのお友達でしょ？　さすがにキツいっしょ……なんか恨みでもあるの？」

「ないよ」

「じゃあどうして？」

「私の知るかぎり、一番、殺人から遠い場所にいる人だから。カシオくんなら……他の方法を見つけてくれる気がする。というより、見つけるまで諦められない人だと思う」

「見つけてくれる、ねえ……」

私は頬杖《ほおづえ》をついた。

「ネリコちゃんは……そのカシオくんに、ループ現象を終わらせてほしいの？」

「……あせびちゃんには悪いと思ってるよ」

否定しないんだ。

私はちょっとだけネリコちゃんに失望した。私がこのループ現象を愛《いと》おしく思っていることも、その理由も、ネリコちゃんは知っている。そのうえで、この子は私の『夢』を終わらせようとしている。

……でも、そう考えるのが普通なんだろうな。私がおかしいだけで。

「まぁ、ループ現象云々《うんぬん》は一旦《いったん》置いとくけどさ……男の子だよ？　思春期だよ？　ほんとに大丈夫？」

「大丈夫、禁欲的な人だから。今まで彼女いたことないらしいし」

「それは単にモテないだけでは？」

「違う……とも言い切れないか。いやでも、ユノちゃんはカシオくんのこと好きだし、まったくモテないわけじゃないよ。それにまぁまぁ身長高いし、顔も整ってるほうだし」

「でもなぁ～、変な名前だし」

「それは我慢しようよ……」

冗談、と私が笑うと、ネリコちゃんも少しだけ微笑《ほほえ》んでくれた。

もうこんなふうに話せなくなると思うと、寂しくなる。

「……ま、私に決定権はないしね。止めはしないよ」

「ありがとう、あせびちゃん」

ただ、いくらネリコちゃんのお墨付きといっても、私からすれば赤の他人だ。そんな簡単には信用できない。それに、どれだけ諦めが悪いといっても、誰も殺さずにサニーパークから出るなんて不可能だ。

私としては、さっさと諦めてもらって、後腐れがないよう他の人にバトンを渡してもらったほうが助かる。一番いいのは、ネリコちゃんが思いとどまってくれることだけど……もう決意が固まっちゃってる感じだし、説得は無理そうだ。ここは笑顔で送り出そう。

「あとのことは気にしないで。私が責任持って後片付けするからさ」

「……うん、お願い」

ネリコちゃんは小さく息をついて、窓の外を見た。まだ四時なのに雪が降っているせいで外は夜みたいに暗い。もう千回以上は見た空なのに、いまだに今の時刻と結びつかない。

はぁ、とネリコちゃんは小さくため息をついた。

「私、これからどうなっちゃうんだろ……」

じくりと胸が痛む。

想像してみる。時間が巻き戻ると、私はいつもどおりサニーパークの中にいて、ネリコちゃんを朝ご飯に誘う。だけど声をかけても、ネリコちゃんは「どちら様ですか？」と私のことが分からず困惑する。なぜならネリコちゃんはループから抜けて、『今日初めてお友達とサニーパークにやってきた女の子』に戻るから。

と、それはあくまで、私視点の話。

ネリコちゃん自身の立場になって考えてみる。

お友達を殺したネリコちゃんは、サニーパークから出られるようになって、明日を迎える。学校にも映画館にも、どこにだって自由に行ける。だけど、お友達を殺した事実はもう覆せなくて……。

そこで考えるのをやめた。

ダメだ、辛《つら》くなってしまう。もちろん明日以降のことは分からないから、実際のところどうなるかは未知の領域だ。それでも、おそらくは、ハッピーエンドってわけにはいかない。

軽く食事を取ってからフードコートを出ると、外はもう完全に夜で、ナイトパレードの音楽が聞こえていた。最後に二人で見に行こうと、私たちはメインストリートに向かう。

「あせびちゃん」

歩きながら、ネリコちゃんが呼んだ。

「カシオくんはさ……ガタイはいいけど、あれで結構、繊細なとこあるから。困ってたら助けてあげてね」

「……気が向いたらね」

＊

『サニーパークのゆかいな仲間たちを大紹介！　コンプリートを目指そう！』

『イヌのゾーイ』『クマのズーズー』『モルモットのコッペ』『アルパカのデラマンチャ』『ミミズクのハクシャク』『カモのグレゴール』『トカゲのパッチ』『カエルのピップ』

　メインストリートを通るたびに、このガシャポンが目に入る。どうやらサニーパーク独自の筐体らしい。『ゆかいな仲間たち』のフィギュアは、全部で八種。あの忌まわしい着ぐるみたちも、同じ数だけ存在する。

「なんだよ、ほしいのか？」

　とシュウジに言われた。

　いらねえよ、と答えて、俺は歩みを再開する。できるなら見たくもなかった。


「カシオ、大丈夫？」

「ん」

　しまった、完全に上の空だった。遠くに旅立っていた魂を、慌ててゴンドラの中に戻す。

　時刻は一八時半。外は完全に夜だ。窓の向こうは雪が降りしきり、眼下には夜景が広がっている。最初は綺麗《きれい》に思えたこの景色も、今では何も感じなくなっていた。

　連日の疲れが溜《た》まっていた。ループすると体力はリセットされるが、精神的な疲労は残る。ここにシュウジとネリコもいればごまかせたかもしれないが、さすがに二人きりだと悟られてしまう。気をつけないと。

「あ、ああ。大丈夫。全然、平気だ」

「ほんとに？　難しい顔してたよ。眉間《みけん》に皺《しわ》寄ってた」

ユノは気遣わしげに俺の顔を覗《のぞ》き込んだ。

「悩みとかあったら聞くよ」

悩み？

ある。もうずっと、悩んでいる。だけどユノにはできない相談だった。話したところで余計な心配をかけるだけだ。俺がどれだけ長い時間考えても答えが見つからない問題を、ユノに解決できるとは思えなかった。

それでも、ないよ、とは言い切れなくて、俺は別の言葉を返す。

「……ユノはゲームとかやるか？」

「ゲーム？　昔はよくやってたけど、今はあんまり……」

「俺もだ。小学生の頃、唯一やり込んだゲームがあったんだよ。よくあるＲＰＧでさ。上限までレベルを上げて、装備をコンプリートして……ラスボスなんか、簡単に倒せた」

一度、唾液《だえき》で舌を湿らせる。空気が乾燥していた。

「そのゲームは、ラスボスを倒してエンディングが流れたあと、ゲームを再開するとラスボスを倒す前に戻されるんだよ。まぁこれもよくある仕様なんだろうな。でも、一〇歳の俺はそれが受け入れられなかった」

ユノは純真な目で俺を見ている。俺の話に、興味を持とうとしてくれている。

「黒幕を倒して平和が訪れたはずなのに、全部、なかったことになるんだ。お姫様は囚《とら》われたままだし、主人公は親の仇《かたき》をずっと討てずにいる。数え切れないくらいラスボスを倒しても、ほんの一時的にしか世界が救われることはないんだ。そう考えると急に虚《むな》しくなって、俺はそのゲームを二度とプレイしなくなった。そういう思い出があるから、ゲームはやらなくなったんだ。ソシャゲとかもな」

俺はふっと笑った。

「なんの話だよ、って感じだよな」

「や、でも、聞けてよかったよ」

少し慌てたようにユノは言った。

「カシオってあんまり昔のこと話さないから……そういう話が聞けるのは、嬉《うれ》しい」

「そうか。それならよかったよ」

「うん……」

ユノはもじもじと膝《ひざ》の上で手を遊ばせる。そして何か言いたげに、熱っぽい視線をこちらに向けた。

——ああ、そろそろか。

「あの、話、変わるんだけどさ。前からカシオに言いたいことがあって」

ユノは膝の上に置いた手をぎゅっと握った。

沈黙が、観覧車の駆動音を際立たせる。

「実は、私……」

俺は言葉の続きを無心で待った。期待も緊張もない。ＹｏｕＴｕｂｅの広告が終わるのを待つみたいに、あるいは冷たいシャワーがお湯に変わるまでの時間みたいに、凪《な》いだ心で続きを待った。

ユノは、意を決したように口を開く。

「……やっぱり、今度言う」

「ああ、いいよ」

意気消沈したユノを安心させるように、俺は笑みを浮かべた。

ユノが告白しないことは分かっていた。そして、『今度』がずっと来ないことも。

二人で観覧車に乗るのは、もう四一度目だ。

あせびの協力を得られなくなってから、一人でループ現象と格闘していた。

パークからの脱出はほぼ手詰まりだった。そこで、あの怪力で中身が空っぽの着ぐるみたちに目をつけた。

ループは形のない現象だが、着ぐるみには実体がある。干渉できるなら、変化させることもできるはずだ。もし着ぐるみたちをどうにかできれば、ループ現象にも何かしら影響が出るかもしれない。それを期待していた。

少なくとも、ループ現象と着ぐるみは無関係ではないだろう。

ヤツらは異常な存在だが、その行動原理はパークのキャストに近い。ヤツらの発生条件であるパークに居座ることも備品を破壊することも、一般的に見れば迷惑行為であり、その対処は本来キャストの役目だ。

だが、俺たちは一般的な客ではない。スペシャルパスという治外法権を手にしている。人間のキャストじゃ対処できない事態を防ぐために、着ぐるみがいるのかもしれない。その仮説なら、あくまで俺たちをパークから追い出すだけで、危害を加えてこない点にも説明がつく。ただそうなると『誰かを殺すとループから抜け出せる』などという物騒なルールがなぜ存在するのかは謎だが……これは一旦《いったん》置いておこう。

差し当たって、俺は着ぐるみの無力化を図った。

平たくいえば、ヤツらを倒そうとした。

一応、俺はこれでも柔道で全国まで出場している。一発かぎりの勝負ならともかく、無限にコンティニューできるなら勝機はある。

甘かった。

深夜のサニーパークで着ぐるみを相手に、本気の一本背負いを食らわせたことがある。五回目のチャレンジで、初めて技が決まった瞬間だった。手応えを感じたが、着ぐるみは平然と起き上がってきた。

七回目のチャレンジで、着ぐるみを投げ飛ばしたあと、全力で踏みつけた。ジャンプして腹を両足で踏み、思いっきり踵をめり込ませた。全体重をかけて、踏み続けた。着ぐるみはなんでもないように俺の足を掴んだ。

一一回目のチャレンジで、フードコートの厨房《ちゅうぼう》から拝借した包丁で着ぐるみを刺した。刃先が深くめり込むだけで、ダメージを与えることはできなかった。

一六回目のチャレンジで、ゴーカートのタンクからガソリンを、そして厨房からライターを持ってきた。その二つを使って着ぐるみに火をつけたが、ヤツは火だるまのまま追いかけてきた。

着ぐるみには、どんな攻撃も効かなかった。

しかもヤツらは、確認できただけでも全部で八体いる。

ダメージを与えることすらできないのに、八体も倒すのは無理だ。だから途中から着ぐるみ退治を諦め、朝まで逃げ切る作戦にシフトした。

着ぐるみの足は大して速くないし、俺は体力にはそこそこ自信がある。その気になれば、朝まで逃げ切れると踏んでいた。それに、ああいう『夜になると動きだす系の怪異』は大抵フィクションでは太陽が昇れば活動をやめる。

俺は、夜な夜な着ぐるみから逃げ続けた。

一月八日の朝を目指して、走り続けた。

そして、一度も朝どころか〇時すら越えられないまま、今に至る。

「はぁっ、はぁっ……」

荒い呼吸音と、雪を踏みしめる音が、鼓膜を震わせる。走りながら腕時計を見る。時刻は二三時三〇分。着ぐるみたちから逃げ続けて一時間以上経《た》っていた。そのあいだ、ずっと走りっぱなしだ。喉《のど》は冷たい空気のせいで張り裂けそうに痛み、脚は悲鳴を上げている。

空中ブランコのそばを過ぎた辺りで振り返ると、俺を追いかけてくる着ぐるみは三体に増えていた。徐々に距離が縮まっている。まずい。俺のペースが落ちている。

着ぐるみたちにスタミナ切れという概念はなかった。俺を捕まえるために一時的に立ち止まることはあっても、追いかけてくるペースは決して落とさない。どころか、時間が経つごとに速くなっているような気さえした。

「クソっ……」

体力の限界が近づいている。

どこかに隠れてやり過ごしたいところだが、ヤツらはどこにいても俺を確実に見つけ出し、追いかけてくる。最初は足跡を辿《たど》っているのかと思ったが、どうやらそうでもないらしい。一度マンホールの下に隠れたことがあったが、ヤツらは下水道にまで現れた。

こちらの居場所は筒抜け。だから、走り続けるしかない。

「っ！」

前方に着ぐるみを見つける。

先回りされていた。

俺は進路を変える。右に曲がろうとしたら、その先にも着ぐるみがいた。なら左に……と思ったら、そこにもいた。

囲まれている。

まただ。気がついたら、追い詰められている。今まで何度もこんなふうに逃げ場を失った。このままでは確実に追いつかれる。もう一点突破を狙うしかない。

俺は正面の着ぐるみ――カモのグレゴールに突っ込んでいった。ヤツは足を止めて両手を広げる。グレゴールとの距離はみるみるうちに縮まっていき――俺はヤツの腕をかいくぐるように体勢を低くして腰にタックルした。同時に、両手を膝裏《ひざ》に回し、ひっくり返す勢いで一気に持ち上げる。

双手刈《もろてがり》だ。試合で使えば、一発で反則負けの禁止技。だがここは畳の上ではない。使える技は、なんだって使ってやる。

「ふんッ！」

重いし体幹も太いが、重心が高すぎる。グレゴールの身体が後ろに倒れた。追撃はしない。

転んだままにしておいて逃走を再開する。

「はぁっ、はぁっ——げほっ、ごほ」

なんとか突破できたが、技をかけたせいで呼吸が乱れた。心臓が爆発しそうなくらい脈打って、一気に足が重くなる。それでも、止まれば追いつかれる。

残り少ない体力を振り絞った。腕時計を見る。二三時三六分。三六分!?　最後に腕時計を見てから六分しか経《た》っていない。嘘《うそ》だろ？　〇時まであと二四分。これだけ繰り返しても日付すら跨《また》げないのか。

もう朝まではいわない。せめて、〇時までは。

ずり、と足が滑った。

雪に隠れて見えなかった、マンホールの蓋《ふた》——。

受け身も間に合わず、転倒する。全身を強く打ち付け、砂の混じった雪が口の中に入った。

立ち上がろうにも、足に力が入らない。着ぐるみが、すぐそこまで来ている。

「ちくしょう……」

砂の味が、口に広がった。

「まずは何から乗ろっか？」

やっぱり、体力がもたない。どうやったって最後には息切れして追いつかれる。体力を上げるために走り込みでもするか？　いや、無駄だ。ループすれば肉体状態もリセットされる。倒すのも逃げるのも無理。

なら、次はどうすればいい。

どうすれば――。

「カシオくん、大丈夫？　なんか顔色悪いよ」

ネリコが声をかけてくる。こんなふうに心配されるのも、もう何度目だろう。ループ直後は、どうしても前の周を引きずってしまう。

「悪い、なんでも――」

ない、と続けようとして、思いとどまる。

この際、全部話してしまおうか。

ループ現象のことも、夜に動きだす着ぐるみのことも、全部だ。今まで心配させまいと黙っていたが、一度くらいは相談してもいいはずだ。解決策とまではいかなくても、なんらかの気づきを与えてくれるかもしれない。ただ、三人にループ現象を信じ込ませるのは少々骨が折れそうだが……とりあえず、やってみるか。

「三人とも、聞いてくれ」

俺が声を上げると、三人同時にこちらを向いた。

藁にも縋《すが》る思いで、俺は言う。

「大事な話がある」

——俺は三人をフードコートに連れていって、そこでループ現象のことを打ち明けた。ただ、ネリコがループ被害者だったことは伏せた。話すとややこしくなるし、言わなくても齟齬《そご》は生じない。

三人の反応は様々だ。ユノは終始驚いた様子で、ネリコは半信半疑、シュウジはまったく信じていなかった。

「何を言ってるんだ、お前は」

最初に感想を言ったのはシュウジだ。

「オカルトとか都市伝説の類いは嫌いじゃねえけどよ……俺は現代科学を信じてる」

俺は腕時計を見た。

「七秒後、斜め後ろのテーブルからコップが落ちる」

シュウジは眉《まゆ》をひそめ、斜め後ろのテーブルを見た。

三、二、一……カコン、と子供がコップを落とし、中身の水が床に広がる。

「四秒後、ラーメンのカウンターに並んでる最後尾の客が三連続でくしゃみをする」

へっくしゅ、へっくしゅ……ええっくしょい！

シュウジは唖然《あぜん》とした表情で俺を見た。

「いや……でも……偶然だろ、偶然……」

「ユノ、ペンを借りてもいいか？」

「え、あ、うん」

動揺するシュウジに構わず、俺はユノからペンを借りた。そして椅子《いす》から立ち上がり、近くの『ご自由にお取り下さい』の台に行って紙ナプキンを一枚抜き取った。その紙ナプキンに、さらさらとペンを走らせる。書き終わったら小さく畳んで握り込み、元の席に戻った。

「シュウジ、なんでもいいから好きな言葉を言ってくれ」

「まさか当てるつもりか？」

「ああ」

「……庭には二羽ニワトリがいる」

俺は握り込んでいた紙ナプキンをテーブルに広げた。そこには『庭には二羽ニワトリがいる』と書いてある。

「信じられん……」

シュウジは目を白黒させて、食い入るように紙ナプキンを見つめた。

実をいうと「全部話してしまおう」と決めてから、すでに五回失敗している。三人が——特にシュウジとネリコが一向に信じてくれなかったので、ループを活用させてもらった。

「ちょっと待って。二人で嵌めようとしてない？」

「ならネリコも好きな言葉を言ってくれ。ユノも言っていいぞ」

「いや、先に言っちゃったら意味なくない？」

「大丈夫だ。すでに用意してるから」

「用意って……」

二人は顔を見合わせてから、おずおずと口を開いた。

「怨《うら》み骨髄、この手で心臓つかみ取り」

「しょうが焼きとポテトサラダ」

俺は紙ナプキンを裏返す。二人の言葉は、一字一句間違いなく裏側に書いていた。ネリコは映画のキャッチコピー、ユノは昨日の晩ごはんだ。二人とも『らしい』チョイスだった。

「もう、分かってくれたよな」

それ以上の証明は不要だった。

ループ現象の説明をしたときよりも、三人は激しい動揺を見せた。特に現実主義的な気質のシュウジは「あり得ん……」としきりに呟《つぶや》いていた。まぁ気持ちは分かる。逆の立場なら俺もそうなっていただろう。意外にも、最も早く状況を飲み込み、俺の身を案じてくれたのはユノだった。

「ループから抜け出す方法をみんなで考えなきゃ！」

たぶんだが、ループ現象に対する深刻さを正しく理解した、というより、俺の危機感を汲《く》み取ってくれたのだろう。ユノは人の感情に寄り添うことができる子だ。素直に嬉《うれ》しかった。

やがてシュウジとネリコもユノに同調し、真剣に話し合ってくれた。一分一秒も惜しいと言わんばかりに、ループ現象を打破するための案を出してくる。

友達に恵まれたな、と思う。

だからこそ、目新しいアイデアが一向に出てこない状況に、俺は歯噛《が》みした。三人が出してくる案は、すでに検証されたものか、現実的に不可能なものばかりだ。三人とも真剣な分、胸が痛んだ。

時間はあっという間に過ぎていく。閉園時間が近づき、先にフードコートが閉店となった。凍てつくような寒空の下に放り出され、四人揃《そろ》って途方に暮れる。結局、これといった案は出てこず、今は『どうしようもなさ』としかいえない無力感が俺たちを取り囲んでいた。

はっきり言って、気まずかった。これ以上、俺に付き合わせるのは悪い。

「みんな、ありがとう。相談に乗ってくれて感謝してる。そろそろ行くよ」

どこにだよ、とシュウジが言った。

「次の周だ。フードコートで話しただろ？　ゲートを越えると、朝に戻るんだ」

「……なあ、カシオ」

シュウジは言いにくそうに言葉を続けた。

「ぶっちゃけさ……俺はまだ信じられねえんだよな。カシオが困ってるのは分かるし、どうにかしてあげたいのは山々なんだが……」

シュウジの隣に立つネリコが、同感だといわんばかりに深く頷《うなず》く。

まぁだろうな、という感じだった。この二人がいまだに半信半疑なことは、態度や口調から察していた。無理もない。時間が巻き戻るなんて、到底、信じられるものではない。それでも根気よく付き合ってくれたのは、純粋な善意……小っ恥ずかしい言い方をすれば、友情によるものだろう。だから、二人が信じてくれなくても、俺の感謝の気持ちに変わりはない。

「ちょ、ちょっと待ってよ！」

ただ、ユノは二人とは違った。

「私は……カシオの言うこと、信じてるよ。まだ時間はあるんでしょ？　もっと話し合おうよ。諦めちゃダメだよ……」

ユノの気持ちはありがたいが、これ以上話し合いに時間を費やしても、おそらく妙案は出てこない。だが断るのは忍びなかった。シュウジとネリコも申し訳なさそうに口を噤むだけで、ユノに反論することはなかった。

やっぱり、三人を巻き込むべきではなかったかもしれない。そう思いながら、俺はとりあえず三人を連れてプールサイドに移動した。ここならキャストに見つかる心配はない。

「その、あせびっていう子とは仲直りできないのか？」

売店の庇《ひさし》の下で、シュウジが言った。

「ああ。昼にも話したとおり、まったく連絡がつかない。見かけてもすぐ逃げられる」

「じゃあ他に頼れそうな人間は？　たとえば、家族とか」

「……親父のことを言ってるのか？」

無意識に声が固くなる。

シュウジの視線が、妙に優しくなった。

「なあ、あんまり意地張るなよ。親父さんだって、カシオが困ってるって分かったら――」

「やめてくれ。親父は関係ない」

「いや、関係ないってお前な……」

意固地になっている自覚はある。だが、自分の父親に関する話題は、どうしたって拒絶反応が出てしまう。たとえ昔からの付き合いであるシュウジといえど、そこは許容できなかった。

シュウジは、はぁ、とため息をついて、突然歩きだした。

「どこ行くんだ？」

「自販機。プールの入り口んとこにあっただろ。あったかいもん買ってくる」

ネリコが「あ、じゃあ私も」と言って、シュウジについていった。

無人のプールサイドで、ユノと二人きりになる。

特に会話もなく二人が帰ってくるのを待っていると、ユノが「あのさ」と口を開いた。隣を見ると、ユノは緊張した面持ちで俯《うつむ》いていた。自分の足先を見つめたまま、話しかけてくる。

「誰かを殺せば、その人を身代わりにしてループから抜け出せるんだよね」

「まぁ、そうだな。ふざけたルールだと思うよ」

「もし、カシオがさ……どうしてもループから出たくなったら、そのときは、私を身代わりにしていいよ」

ええ？　と自分でも意外なほど大きな声が出た。

「なんてこと言うんだ。冗談でもそんなこと言うな」

「冗談じゃないよ」

ユノはこちらを向いた。悲痛な表情で、目には涙の膜が張っている。

「カシオはループから抜け出したいんだよね？　どれだけ他の方法を試してもダメだったんなら、もう……」

「やめてくれ。俺はそこまでして出たくない」

「カシオはそれでいいの？　私は嫌《いや》だよ。カシオがずっと、こんなところに閉じ込められるなんて……そんなの、辛《つら》すぎるよ。誰よりも真面目にやってきたカシオが、こんな理不尽な目に遭うなんて、私、想像もしたくない」

「いや、でもだな……」

「わ、私はっ」

ユノは声を張る。頬《ほお》は紅潮して、わずかに唇《くちびる》が震えていた。なかなか「私は」の続きを言わず、変な時間が流れる。

俺は既視感を覚えた。ユノのこの表情を、俺は二人きりのゴンドラの中で何度も見た。ひょっとして、アレの予兆なのだろうか。このタイミングで？　いいや、このタイミングだからこそ、なのか？　いつもは最後まで言い切らず曖昧《あいまい》に濁す。

でも、今回は。

「カシオのことが、その……好き、だから」

言った。

ここで言うのか、と純粋に驚いてしまった。以前まで決して明言してこなかったのに。やはりループのことを打ち明けたのが大きかったのだろうか——いや、冷静に分析している場合ではない。返事をしないと。だがなんて答えればいい？　もちろんユノのことは嫌いじゃない。素敵な女の子だと思っている。

……だったら、別にいいんじゃないか？

よくよく考えてみれば、断る理由がない。何も完全な両思いにならなければ付き合ってはいけない決まりなんてないし、どうせオーケーしようが振ろうが、ループすればなかったことになるのだ。それならせめて、ユノが傷つかない選択をしたい。いや。するべきだ。

俺は固唾《かたず》を呑《の》んだ。

返事をしようと、口を開いたその瞬間、

「とっ、友達として！」

とユノは付け足した。

梯子を外されるとはこういうことか、と俺は場違いながらも感心した。

「そ、そうか。友達として……」

さすがに、それがユノの本心だとは思わない。こんなふうに考えるのは傲慢《ごうまん》かもしれないが、ユノには勇気が足りなかった、のだと思う。ただそれを踏まえても、心が寒くなるような落胆を覚えた。

「まぁ、なんていうか、その……俺も、同じ気持ちだ」

「そ、そっか。よかった〜……」

あはは……とユノは空笑いした。

気まずい沈黙に包まれる。シュウジ、ネリコ、早く帰ってきてくれ……と心の中で念を送っていると、祈りが通じたのか、二人がホットドリンクを抱《かか》えて戻ってきた。ネリコは俺たちを見るなり首を傾げる。

「なんかあったの？」

なんでもない、と俺とユノは声を合わせて、二人が買ってきてくれたホットドリンクを受け取った。

それから、今後のことを話し合った。二二時を越えると着ぐるみが現れ、俺をパークの外に追い出すことはもう話した。そこで、三人は俺の周りに固まって、着ぐるみを寄せ付けないようにしてくれた。正直、効果があるとは思えないが、三人の厚意を無下にすることはできなかった。

朝からずっと根を詰めて話し合っていたからか、三人の顔には疲れが浮かんでいる。口数も少なかった。ほとんど動いていないせいで、風に流されてきた雪が靴の上に積もる。

「こんなに雪降ったの、小五んとき以来だな」

シュウジが呟《つぶや》いた。俺は記憶を掘り下げる。

「ああ……一時間目が雪遊びになったやつか」

「そうそう。珍しくカシオもはしゃいでたよな。誰が一番大きい雪玉作れるか競ってよ」

「俺がビリだったことは覚えてる」

「お前は形にこだわりすぎなんだ」

「……懐かしいな」

思わず笑みがこぼれた。

そのとき、どさ、とそばにいたユノとネリコが同時に倒れた。

え、と俺とシュウジの声が重なる。

突然だった。なんの予兆もなく、糸が切れたみたいに二人同時に倒れた。

俺たちは慌てて二人のそばに屈み込んだ。大丈夫か、と声をかけながら顔を覗《のぞ》くと、二人とも目を瞑《つぶ》って、小さな寝息を立てていた。

……眠ってる？

いくら疲れが溜《た》まっているからといっても、こんな状況で急に眠りこけるなんてあり得ない。混乱していると、隣にいたシュウジもその場に崩れ落ちた。

「お、おい！　どうした！」

すぐさま抱きかかえると、シュウジは朦朧《もうろう》とした顔で唇《くちびる》を震わせた。

「なんか、変だ……眠気が……」

カクン、とシュウジの首から力が失われた。何度も名前を呼びながら身体を揺すったが、起きる気配はまったくなかった。

どういうことだ。何が起こっている？　これもループ現象の影響か？

とにかく三人を別の場所に移そう。こんな冷たい地面の上に寝かせておくわけにはいかない。だがどこに運べばいい？　どうやって運べば？　考えあぐねていると、自分の腕時計に目がいった。時刻は二二時。そのとき、ある仮説が頭をよぎる。

ひょっとして、この時間は俺しか動けないのか？

思えば、二二時以降に俺以外の人間がパークにいる状況は初めてだ。着ぐるみから逃げ回っているとき、他の人間を見たことは一度もない。なら、あせびも同じように眠ってしまうのか？　いいや、あせびの口ぶりからして、彼女が着ぐるみと相対したことは間違いなくある。

ということは、つまり……この時間は、ループ被害者しか動けない。

何がなんでも閉園後に居座ることは許さない、というパークの意志を感じる。

シュウジも、ユノも、ネリコも、せっかく俺を心配して残ってくれたのに。力を借りることすらできないのか。

拳を握りしめる。元よりシュウジたちにはそこまで期待していなかった。だがこんな形で、ささやかな希望すら奪われるなんて。

「なんなんだよ……！」

観覧車の照明が点灯する。

着ぐるみの足音が、近づいてくる。

「まずは何から乗ろっか？」

そうしてまた、一〇時一五分に戻ってくる。

今までにない虚無感に襲われた。

目の前では、シュウジとユノが何事もなかったように最初に乗るアトラクションで揉めている。その二人を、ネリコが微笑《ほほえ》ましそうに見ている。

「……ユノ」

名前を呼ぶと、ユノはこちらを振り返った。

「あ、カシオも何か乗りたいのある？」

一点の曇りもない純朴な目で、ユノは俺の返事を待った。

ループ現象のことだけじゃない。前の周で俺が話したことは、全部忘れているようだ。無論、俺に告白したことも……。

また一から説明しても、どうせ同じ結果になるだろう。新しいアイデアは出てこないし、三人は夜になると眠ってしまう。

結局、全部無駄だった。

「どうしたの、カシオ？」

最初から、俺一人でどうにかするしかなかったんだ。

「……悪い、なんでもない」

分かっていた、はずなのに。


三人の助力は期待できない。それでも、一人で考え込んでいると気が変になりそうだから、昼間はシュウジたちと過ごした。閉園時間になれば着ぐるみと鬼ごっこ。結果は毎回同じだが、ループするたびに心はすり減った。

「そういや俺、高いとこ無理だったわ」

観覧車の列に並んでいると、シュウジが言った。

すでに夜だった。星の見えない真っ暗な空から、ちらほらと雪が舞っている。乗り場に屋根はあるが、冷たい風が俺たちの元まで雪を運んでいた。

「あー、私もなんだよね。だから二人で乗ってきなよ」

ネリコがシュウジに便乗する。

このやり取りも、一体何度目だろう。

ループごとに多少の差異はあるが、最後に観覧車に乗る流れは毎回同じだ。おそらく、シュウジの企みはパークに来る前からあったのだろう。だからよほどのことが起きないかぎり、このイベントは発生する。

「な、何言ってんの二人とも⁉」

このあとは、流れるように俺とユノが二人きりで観覧車に乗せられ、最初にユノはこう言う。

『いや〜、参ったね。あいつら、ほんと何考えてんだろ。降りたら説教しなきゃ』

目の前のユノは、俺の予想と寸分違わぬ様子で、

「いや〜、参ったね。あいつら、ほんと何考えてんだろ。降りたら説教しなきゃ」

今回も一字一句同じだ。何度もループしたから、三人のセリフは覚えてしまった。

ユノも、シュウジも、ネリコも、俺には大事な友達で、みんな大好きだ。

でも、最近は……三人のことを、プログラムされたパターンに従って動く人形みたいに感じてしまう。そんなふうに思いたくないのに、一緒に過ごすのが苦痛になってきた。

「まぁでも？　二人だと広いから、そこはいいかも……」

「……そうだな」

俺は相槌《あいづち》を打つ。

談笑に花を咲かせ、ユノと今日を振り返る。俺にはすっかり食傷したやり取りも、ユノにとっては一つひとつが宝物のような思い出なのだ。だからこそ心配させまいと、俺は頑張って舌を回した。

話題に区切りがついたところで、ユノは居住まいを正した。

「……あの、実はカシオに言いたいことがあって」

このシーンも、いったい何度繰り返したことか。三人にループ現象のことを打ち明けた周を除いて、ユノは一度も『言いたいこと』を言わなかった。今回もどうせ同じだ。この瞬間だけは、さすがにうんざりしてしまう。

俺たちのあいだに沈黙が落ちた。隙間《すきま》風がひゅーひゅーと小さな音を立ててゴンドラに入り込み、ユノのツインテールを揺らしている。

……隙間風？

今まで何度もユノと観覧車に乗ったが、こんな音は聞こえなかった。なのに、デジャブを感じる。この音を、同じ場所で聞いた気がする。なんだっけ。もう、だいぶ前だ。ユノ以外の人と、観覧車に乗ったとき……。

そうだ、思い出した。あせびと観覧車に乗ったときだ。あのときも、音が聞こえていた。観覧車でユノと二人きりになるイベントは毎回起きるが、ゴンドラまで同じとはかぎらない。

俺は立ち上がった。

「カシオ?」

窓枠を確認する。やっぱりだ。アクリル板が窓枠から外れそうになって、隙間《すきま》風が入り込んでいる。押せば簡単に外れそうだ。実際、あせびに押されて背中をぶつけたときは大した抵抗もなく外れた。

「外見てるの? なんかある?」

ユノも腰を浮かせて、窓に顔を近づけた。

「おいユノ、あんまり近づくと……」

危ない、と言いかけたとき、ある考えが頭をよぎった。

——ここでユノを突き飛ばしたら、俺はループから抜け出せるんだよな。

本当に何気なく生まれた発想だった。そこにはなんの感情もなかった。だがその発想の残酷さに自覚が追いつくと、一瞬で頭から血の気が引いた。

「ダメだユノ! 座れ!」

反射的に大声で注意すると、ユノはビクッと肩を跳ねさせた。

「ど、どうしたの？　私、何か悪いことした……？」

「いや、違う。すまん、ユノは悪くない、悪くないんだ……」

身体が震える。

正義感は、人一倍強いほうだと思っていた。なのに、あんなことを考えてしまうなんて——自分が信じられない。ただ思いついただけでも、許されざることだ。しかも、相手はユノだぞ。俺の話を親身に聞いてくれて、好意を抱いてくれたユノを、俺は……。

身体の中心を通っている芯が、ボロボロと崩れていく。

ずっと、誰よりも正しく生きようとしてきた。正しくあらねばならなかった。自分のことを、根っからの善人だと信じていた。そんな自分が、ほんの一瞬でもユノを犠牲にループから抜け出そうと考えたことが、あまりにも耐えがたかった。

「ちょ、大丈夫？　顔、真っ青だよ」

ユノが俺の顔を覗《のぞ》き込んでくる。だけどもう、ユノの目をまともに見られなかった。

無論、実行に移す気なんてさらさらない。だが思考はいずれ行動に表れる。このままループ回数を重ねて疲弊し、正常な判断力を失えば、発作的に誰かに手をかけるかもしれない。万に一つでも、その可能性があるのなら……。

俺は、ユノたちとはいられない。

観覧車から降りると、早々にループした。着ぐるみの相手をする気力はなかった。

体調不良を理由にシュウジたちと別れ、ゲート横の事務所へ向かった。そこには救護室がある。事務員の人に休ませてほしい旨を伝え、ベッドに横たわった。救護室は学校の保健室のような場所で、どうしても横になりたいときは、たまに利用させてもらっていた。

頭から布団を被《かぶ》り、外界の情報を遮断する。

今は誰とも関わりたくなかった。いつか正気を失ってしまうことが怖かった。

サニーパークから脱出できないこと、いつか自分が誰かを傷つけてしまうかもしれないこと。二つの不安が左右から迫りくる壁のようになって、俺の心臓を押し潰そうとする。

俺は、強く目を瞑《つぶ》った。

＊

「よくお似合いですよ」

ワゴンショップのお姉さんがにこーっと私に微笑《ほほえ》みかけた。

数千回は見た営業スマイル。たぶん私の人生で、親の次に見た顔がこのお姉さんの笑顔だ。

なんなら親の顔より見ているかもしれない。

「ども」

と短くお礼を言って、私はワゴンショップの前を離れた。

私がループすると、ここでカチューシャを買った直後に時間がリセットされる。なんでゾーイくんのカチューシャを選んだのかは忘れてしまった。いちいち外すのも面倒だし、愛着も湧いてるから、ずっと着けたままにしている。

スマホを見る。一〇時一三分。あともう少し。

歩きながらポケットに手を突っ込む。うう、やっぱり朝は冷える。同じ一日を繰り返すなら、もうちょい暖かい日にしてほしかった。でも気分はいい。かなりいい。ループするたび、土曜日の朝みたいな清々《すがすが》しい気持ちになる。

ゲートが近づくと、今まさに入園してきた四人組を見つけた。そのなかにはカシオくんがいる。グッドタイミング。私はワゴンショップの裏に隠れて、彼らを見張った。

カシオくんがループすると、一〇時一五分にリセットされる。私よりちょっと遅い。だからこうしてループ現象に巻き込まれる前のカシオくんを拝むことができる。今のカシオくんは、ユノちゃんとシュウジくんを見て、ちょっと微笑んでいる。一歩引いた、保護者みたいな立ち位置だ。それがあと数秒で、変貌する。
三、二、一……一〇時一五分。
遠目でも分かるくらい、カシオくんの顔つきから覇気がなくなった。

カシオくんは他の三人と少し言葉を交わすと、事務所のほうへと向かった。今回も同じみたいだ。

戻ってきた。

もう一〇周くらい前から、カシオくんは一日中救護室で過ごしている。サニーパークから脱出を試みることも、着ぐるみと戦うこともない。たぶん、食事すらまともに取っていない。

最近、パークで見かけないし、電話がかかってくることもないから、気になって様子を見に来たらあんな調子だった。どうやら本格的に折れてしまったらしい。

思ったより早かったな。

このまま退場するなら、それはそれで仕方ない。カシオくんとはいまいち価値観が合わなかったし、次の人に期待しよう。

……でも。

なーんか後味悪いなぁ。

ネリコちゃんから「困っていたら助けてあげてね」って頼まれてるし、カシオくんが善人なのは分かってる。そろそろ私のほうから手を差し伸べるべきなのかもしれない。

でも、どんな顔して会えばいいんだろう。絶交するような形で別れてから、カシオくんをずっと避けてきた。電話にも一度だって出ていない。内心、怒ってたらどうしよう。ていうか、たぶん怒ってるよね。観覧車から落とそうとしたのも、着ぐるみのこと黙ってたのも、冷静に考えると結構ひどい。いや、ほんと申し訳ないと思ってる。でもサニーパークにいると、おふざけのブレーキがなかなか利かなくて……。

あ～、ダメだ。もう言い訳を考えちゃってる。やっぱ会うのやめとこうかな……。

うんうん悩みながら、私はとりあえずチュロスを買って、散歩しながら食べて、ジェットコースターに二回乗って、フードコートで昼ご飯を食べた。それでようやく、決心がつく。

一回だけ、会ってみる。

一応、私にも良心はあるし、カシオくんはネリコちゃんから託された人だ。やっぱり、無視できない。

そんなわけで、私も事務所に向かう。時刻は午後三時。カシオくんはまだ中にいるはずだ。

事務所に入って、「友達の様子を見に来ました」って事務員の人に伝えると、奥に通してくれた。救護室の扉を開けて、中に入る。カシオくんは、こちらに背を向ける形で奥のベッドに寝転がっていた。

私はおそるおそる近づいて、声をかけた。

「カシオくん、来たよ」

返事がない。

やば、怒ってる……？　ビクビクしながら返事を待つ。だけどあまりにも反応がないので、私はベッドの反対側に回り込んで、カシオくんの顔を見た。……なんだ、寝てんじゃん。

起こそうか迷っていると、あることに気がついた。

すごく汗をかいている。

というか、うなされている。

眉間《みけん》に皺《しわ》を寄せて、苦しそうに顔を歪《ゆが》めている。めちゃくちゃお腹痛いときの表情だ。かすかに震える唇《くちびる》の隙間《すきま》から、か細い寝言が漏れている。私は顔を近づけて、言葉を聞き取ろうとした。

「……父さん……」

私はとっさにカシオくんから顔を離した。

聞いてはいけないものを聞いてしまったような気がした。

ベッドの上にうずくまって、うなされながら父親を呼ぶ。まるで幼子みたいに弱々しい。カシオくんの顔を見ていると、胸がぎゅ～～～と締め付けられた。

彼がこうなるまで突き放した自分が、とんでもなく冷酷な人間に思えてきた。

それに——。

『もう、消えてしまいたい……』

私は頭を振った。

嫌《いや》なことを思い出してしまった。

でも、もし、今のカシオくんがあのときの私と同じ苦しみを味わっているのなら……。

私は心を決めて、彼の肩に手を伸ばした。

＊

誰かに身体を揺すられている。

どんよりした眠りの底から引き上げられて、俺は目を覚ました。重いまぶたを開けると、目の前にあせびの姿があった。

「お、おはよ～……元気？　じゃないよね……」

まだ夢の中にいるのかと思った。こちらが接触を試みるたび拒絶してきたのに、向こうから俺の前に現れるとは考えにくい。それでつい、まじまじとあせびの顔を見てしまう。

「あれ……反応薄いな。ねぼけてる？」

あせびは俺の顔に手を伸ばすと、頰《ほお》をつねってきた。鈍い痛みが走って、途端に意識が明《めい》瞭《りょう》になる。これは夢じゃない。

「うおっ」

俺は慌てて起き上がった。その反動で危うくベッドから転げ落ちそうになる。

「ど、どうしてあせびがここに？」

ただただ困惑した。ずっとあせびと話をしたかったが、突然すぎて状況を飲み込めない。

あせびは気まずそうに目を逸《そ》らして、ぽりぽりと頬《ほお》をかいた。

「いや～なんかその、さすがに罪悪感が湧いてきて……カシオくんのこと、放っておけなくなったっていうか……だからその……」

せわしなく目を泳がせ、言い淀む。数秒ほどはっきりしない物言いが続いたが、やがて腹を決めたように、あせびは俺と目を合わせた。

「今まで避けててごめんなさい」

そう謝罪して、頭を下げた。

俺は耳を疑った。

一体、どういう心境の変化だ。罪悪感？　どうして急に？　俺が救護室に引きこもってるからか？　あせびから話しかけてきてくれたのは嬉《うれ》しいが、謝罪を鵜呑《うの》みにする勇気はない。

「なんで今さら……」

「ほ、ほんとに悪かったよ……自分でも薄情だったなって思ってるし……」

困り切った顔で、あせびは弁解を続けた。

「君が着ぐるみと戦ったり、逃げ回ったりするの、たまに遠くから見てたよ。どんどん元気がなくなって、結構前から救護室に引きこもってたことも知ってる。それでさすがに心配になって、様子を見に来たらすごくうなされてて……なんか、いたたまれたなくなっちゃって」

「うなされてた？　俺が？」

「うん。父さん、って呼んでた」

俺は耳を疑った。

うなされていたのが本当だとしても、よりにもよってそんな寝言を呟《つぶや》くなんて……。

「バカ言うな！　俺があんなヤツに縋《すが》るわけないだろ」

「で、でも本当に言ってたし……」

ううう、とあせびは萎縮する。嘘《うそ》をついているようには見えなかった。なら、本当なのだろうか。いいや、そんなわけがない。絶対、あせびの聞き間違いだ。

認めたくなくて反論の材料を探していたら、脳裏に過去の記憶がぼんやりと浮かんだ。当時の苦々しい感情までもが蘇《よみがえ》って、俺は額《ひたい》を押さえる。

「クソ……最悪だ」

あせびは首を傾げると、心配したようにベッドに腰掛けた。まるで見舞いに来た親みたいな表情で、俺の顔を覗《のぞ》き込む。

「お父さんと、仲悪いの？」

「……親父のこと、知ってるんじゃないのか」

「ネリコちゃんにちらっと聞いたことはあるけど……警察官なんでしょ？」

「元、だ。元警察官。辞めたんだよ、横領が発覚して」

えっ、とあせびは小さく声を上げた。

「五年前だ。世界がひっくり返ったよ」

わざわざあせびに説明する義理はないし、他に言いたいことや訊くべきことが山ほどある。だが今は、胸にわだかまるこの思いを吐き出したかった。

「親父には、ずっと憧れてた。こんな大人になりたいと心から思ってたよ。けどそれも、横領が発覚するまでだ」

最初は、何かの冗談だと思っていた。だが父の横領がニュースに取り上げられると、嫌《いや》でも信じざるを得なかった。

「当時は散々だった。学校で後ろ指さされるわ、知らない不良に因縁をつけられるわ……家のポストに脅迫状めいた手紙が届いたこともあった。でも、それはいいんだ。一時的なものだったから。俺が何よりも辛《つら》かったのは、進路のことだ」

「進路?」

「ああ。俺が警察官を目指してることは知ってるよな? 汚職警官の父親を持つことが、俺の進路にどんな影響を与えるか……考えるだけで、気が重くなった。親父を恨んだよ。いっそ警察官になるのはやめようと思ったこともある。でも、俺は諦めなかった」

無意識のうちに、語調が強くなっていく。

「俺は絶対、親父みたいにならない……誰よりも正しく生きてやると、自分に誓ったんだ。非の打ち所のない、完璧な警察官になってやるってな。それなのに……」

ベッドのシーツを、握りしめる。

傷がうずくように、軽い頭痛を覚えた。

「カシオくん……？」

心配したようにあせびが呼ぶ。

ここまで話したんだ。もう、全部吐き出してしまおう。

「……ユノと観覧車に乗ったとき、一度だけ……間違いを犯しそうになったんだ。ユノをゴンドラから突き落とせばループから出られるかもしれないって、そう思ってしまった。もちろん、思っただけで実行には移していない。頭が考えるのと、実際に行動することには、とてつもなく大きな隔たりがある。それは分かってる。でも、俺は……すごく嫌だった」

嫌だったんだ、と繰り返す。

「俺も親父と同じように、いつか『魔が差す』かもしれない……自分の中に、犯罪の芽があることが、耐えられなかった」

ふう、とため息をつく。

話してしまえばすっきりするかと思ったが、そんなことはない。気分は暗澹としたままで、むしろ余計に気落ちしてきた。

俺は仕切り直すように頭を振った。

「違う。今は、こんな話をしたいんじゃ——」

ぽす、と頭に柔らかい感触がした。

俺は虚を突かれた。あせびが、俺の頭を撫《な》でていた。

「な、何すんだ」

反射的にその手を払いのけた。ちょっと強く拒絶しすぎたか、と一瞬後悔しかけたが、あせびは大して気に留めていない様子だった。

「あ、ごめん。なんか辛《つら》そうな顔してたから……つい」

あせびは気遣うような眼差《まなざ》しをこちらに向けてきた。

「大変だったね、いろいろ」

俺は、なんともいえない気持ちになった。胃の裏側をくすぐられるようなこの感覚を、嬉《うれ》しさとは認めたくなかった。

「……あせびが協力してくれれば、その大変さも少しは和らいでたんだけどな」

まんざらでもない気持ちを悟られたくなくて、つい性格の悪いことを言ってしまう。あせびは「うっ」と苦しそうな声を出した。

「いやもう……ほんとごめんて……」

反省しているようだ。とはいえ、俺は一方的に責められる立場ではない。チュロスをはたき落としたり暴言を吐いたりしたことは、完全に俺が悪かった。

どうにも晴れない気持ちでいると、あせびは「よし」と切り替えるように言った。

「カシオくん、来て」

あせびはベッドから立ち上がり、救護室を出ていった。

少し迷ったが、ついていくことにした。救護室を出ると事務員の人に「もう大丈夫です」と伝え、あせびとともに外に出る。

「どこに行くんだよ」

「カシオくんが私のこと捜しても、全然見つからないときあったでしょ」

「あったよ。おかげで一日中歩き回る羽目になった」

「ちょっとした隠れ家があるんだ。今から行くのはそこだよ」

俺は訝《いぶか》しんだ。サニーパークにそんな場所があるのか。

数分ほど歩いて、フードコートの前まで来た。あせびは建物の裏に回ると、周りに誰もいないことを確認してから『従業員以外立ち入り禁止』の扉を開けて中に入った。

「入って大丈夫なのか……？」

「堂々としてたら意外とバレないんだよ」

バックヤードを進んだ先の階段を上る。その先の扉を抜けると、事務ビルみたいな廊下に出た。壁沿いに並ぶ扉のプレートには、『更衣室』、『給湯室』、『警備員室』、『保管庫』……当然といえば当然だが、夢の国でも裏舞台は無味乾燥なものだ。

あせびは『宿直室』の前で足を止めると、ポケットから鍵を取り出した。

「持ってたのか、鍵」

「さっき事務所を出るときにくすねてきた」

全然気づかなかった。手際がいいというか、手癖が悪い。注意する気力もなかったので、そのまま流されるようにあせびと一緒に部屋に入った。

室内は生活感のある空間が広がっていた。畳が敷かれ、部屋の端には布団が二つ折りにされている。家具は本棚と作業机、そしてテレビがあった。ちゃんとエアコンもある。小学生のときに見た校務員室を思い出した。

「一人でくつろぎたいときはここに来るんだ」

あせびは靴を脱いで、畳の上に上がる。俺もそうした。足裏に伝わる畳の感触に懐かしさを感じる。

「スマホでドラマ観《み》たり、ゲームしたり……プライベートスペースってやつだね。ちょっとおじさんの匂いがするのが難点だけど」

「ここ、警備員さんの部屋だろ。戻ってきたらどうするんだ」

「昼間は戻ってこないよ。夜まで使いたい放題」

あせびはエアコンの電源を入れた。暖かい風が顔に当たる。

「どうして俺をここに連れてきたんだ？」

「……カシオくんの言うとおり、警備員さんの部屋なんだけどさ。私にとっては自分の部屋みたいな認識になっちゃってんのね。ここなら誰にも邪魔されず、ゆっくりできる。そう簡単に、ここは教えないよ」

つまり、信頼の証として俺を招いた、ということなのだろうか。だとしても、あまり喜べなかった。俺があせびに求めているのは、ゆっくりできる場所を教えてもらうことではない。

そんな俺のやきもきには気づいていない様子で、あせびはマフラーを外し、コートを脱いだ。細い首筋が露《あら》わになり、下に着ていた制服が現れる。

あせびは、俺にすっと手を差し出した。

「……この手は？」

「仲直り。ギスギスしても、お互いにいいことないからね」

あせびは優しげに微笑《ほほえ》んだ。

ギスギスしてもいいことがない。それに関しては完全に同感だ。もっと早くに言ってくれたら、と思わなくもないが……今は素直にあせびの厚意を受け取るべきだろう。

俺はあせびの手を取ろうとして、その前に、ずっと言いたかったことを伝える。

「……喧嘩《けんか》する前、あせびが俺にチュロスを買ってくれただろ」

「ん？　そういや買ったね」

「あのあと、拾って食べてみたんだけどさ……塩味のチュロス、好きな味だったよ」

そう言って、俺はあせびの手を握った。あせびの指は細くてすべすべしていて、自分とは別の生き物みたいに冷たかった。

「なんだよ～そういうのは早く言いなよ、水くさいなぁ」

「あせびが逃げるから言えなかったんだろ……」

「まぁそれはそうか」

えへへ、とあせびはあざとく笑った。

呆《あき》れるところなのに、俺もつられて笑ってしまう。


「――とまぁ、そんな感じ」

あせびが話に区切りをつけると、彼女は畳の上に座ったまま背伸びをした。

時刻は午後六時を回っていた。あせびが言っていたとおり宿直室には誰も来ていない。暖房も利いているし、二人でゆっくり話すには最適な空間だった。ここを隠れ家と呼びたくなる気持ちも分かる。

「だからね、殴っても、刺しても、燃やしても、水に沈めても、縛っても、感電させても、ぜーんぶ効かなかったんだよ。しかも、どこまでも追いかけてくる。もう負けイベントみたいなもんだよ」

仲直りしてから真っ先に、俺はあせびから着ぐるみのことを聞き出した。何千回もループしているあせびなら、きっと有益な情報を握っているはず……そう思っていたのだが、期待していたような情報は一つも得られなかった。どんな攻撃も効かないことは早々に理解していたし、俺と同じように、あせびも過去のループ被害者たちも、朝まで逃げ切れたことは一度もなかったそうだ。

「ちなみに、二二時以降はスペシャルパスを持ってる人しか動けなくて――」

「それは知ってる。他の人は眠っちゃうんだろ」

「そうそう。試してたんだ、さすがだね」

褒められても嬉《うれ》しくなかった。

あせびが言うには、夜間の警備員さんも二二時以降はこの宿直室で眠っていて、何をしても起きないらしい。やはり外部の人間の力を借りることは不可能のようだ。

話せば話すほど、希望が潰されていく。

立ち込めていた霧がようやく晴れたと思ったら、目の前に頂上が見えないほどの絶壁が現れたような、そんな気分だ。

「どうしようもないじゃないか……」

俺は畳の上にごろんと横になる。

正直、落ち込んでいた。せっかくあせびから話を聞けたのに、まさかこうも為《な》す術《すべ》なしとは。

期待しすぎたのもあるだろうが、一度持ち直した心にまたヒビが入りそうだ。

「そう落ち込まないでよ。またチュロス買ってあげるからさ」

「チュロス一本で元気になるならこうなってない」

「じゃあ二本買ってあげるから」

「何本でも同じだ……」

ふざけているのか心配しているのか微妙なラインだ。

落ち込んだままではいられないので、俺は身体を起こす。そのとき、部屋の本棚が目についた。俺は立ち上がって、本棚に近づく。停滞を打開するためのヒントを求めていた。

釣りやバイクの雑誌が並ぶなか、一番端に『作業マニュアル』と書かれた分厚いファイルがあった。なんとなくそれを手に取り、捲ってみる。

黄みがかった古い用紙に、丸っこいフォントで『サニーパーク』と書かれていた。その下では、デフォルメされたオウムが手を振るように翼を上げている。

「オウムのオーガスタス」

あせびが後ろから覗《のぞ》き込んで言った。

「あんまり可愛《かわい》くないよね。何度目かのリニューアルで没になったんだよ」

「へえ……」

相槌《あいづち》を打ちながら、ぱらぱらとマニュアルを捲る。

ヌード写真集が挟まっていた。

俺はすぐさまファイルを閉じて本棚に戻した。なんでこんなところに挟まってんだよ。

「私のほうがあるよ」

「す、するな！　そんな報告！」

顔が赤くなっていくのが分かる。女性慣れしていないことが丸分かりで恥ずかしい。

……でも、あれよりあるのか。

ってバカバカバカバカ。想像するな。

「真面目にやれ」

「いや、わりと真面目にやってるけど……今のはカシオくんがむっつりなだけだよ」

「だ、誰が……！　お前が変なこと言うからだろ」

「変なことって何？　私のセリフのどこらへんが変だったの？」

あせびは真顔で問うてくる。からかうような感じではなかったので、俺はたじろいだ。

「いや、だから……その……」

胸がどうとか……いや、あせびは一言も胸とか言ってない。なら俺が悪いのか？　勝手に勘違いしただけ？　さっきのはただの八つ当たり……？

「す、すまん……言いがかりだった」

真面目に謝罪すると、ふは、とあせびは吹きだした。

「チョロいな～カシオくんは。私の言うことめっちゃ鵜呑《うの》みにしてくれるじゃん」

「な……」

また、顔が熱くなってきた。完全に手の平の上で踊らされている。

「お前なぁ……」

「ごめんごめん。こんなふうにカシオくんと話すの、久しぶりだからさ。つい舞い上がっちゃって」

腹の底がむず痒《がゆ》くなる。そんなことを言われると怒れない。

気を取り直して、俺は畳の上にあぐらをかいた。するとあせびも俺の前にちょこんと座った。

考えろ。

まだ試していないことがあるはずだ。それをなんとか見つけ出して、一つずつ検証していくしかない。

……でも、仮に『試していないこと』が見つかって、検証してみても、結局は徒労に終わるんじゃないか？

何千回もループしているあせびが、誰も殺さず脱出することは不可能と断言しているのだ。

当然、過去のループ被害者だって試行錯誤してきた。それでも最終的にはみんな諦めた。自分なら成し遂げられると、なぜそう思える？

まずい。思考がネガティブに傾いていく。

「クソ、どうすりゃいい……」

「今のカシオくんに必要なのは、気分転換なんじゃない？」

「気分転換？」

「ここは遊園地なんだよ。楽しむものはたくさんある」

俺はうんざりした。

「もう十分すぎるほど遊んだ。そりゃあせびには及ばないが、何十回もループしてんだぞ」

「世の中には同じゲームを何百回も周回して、それでもまだ続けてる人がたくさんいるんだよ。カシオくんなんてまだまだこれからだよ」

「……俺にさっさとパークから出ていってほしいんじゃないのか？」

「もちろん、そのための協力はするよ。でも今のカシオくんには、自分の力だけで抜け出すのも誰かを殺すのも無理だよね。どうせいくらでも時間はあるんだから、ちょっとくらい別のことをしたっていいんじゃない？」

「ううむ……」

あせびの言うことも一理ある。行き詰まりを感じたら気分転換を図る、それはごくごく自然なことだ。気張りっぱなしは効率が悪い。

「でも、今さら楽しむったってな……」

「私に任せて」

あせびは立ち上がり、眩《まぶ》しい笑みを浮かべた。

「サニーパークの楽しみ方、教えてあげる」


二人でゲートを抜けて次の周に行くと、俺は体調不良で救護室に行くフリをして、シュウジたちと別れた。メインストリートの手前にあるワゴンショップの前で、あせびと落ち合う。

「じゃあ行こうか」

「行くってどこに?」

「いいから、ついてきて」

歩きだすあせびに、俺は渋々ついていく。シュウジたちに見つからないかとヒヤヒヤしたが、あせびによると「三人の行動ルートは大体把握してるよ」とのことだった。見つからないから大丈夫、と言いたいらしい。

「……ん?　でも一回見つかって修羅場になったような……」

「ま〜あのときは見つかったらそれはそれで仕方ないか〜って感じだったから」

「……」

過去のことだ。気にするのはよそう。

それから少し歩いて、たどり着いた先は【デラマンチャの幽霊退治】だった。普通にアトラクションで遊ぶのか、と少々意外に思いながら、列に並ぶ。

「カシオくんは最高で何ポイント取った？」

「俺は……ていうか、四人で二八〇が最高だったな」

【デラマンチャの幽霊退治】は、ホログラムの幽霊を拳銃型のレーザーポインターで撃退していくアトラクションだ。幽霊の数がかなり多く、適当に撃っても結構当たる。ライドに乗れるのは一度につき四人で、ライドが一周すると四人の合計撃退ポイントが表示される。

「ここの満点は五〇〇だよ」

「ずいぶん高めに設定されてるな」

「私もキャストさんに数えてもらっただけで、フルコンしたことはないんだ。私だけ上手くても限界があるから。でも、二人ならいけるかもね」

「……まぁ、頑張ってみるよ」

正直、気は乗らない。【デラマンチャの幽霊退治】はシュウジたちとすでに何十回と乗っている。周りに驚かれるくらいには上達しているが、今さら楽しめるかどうか……。

不安を覚えているうちに、順番が来た。

二十代くらいの若いカップルと相乗りになった。四人を乗せたライドは、レールの上を進んでいく。

「ふー……」

あせびは真剣な表情で呼吸を整えている。

めちゃくちゃ集中してるな、と思っていたら、最初の幽霊が出てきた。俺が撃ち倒そうとすると、ものすごいスピードであせびの手が動き、先に幽霊を撃ち倒した。

そこから先の活躍はすさまじかった。

機械のように正確に、最小限の動きで、黙々と幽霊を葬っていく。まるで映画の『ガン＝カタ』みたいだ。一緒に乗っていたカップルは少し引いていた。

「カシオくんも撃って！」

「あ、ああ！」

俺も負けじと引き金を引く。あせびに比べれば初心者に毛の生えた程度だが、俺だって慣れているのだ。乗らない気分を無理やり奮い立たせ、幽霊を撃ちまくった。

やがてライドが一周し、スコアが表示される。

「お、四三一ポイントか。まずまずだね」

「あんなに倒して四三一……？　フルコンさせる気ないだろ」

「やり込み甲斐《がい》があるでしょ」

ライドから降りて外に出ると、あせびは笑顔を俺に向けてきた。

「なかなか上手かったよ、カシオくん」

「そりゃあどうも」

「警察官になってもきっと活躍できるよ」

「あんなバカスカ撃つこと絶対ないけどな」

次に訪れたアトラクションは【ハクシャクのコーヒーブレイク】だ。順番の列はファミリー層が多い。その最後尾に俺たちは並んだ。

「知ってる？　コーヒーカップのハンドルって、これ自体が回ってるわけじゃないんだよ」

「回ってるのは俺たちが乗ってるカップそのもので、ハンドルはカップの下の床に固定されてるんだろ」

「なんで知ってるの⁉」

「文化祭の出し物でコーヒーカップを自作してたクラスがあったんだ。そうでなくとも、乗ったときに分かる人は分かるだろ」

「……知らないフリしてたほうが相手は喜ぶ、ってことは分かんなかったみたいだね」

「知ってて悪かったな……」

などと話しているうちに順番が来た。あせびは一直線に青いコーヒーカップに向かう。他人に先を越されたくない、そんな意図を感じた。つまり、あのコーヒーカップは他と違う何かがあるのだ。……少し警戒しておくか。

ブザーが鳴って、軽やかな音楽とともにコーヒーカップ全体が回り始めた。ゆったりと景色が回るなか、あせびは神妙な顔で口を開く。

「コーヒーカップってさ、学生とか男の子同士が乗ると、めちゃくちゃに回しまくるよね」

「気持ちは分かるけどな。どこまで加速できるかたしかめたくなるんだろう」

「ああいうの、よくないと思うんだよ。コーヒーカップは優雅なアトラクションなんだから、もっと静かに楽しまなくちゃ」

「ふうん……？」

「だから思いっきり回すね」

「さっきの話なんだったんだ？」

あせびはハンドルを握って、「おりゃー！」とかけ声を出しながら回し始めた。

「このコーヒーカップは他のに比べて滑りがいいんだよ。カシオくんも手伝って！　吐くまで回すよ！」

「嫌《いや》だなぁ……」

と言いつつ、手伝ってやる。

コーヒーカップはぎゅんぎゅんと回転速度を増し、身体にかかる遠心力が強くなってきた。これ以上はもう速くならないんじゃないだろうか、と思った矢先、あせびは俺を見てにやりと笑った。

「カシオくん！　回るコーヒーカップに乗りながら目を回さない方法、分かる!?」

「なんだ、それ！」

あせびは遠心力に振り回されないよう慎重に立ち上がると、あろうことか、ぴょんとハンドルの上に飛び乗った。

「うおい！　危ねえ！」

「ハンドルは床に固定されてる、って話はしたよね！　つまり！　コーヒーカップの中でハンドルの上だけは安全地帯なんだよ！」

「危ないから降りろバカ！」

「そこの人、立たないでください！」

俺とキャストが必死に警告する。だがあせびは涼しい顔で、ムカつくほど優雅に、バレリーナみたいなポーズを取ってみせた。オルゴールの音色に合わせて回る人形のようだった。いくらハンドルの上は無回転状態といっても、コーヒーカップそのものは動いているわけで、相当優れたバランス感覚がなければできない芸当だろう。

結局、あせびは最後までハンドルの上から降りてこなかった。キャストの人にしこたま怒られ、俺たちはその場をあとにする。

「コーヒーカップ、出禁になっちゃった」

「当たり前だ。むしろそれだけで済んだのが奇跡だろ……サニーパークから追い出されてもおかしくなかった」

「私は楽しめたからそれでオッケー」

あせびは上機嫌だ。怒られたことなんて何一つ気にしていないようだった。真面目に注意した自分がバカバカしくなってくる。

楽しめたからそれでオッケー……あせびの言葉が、池に落ちた小石のように、時間差で胸に響く。俺も、今くらいはそのスタンスでいたほうがいいのかもしれない。

「あ、ごめん。ちょっと待ってて」

何か思い出したように、あせびはその場を離れた。

花でも摘みにいくのだろうか。そう思いながら後ろ姿を見ていると、あせびは少し離れたところで足を止めて、スマホを取り出した。画面を素早くタップして、スピーカーを耳に当てる。

既視感を覚えた。前にもあせびはこんなふうに電話をかけていた。そして前と同じように、通話は一分も経《た》たずに終わった。スマホをポケットにしまって、俺の元に戻ってくる。

「どこに電話してたんだ？」

「話してなかったっけ？　ちょっとしたルーチンだよ」

ルーチン……そういうのは、俺にもある。バルーンアートが割れないよう、男の子に注意するのもそうだ。

「電話しないと困る人がいるのか」

「んー、困るっていうか……」

あせびは少し逡巡《しゅんじゅん》してから、口を開いた。

「私がループに嵌まったきっかけは覚えてる？」

「ああ。その……通り魔事件が、起きたんだよな」

「そうそう。その事件はね、私が防がないかぎり毎回起きるんだよ」

脳天に電撃が走ったような衝撃を受けた。

ループのたびに、あせびが殺人事件を未然に防いでいる——ああ、どうして今まで気づかなかったんだ！　スペシャルパスの所有者以外は、ドラマの再放送みたいに同じ行動を繰り返す。それは、あせびを殺した犯人も例外ではないのだろう。あせびの『一周目』に事件が起きたなら、二周目でも三周目でも、あるいは千周目でも、事件は同じように起こりうる。

「……悪い、今まで気がつかなかった」

「なんで謝んのさ」

「そんな重大な役目を果たしていたとは知らなかった。それに、ずっとちゃらんぽらんなヤツだと思ってたから……」

「失礼だな～。まぁ、ちゃらんぽらんなのは間違ってないけども」

あせびは少しだけ目を伏せた。

「全然、大したことじゃないよ。最初のほうは物理的に防いだり警察呼んだりしてたけど、最適化してからは電話一本で防げるようになったし。朝の歯磨きより気楽なもんだよ」

「それでも立派だ。ループすればすべてがリセットされることを、あせびは分かってるだろ？　誰かに褒められるわけでも、礼を言われるわけでもないのに、あせびはそのルーチンを守り続けてきたんだ。すごいことだろ」

あせびは面食らったように目を瞬かせたあと、口をもにょ……とさせた。

「褒めすぎだよ。ちょっと恥ずかしくなってきた……」

顔をパタパタと手で扇ぎながら、歩きだす。素直に喜ぶと思っていたので、意外な反応だった。

俺はあせびを追いかけて、隣に並んだ。

「それで？　次は何に乗るんだ」

あせびは少し考えたあと、遠くのほうを指さした。

「あれにしようかな」

指の先に見えたものは、サニーパークが誇る木製ジェットコースター【ゾーイのブルーサーフ】だ。レールを支える木の骨組みは巨大な木造建築のようで、サニーパークでは強烈な存在感を放っている。名前のとおりサーフィンをモチーフにしたもので、ボートを模したライドが今まさにアップダウンするレールを走行していた。乗客の歓声にも似た叫び声が、ここまで届いた。

「あれか……乗ったことないんだよな」

「カシオくんも冗談言うんだね」

「本当だ。サニーパークに来てから一度も乗ったことがない。昼から雪のせいで運休になるだろ？　それで乗るタイミングを逃し続けてるんだ」

あせびは信じられないような顔をした。

「ええ〜、マジ？　乗りたいとか思わないの？」

「……苦手なんだよ、浮遊感のあるアトラクション。ジェットコースターなんて、その最たるもんだろ」

あせびは思案するような顔で腕を組んだ。珍しく真剣に考えているようだった。

「じゃあ、やめとく？」

「……いや、乗るよ。いい機会だ。フリーフォールは我慢できるようになったから、ジェットコースターもいけるかもしれない」

「おー、チャレンジャー。じゃあ私も張り切っちゃおうかな」

「おい待て。張り切る？　張り切るってなんだ。ジェットコースターに乗って何を張り切ることがある？　変なことするなら乗らないぞ」

「ほんと苦手なんだね」

苦笑いするあせび。

そこでポケットに入れていたスマホが震えた。取り出すと、シュウジから着信が入っていた。

一瞬、スマホが鉛のように重たく感じられた。シュウジたちは、今も俺が体調不良で休憩中だと思っているはずだ。そんな俺を心配して電話をかけたのか、それとも救護室に俺がいないから姿を捜しているのか……どちらにせよ、電話に出る勇気はなかった。

「お友達？」

あせびがスマホの画面を覗《のぞ》き込む。

「ああ……でも、いいんだ」

コール音が止まると、俺はメッセージを打ち込んだ。体調が芳しくないので先に帰ること、本当に申し訳ないと思っていること、必ず埋め合わせをすること……シュウジに送信して、スマホをサイレントモードにする。シュウジたちには悪いが、しばらく考えないようにする。今のままじゃ、どう接しても辛《つら》くなるだけだ。

「ずっと一緒だと疲れちゃうもんね。ネリコちゃんも途中からそんな感じだったし、いいと思うよ」

「そうなのか……」

ネリコも俺と同じ苦痛を味わったのだろう。友達のことを嫌いになりたくないから、距離を取った。ネリコの心境を推し量ると、胸が詰まる。その悲しみを共有できないことが、口惜しかった。

俺たちはジェットコースターの列に並ぶ。ジェットコースターといえば遊園地の花形のような印象があるが、サニーパークでは不人気なのか、列が短い。その疑問をあせびに伝えると、「寒いからじゃない？」とシンプルな答えが返ってきた。

「やっぱ風とか冷たいからね。夏場は大人気だった記憶があるけど」

「ループする前にもサニーパークに来たことあるのか？」

「うん。一〇年くらい前にお母さんとね。あのときは夏ってのもあったけど、ジェットコースターがリニューアルされた年だったからすごく人気だったんだよ」

そういえば、サニーパークは何度かリニューアルされたとあせびから聞いていた。

「昔の……それこそサニーパークができたばかりの頃は、今よりもっと小さな遊園地だったんだよ。だけどアトラクションをリニューアルしていくうちに、遊園地も大きくなっていったんだ。リニューアルしてないアトラクションはメリーゴーランドくらいじゃないかな」

「詳しいな」

「そりゃあ、長いことといるからね。サニパ検定一級取れるよ」

そんなユニバみたいな略称初めて聞いた。ていうか検定なんかないだろ……と思いながら俺はジェットコースターを見上げた。

南国チックなサニーパークの景観に、木製のジェットコースターはよく馴染《なじ》んでいる。だが、どうにも古めかしい印象が拭《ぬぐ》えない。レールの近くを通ったときにライドが走ると、軋むような音が聞こえてくる。

「本当にリニューアルされたのか？　なんなら老朽化が進んでるような……」

あせびはムッとした顔でこちらを向いた。

「何言ってんの。最新だよ、最新。木製コースターって、基準が厳しくて昔は作れなかったんだよ。【ゾーイのブルーサーフ】を含めても日本に四つしかないんだから」

「へえ……」

素直に感心してしまった。さすがサニパ検定一級。

列が短いから、あと数分で順番が来る。もうすぐライドに乗ると思うと、手汗が湧いてきた。ジェットコースターが初めてというわけではないのだが、昔乗って泣きそうになった記憶がある。一〇年以上も前の話だから、克服されていると思いたい。

「緊張してる？」

「まさか。余裕だ」

今さら強がることもないのだが、俺にも一応プライドがある。

順番が来て、乗り場の奥に通される。周りの人がライドに乗り込んでいくなか、あせびがこちらを向いた。

「前と後ろ、どっちがいい？」

「……じゃあ、後ろで」

そっちのほうが怖くなさそうだから、とはもちろん言えない。

俺とあせびは一番後ろの席に並んで座った。安全バーを下げると、キャストの人が安全確認を始めた。それが終わると、いよいよ発進のブザーが鳴り、がたん、とライドが動きだす。

「ちなみに、ジェットコースターは前より後ろのほうが落下速度が速くてGが大きいんだよ」

「それ、もう少し早く言うことはできなかったか？」

「めんご」

自分で選んだのに嵌められた気分だ。恨むぞ……。

四五度くらいまでライドが傾き、傾斜を上っていく。身体に伝わる、カタン、カタンという振動が、急降下までのカウントダウンみたいで心臓に悪かった。指が食い込むほど安全バーを強く握りしめる。

あせびがニヤニヤしながらこちらを向いた。

「手ぇ握ったほうがいい？」

「あまり舐《な》めるなよ」

緊張していることは認めるが、たかがジェットコースターだ。小学校低学年くらいの子でも乗っている。こんなことでビビってどうするんだ。着ぐるみに追いかけられるほうが百倍怖いだろ。たぶん。

ライドがレールの頂点を迎えた。

前方の席が、ゆっくりと沈み込み――内臓を縛り上げられるようなGを味わった。

「ぎゃあああ！」

「あっはっは！」

急降下したあとも、急カーブとアップダウンに翻弄される。平静を保つ余裕なんてなかった。安全バーをひたすら強く握りしめて、耐えることしかできなかった。

単純なスピードやGによる恐怖もそうだが、レールから伝わってくる今にも壊れそうな振動と、悲鳴のような軋みが、別種のスリルを生んでいた。もう数え切れないほど一月七日を繰り返して、ジェットコースターで事故が起きたことなんて一度もないのに、壊れてしまうんじゃないかと気が気でなかった。

やがてライドは一周し、乗り場まで戻ってくる。半ば放心状態で俺はライドから降りた。

「ひ、ひどい目に遭った……」

「耐性なさすぎるでしょ。ここのは玄人向けでもないんだけどな」

「もう二度と乗らない……」

俺とあせびは乗り場を離れた。

休憩が必要だ。俺は近くにあったベンチに倒れ込むように座った。軽い頭痛がして、胃の中がぐるぐるする。自分でもこれほどジェットコースターが苦手だとは思わなかった。

体調の回復を待っていると、あせびが隣に座った。ぴと、と頬《ほお》に冷たいものが触れる。

「はい、お水」

「ああ、助かる……」

受け取って、勢いよくペットボトルを傾ける。半分ほど飲み干して唇《くちびる》を離した。胃の中の気持ち悪さはだいぶマシになったが、まだ頭がぐらぐらする。

「大丈夫？　膝枕《ひざ》してあげようか」

あせびがニヤニヤしながら提案してくる。

少し、カチン、と来た。

水をもらったことには感謝しているし、一応は心配してくれているのも分かる。だが、こうもからかわれてばかりいるのは、面白くない。

ちょっとは戸惑え、と思いながら、俺はあせびの太ももに頭を載せた。意表を突くつもりだった。だがあせびは、当たり前みたいに俺を受け入れた。まったく効果がないどころか、こっちが恥ずかしくなってくる。

完全に墓穴を掘った。

普段の俺なら、絶対にこんなことはしない。ジェットコースターに乗ったせいで判断が鈍ったのか、それ以前から精神的な疲労が蓄積されていたからか、それとも……自分でも気づかないくらい心の深いところでは、膝枕してほしかったのか。

いやいや、それはない、と俺は慌てて自分の考えを否定する。

「どうよ、感想は」

「……思ったより、骨を感じる」

「そんなもんだよ。彼女とかママにやってもらったことない？」

「彼女もママもいない」

「あ……そうだったんだ。ごめん、知らなかった」

しゅんとした口調で謝った。

「謝らなくていい。彼女はともかく、母親はいないのが当たり前みたいなもんだったしな」

母が亡くなったのは、俺が二歳のときだ。交通事故だったらしい。当時のことはほとんど覚えていない。何度か親戚《しんせき》から「あのときは大変だったんだよ」などと話を聞いたが、いまいちピンと来なかった。

「私はさ、お父さんがいないんだよね。正確には、いなかった、だけど」

あせびの声音《こわね》に悲愴《ひそう》感はない。実にさっぱりした言い方だった。

「もうずっと昔に離婚しちゃってて、顔もあんまり覚えてないんだよ。でも、最近お母さんが再婚してさ。それで名字を変えたんだよね」

「ああ、『小寺《こでら》』な」

「そうそう。私の前の名字『薬師寺』だったんだよ。変えないこともできたんだけど、二人に合わせてほうがいいかなって変な気ぃ使っちゃってさ……ちょっと後悔してんだよね。薬師寺って、マイナーな名字で結構好きだったから」

ははは、と俺は笑った。

「たしかに、薬師寺はカッコいいな。賢そうだ」

「竜崎《りゅうざき》もカッコいいじゃん。羨《うらや》ましいよ」

　謎の褒め合いをしていると、通行人の若い男性と目が合った。男性は、はいはいカップルね、とでも言いたげな目をして通り過ぎていく。途端に、強烈な羞恥心《しゅうち》に襲われて、慌てて身体を起こした。

「ありゃ、やめちゃうの？」

「も、もう十分休めた。大体、膝《ひざ》枕なんかおかしいだろ……恋人でもないのに」

「急に冷静になるじゃん。ていうか、恋人じゃなきゃ膝枕しちゃダメなの？」

「いや、別にダメってわけじゃないが……」

「カシオくん、私たちはループしてるんだよ」

　あせびは力強い声音で言った。

「その気になればどんなこともできるし、何をしても許される。もちろん無闇に人を傷つけるのはダメだけど、周りの目なんか気にしなくていいんだよ。せっかく無限に遊べるパスが手に入ったんだから、もっと自由になろうよ」

　あせびは勢いよく立ち上がった。

「ほら！　まだまだ一日は長いよ」

　俺の手を引っ張って、あせびは歩きだした。握手のときと違って不意打ちのように握られたので、さすがにドキリとさせられる。

これじゃまるで……デートみたいだ。

昼食を取ったあとも、あせびに引きずられるようにしてサニーパークを巡った。

はっきり言って、あせびの楽しみ方は邪道だ。コーヒーカップの上で立つし、空中ブランコに乗った際は「私が本当の空中ブランコを見せてあげるよ」とか言ってベルトを外してぶら下がろうとした。危なっかしくて見ていられない。一緒にいて恥ずかしいと感じることも多々あった。

でも、認めなくてはならない。

あせびの予測不能な言動を、俺はどうしようもなく楽しんでいた。コロコロ変わる表情も、不謹慎なジョークも、洒落にならないおふざけも、すべてが刺激的で、退屈しなかった。変わり映えしない景色が、あせびのおかげで色づいて見えた。

ループ現象の負の部分から、今だけは目を逸《そ》らすことができた。

「なあ、本当に誰もいないのか？」

空が暗くなり、そろそろナイトパレードが始まる時間に、俺たちはフードコートの上にある従業員専用エリアに忍び込んでいた。すいすいと廊下を進んでいくあせびを、俺は挙動不審になりながら追いかける。

「心配性だなぁ、平気だって。もし誰かと会っても、平然としてたらバレないから」

そうは言われても緊張する。

ビクビクしながら廊下を進むと、あせびは女子更衣室の前で足を止めた。

「ちょっとここで待ってて。誰もいないけど、さすがに君が入るとまずいから」

「最初から入るつもりはない。でも早くしてくれよ」

オッケー、と答えて、あせびはパスコードを入力すると、女子更衣室に入った。

あせびが出てくるのを、じっと待つ。キャストでもない男が、女子更衣室の前に佇《たたず》んでいるこの状況……人に見つかったら言い逃れできない。

三分ほど待ったあと、扉が開いた。

「遅いぞ、何やって――」

俺は言葉を失った。

更衣室から出てきたのは、ゾーイくんの着ぐるみだった。

めちゃくちゃ驚いて硬直していると、着ぐるみは頭を脱いだ。見慣れた女の子が顔を出す。

「えへへ、びっくりした？」

「……心臓が止まるかと思った」

「カシオくんも着て。他のを持ってきたから」

あせびは頭を戻すと、更衣室の中からクマの着ぐるみを引っ張り出してきた。あまりにも急すぎて話が見えない。理由を訊いても「いいから」の一点張りで、従うしかなかった。

上着を脱いで、着ぐるみに手と足を通す。ズボンは穿《は》いたままだから足回りが窮屈だ。というか全体的に小さい。あせびに背中のジッパーを上げてもらって、なんとか着用できた。

「よし、じゃあ行くよ」

「どこに？」

「ナイトパレード」

俺たちはフードコートを出て、メインストリートへ向かった。外はちらほらと雪が降っているが、着ぐるみを着ていると寒さを感じなかった。通気性は悪いが、どんな防寒着よりも暖かい。

フロート車の明かりが見えてきた。賑《にぎ》やかな音楽も聞こえてくる。ナイトパレードを見に来た人混みのなかを、あせびは構わず直進した。こいつマジか、と思いながら、俺もついていく。子供が「ゾーイくんとズーズーだ！」とこちらを指さして笑った。

最前列まで来ると、あせびはロープをくぐって、ためらいなくパレードの通り道に入った。無論、一般客は立ち入り禁止だ。

めちゃくちゃだ。

いくら着ぐるみを着ているからといっても、平然と侵入できる神経がすごい。俺には無理だ。だがずっと人混みの中にいれば、周りから怪しまれる。

あせびはこちらを見て、手を差し伸べた。顔は見えないし声も聞こえないが、早く来て、と俺に伝えているのが分かった。

悩みに悩んで――ええい、なるようになれ、と俺は思いきって光の川に飛び込んだ。

あせびのそばに寄ると、着ぐるみの上から俺の手を握った。そのまま手を引かれ、フロート車の近くまでやってくる。底抜けに明るいＢＧＭがしゃんしゃんと流れ、不思議な熱気が立ち上っている。俺はあせびと手を握ったまま向かい合って、必死に彼女の動きについていった。リズムに合わせて身体を揺らし、たたらを踏むように不格好なステップを鳴らす。

フォークダンス、だと思う。

たぶん、傍《はた》から見れば笑ってしまうくらい下手くそだ。何度も転びそうになり、足を踏んづけ、身体がぶつかった。だけど、馴染《なじ》んでいた。ナイトパレードではこれが普通なのだ。楽しそうに踊り、愛嬌《あいきょう》を振りまき、みんなの思い出を彩る。それが、サニーパークの愉快な仲間たちの役目なのだ。

恥ずかしさはすぐに麻痺《まひ》した。幸いにも俺たちのことを怪しむ人はいなさそうだった。子供たちは明るい笑顔を向け、大人たちは子供と一緒に着ぐるみを写真に収める。俺は何も考えず、踊り続けた。熱気にうなされるように、あせびと一緒に、踊り続けた。

ナイトパレードが終わると、俺たちは無人のプールサイドに避難した。周りに人がいないことを確認して、着ぐるみを脱ぐ。

「ぷはぁ……」

通気性最悪の着ぐるみを着てずっと踊り続けていたから、汗だくになっていた。風呂《ふろ》上がりみたいに髪は濡《ぬ》れ、ニットは汗でべとべとだ。いつもは凍えるような外気が、今だけは気持ちよかった。

「いや〜あっついあっつい……」

あせびも着ぐるみを脱いでいた。頬《ほお》は紅潮し、髪が額《ひたい》に張り付いている。襟元には汗染みができていた。

あせびはこちらを向いて、にやっと笑った。

「どうだった?」

「……楽しかった」

「ほう?」

「めちゃくちゃ、楽しかった」

自分でも驚いていた。あんなにも……あんなにも、楽しいものだったなんて。今でも興奮は冷めず、ナイトパレードの喧噪《けんそう》が鼓膜に張り付いている。胸は充実感でいっぱいだった。

「踊るのって、楽しいんだな……。上手く言えないけど、本能的に満たされるものがあったんだ。ああいう、キラキラしたなかで、大勢の人に注目されながら踊ってると……すごく、気分がよかった」

「警察じゃなくてアイドル目指す？」

「それはない」

即答した。さすがにそこまではない。

「まぁ、お気に召したようで何よりだよ。ちょっと飛ばしすぎかな〜って思ったけど」

「……なあ、あせび」

名前を呼んで、俺はあせびに向き直った。

小首を傾げるあせびに、俺は告白でもするみたいに、はっきりと言う。

「サニーパークの楽しみ方を、他にも教えてほしい」

あせびは、今日一番の笑みを見せた。

「任せて」

# 第五章

# キャメルバック

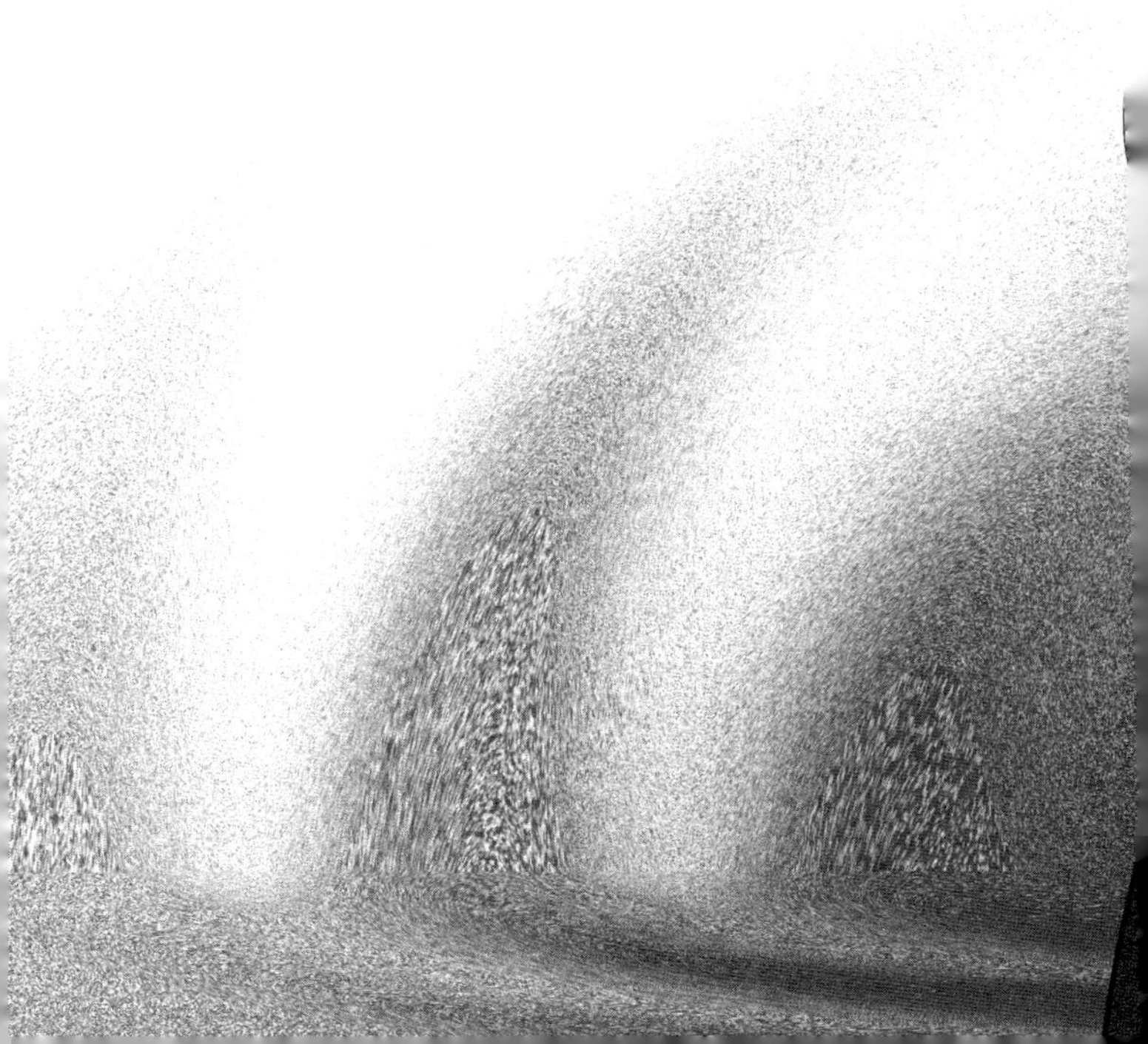

「よくお似合いですよ」

ワゴンショップのお姉さんがにこーっと私に微笑《ほほえ》みかけた。

これで六三回目の営業スマイル。

ループした回数は、ちゃんと数えるようにしていた。

「ども」

短くお礼を言って、カチューシャを着けたまま私はワゴンショップの前から離れた。

今は一〇時八分。あいつが来るまで、まだ余裕はある。とりあえず朝ご飯を食べようと、私はメインストリートに向かった。

世間的には今日は冬休み最後の日だ。開園してからまだちょっとしか経《た》ってないのに、すでに人が多い。家族連れ。学生。カップル。みんな、誰かと一緒に来ている。

でも、私は一人で来た。

いつもぼっちってわけじゃない。むしろ友達は多いほうだと思う。じゃあなんで一人で来てんの？　っていうと、ただなんとなく行きたくなったから。

理由は本当に、それだけ。

なんてことを考えてるうちに、クレープ屋さんの前まで来た。

私はハムチーズを注文する。ループ現象に嵌まるまでおかずクレープは食べたことなかったけど、これが意外とおいしい。ほんのり温かくて、塩っ辛《から》いハムが元気をくれる。

クレープを食べながら、私は適当にぶら〜っと歩く。そしたらベンチに座る二人組のお姉さんを見つけた。あの二人は女子大生で、今日は二人でサニーパークに遊びに来ている。茶髪の人は京《きょう》さんという名前で、右手首には私と同じ、青いリストバンドが巻かれている。

つまり、京さんも私と同じように一度殺されてしまって、今日をループしている。

声をかけようかと思ったけど、やめた。

京さんはベンチに座り込んだまま、頭を抱《かか》えている。それをお友達の女性が、わけも分からずといった様子で、頭を撫《な》でたり背中を擦ったりして慰めている。

京さんはここ最近、かなり不安定だ。出口の見えないループで精神的に参っている。最初は頼り甲斐《がい》のあるお姉さんって感じだったけど、今じゃ腫れ物みたいな存在になっちゃってる。

まぁ、それが普通なのかも。

こんな状況が続いたら、普通はおかしくなる。

「大変だねえ」

そう呟《つぶや》いて、私は京さんに気づかれないよう通り過ぎた。

のんびり歩きながらクレープを食べていたら、ちょうどいい時間になった。私はフードコートに向かって、裏口から中に入る。『関係者以外立ち入り禁止』と書かれたドアを通って、二階に上がった。すれ違う人には「お疲れ様です〜」と声をかける。堂々としていたら怪しまれない。

女子更衣室の前まで来た。ドアのパスコードは前回のループで盗み見していた。「7734」で開く。この時間は人がいないことも確認済みだ。奥に進むと、着ぐるみが何体か置いてある。午後から使われる予定のものだ。正確には一五時から閉園まで。頑張って調べた。

私はコートと靴下だけ脱いで、服の上から着ぐるみを着る。キツいけど、無理やり腕と足を通していく。安全のためだ。多少苦しいくらいでいい……げ。一人だと背中のジッパーが最後まで上がらない。まぁ、完全に閉まらなくてもいいか。

次に緑色のでかい靴を履いて、先っちょが丸くなった指の長い手袋を嵌める。それで最後に頭を被《かぶ》ったら、どっからどう見てもカエルのピップだ。

靴下と財布だけ持って更衣室を出た。そのまま廊下の突き当たりにある社員用の休憩室に入る。ここも今は無人だ。いくつかテーブルが並んでいて、奥には自販機がある。

私はその自販機で、缶コーヒーを四本買った。スチール缶なら中身はなんでもいい。靴下の中に買った缶コーヒーを押し込んで、先を縛る。

誰でも簡単に作れて、簡単に証拠の隠滅もできる、とてもリーズナブルな凶器。

ミステリではおなじみ、ブラックジャックの完成だ。

着ぐるみの姿で外に出て、私はゲートに向かった。ブラックジャックは隠さなくてもいい。まさか着ぐるみが凶器を持って出歩いてるとは思わない。

ゲートに着いた。

キャストさんに怪しまれないよう張り込みをしていたら、目当ての人物がゲートに入ってきた。

挙動不審な、中肉中背の男。

ヤツの行動パターンは分かっている。しばらくサニーパークをうろちょろしたあと、一二時一四分に無差別殺人を実行する。だから、私はそれを食い止める。さらに今回は『情報』もいただく。だから人気《ひとけ》のない場所に行ってくれたらありがたいんだけど……サニーパークにそういう場所は多くない。

……仕方ない。ゲートから離れないうちに、さっさと済ませてしまおう。

私は深呼吸した。

大丈夫。何度もシミュレーションしたから。きっと、上手くいく。

私は男に近づいていく。そしたら気配に気づかれたのか、男がこっちを向いた。私は着ぐるみらしく何も言わず「やあ！　そんなにそわそわしてどうしたんだい？」みたいな感じで愛《あい》嬌《きょう》たっぷりに首を傾げる。

「お、おい……寄るんじゃねえよ」

そう吐き捨てて、私に背を向ける。

今だ。

私はブラックジャックを振りかぶって、男の側頭部にぶつけた。

強烈な一撃。

殴った瞬間、男の身体はマネキンみたいに真横に倒れた。

決まった。

……決まりすぎた。し、死んでないよね？

これから殺人を起こす人間といえど、さすがに殺してしまうのはまずい。私はしゃがみ込んで、男の顔を覗《のぞ》き込んだ。すると「うう……」と呻《うめ》き声が聞こえた。よかった。生きてる。

ここからはスピード勝負だ。

私は着ぐるみの手袋を脱いだ。まずは急いで男のシャツをまくって、ベルトに差し込んである包丁を引き抜く。これだけはちゃんと没収しておかないといけない。次にズボンのポケットをまさぐった。ビンゴ。右ポケットにスマホが入っていた。

スマホのロック画面を表示させる。うわ、指紋認証。めんどくさ！

私はスマホの画面を男の人差し指にくっつける。ブブ、とスマホが小さくバイブレーションする。画面はそのまま。認証失敗。

「あ、あのー。何やってんですか？」

周りにいた大人の人が話しかけてきた。

さすがに怪しまれるか。でも無視。今はスマホの中身を確認するのが先。

「あなた、今……この人、殴りませんでした？」

そうだよ。殴ったよ。

でも私がほっといたら、この人、包丁で人を刺すんだよ。だから私のやってることは、別に間違ってない。

……本当に、間違ってないのかな？

私が何もしなかったら、この男は数分後に人を殺す。それはかぎりなく正確なだけで、あくまで予測だ。未遂ですらない。そんな人を一方的に殴り倒すのって、正しいことなのかな？

……考えてる暇はない。

私はもう一度、スマホの画面に男の人差し指をくっつける。すると、ぱっと画面が切り替わった。よっしゃ！　成功！

「なあ、聞いてるのか？　人を呼ぶぞ。呼ぶからな？　おーい誰か来てください！　この着ぐるみの人……なんか、ヤバいです！」

うわ、やば！

どうしよ。スマホを持って逃げる？　ダメだ。着ぐるみだから速く走れない。すぐに追いつかれる。ここで済ませるしかない。急げ。まずは名前。名前だ。ＬＩＮＥのアイコンは、ええと……あった。タップしてプロフィールに移動。

『蔦元純《つたもとじゅん》』

つたもとじゅん。男の名前は、つたもとじゅん。よし覚えた。次は電話番号だ。

「おい！　何やってんだお前！」

背後から男の人に腕を掴まれた。

ああ！　あともうちょっとだから邪魔しないで！

私は思いっきり腕を振り払って、かじりつくようにスマホをタップする。ええと電話番号はどうやって調べるんだっけ……ああもう、アイフォンじゃないと分かんない！

とりあえず電話のアイコンをタップしたら『連絡先』の欄を見つけた。お、ここか？　この中に「蔦元純《つたもとじゅん》」の項目を見つけたら電話番号が分かるはず。

急いで「た行」までスクロールしたら、「蔦元純」を見つけた。登録者が少なくて助かった。電話番号は０８０——。

「いい加減にしろ！」

また腕を掴まれた。また人が増えてる。大人の男が三人がかりで私を取り押さえた。手からスマホが落ちて、身動きが取れなくなる。

でも、電話番号は覚えた。

ミッションコンプリート。あとは番号を忘れないようループするだけ。

私は死に物狂いでもがいた。そしたら、背中のジッパーがひとりでに緩んでいくのが分かった。これなら、いける——。

蝶がサナギを突き破って羽化するみたいに、私は着ぐるみを脱いだ。そのままダッシュでゲートに向かう。

回転アーム式のバーを、ハードルみたいに跳び越えた。

ループした。

にこーっと、お姉さんの眩《まぶ》しい営業スマイル。

「よくお似合いですよ」

忘れないうちに、自分のスマホに男の名前と電話番号を控える。よし、オッケー。

「ふひぃ……」

疲れた……。でも、これで次のループから楽になるはず。よくやったぞ、私。

一旦《いったん》、フードコートでゆっくりと朝ご飯を食べてから、私は外のベンチに腰を下ろした。今の時刻は一一時。無差別殺人が起きるおよそ一時間前。そろそろいいかな。

控えていた番号に電話をかける。トゥルル、とコール音が鳴った。頼むから出てくれよ～と祈りながら待つ。

『もしもし』

出た。

この声、間違いない。蔦元だ。興奮と緊張を悟られないよう、私は冷たい声で言う。

「蔦元純さんですね？」

『……誰だ？』

私は息を吸って、一息に告げる。

「もしあなたが誰かを傷つけるつもりなら、今すぐ警察に通報します。包丁を持ってきたって無駄ですよ」

スピーカー越しに、蔦元《つたもと》が動揺するのが分かった。

『な……なんで、それを』

「忠告しましたよ。それでは」

スマホを切る。するとすぐリダイヤルされた。非通知でかけるんだったな、と反省。次から気をつけよう。着信を中断させて、ブロックする。

これでよし。

あとは成功したかどうか、たしかめるだけだ。私はフードコートで両手いっぱいのホットスナックを買ってきてゲート前で張り込みをした。蔦元が来なかったら成功。来たら……そのときは、また別のやり方を試す。

それから一時間ほど経《た》って――蔦元が事件を起こす時間になった。

蔦元は、来なかった。

よっしゃ成功！　と言いたいところだけど、時間がズレただけの可能性もある。だから今日は閉園するまで張り込みを続けるつもりだ。大変だけど、今回だけだと思って耐える。

その後もじ〜っと釣りでもするみたいに待った。

二時間、三時間、四時間と、ひたすら待ち続けた。

待ち続けて、ついに、閉園時間になった。

蔦元は、最後まで来なかった。

たまにスマホでSNSを眺めていたけど、どこかで無差別殺人が起こったようなニュースも流れていない。つまり、成功したんだ。

「おお〜！　やった！　やったぞ！」

私はその場でぴょんぴょん跳び上がって喜んだ。それだけじゃ収まらなくて近くにいた着ぐるみのモルモットのコッペに抱きつく。ちょっと困惑してたっぽいけど、すぐにハグを返してくれた。さすがプロ。

そうだ。京《きょう》さんにも教えてあげよう。あの人も私と同じ、事件の被害者だ。次から安全かつ簡単に防げるって知ったらきっと喜んでくれる。

今回はもう遅いし、次の周で言おう。だから、さっさと退場する。


「よくお似合いですよ」

私はワゴンショップの前を離れて、京さんの元へと向かう。あの人のループ開始地点はフードコートの近くだ。基本的にはお友達といるけど、今回は一人でベンチに座っていた。ちょうどいい。

「おーい、京《きょう》さん！」

私が呼ぶと、うなだれていた京さんは顔を上げた。私は京さんの前でばっと両手を広げる。

「聞いてよ。私、あの殺人犯のこと調べ上げたんだ。そしたら名前と電話番号が分かってさ、これからは電話一本で殺人を食い止められるようになったんだよ。すごくない？」

自然と声が大きくなって早口になる。京さんにも喜んでほしかった。

だけど京さんは……なんだかぼうっとした表情をしている。ちょっといきなりすぎたかな？

「あ、もちろん実証済みだよ。前のループで試したんだ。ゲート前でずーっと見張ってたけど、あいつ、来なかったから」

京さんはなおも無反応。何言ってんだこいつ、みたいな顔で私のこと見てる。

……私、何か間違ってる？

「ええと、他の場所で通り魔が起きないかも調べたけど、そういうニュースはなくて。まぁ、明日以降どうなるかはさすがに分かんないけど……」

そこでようやく京さんは口を開いた。だけど出てきたのは言葉じゃなくて、大きなため息だった。

「……どうでもいい」

私は衝撃を受けた。

「どっ、どうでもいい？　いや、どうでもいいこと……ないんじゃないでしょうか？」

混乱して、つい敬語になる。

京さんはうなだれて頭を抱《かか》えた。指の関節が曲がって、頭皮に爪《つめ》がめり込む。

「……られた」

「え？」

「楓《かえで》に、裏切られた」

楓？　楓って……京さんと一緒に来ているお友達だっけ。

「彼氏と……浮気してた。ずっと、親友だと思ってたのに」

私は二度目の衝撃を受けた。

そんなことが……すごく仲がよさそうに見えたのに。でも、そうか。浮気か。何度もループしてると、そういう嫌《いや》な一面に気づいちゃうこともあるんだ。

「あんなヤツのこと親友だと思ってた私がバカだった……死にたい……いや、殺したい……」

と、とにかく慰めてあげないと。放っておいたら、京さんが次の殺人犯になってしまうかもしれない。

私は京さんの隣に座って、ポンポンと肩を叩《たた》いた。

「いや～それは辛《つら》いね……そういうときは、ぱーっと遊んで忘れちゃったほうがいいよ。せっかく遊園地に来てるんだからさ。それに、今は時間を気にする必要もないんだし」

京《きょう》さんの反応は芳しくない。私はもっと明るく声を張り上げた。

「そうだ！　一緒にクレープ爆食いしようよ。どんだけ食べてもループすれば元通りだから、カロリー気にせず食べられるよ。お腹いっぱいになったら観覧車にでも乗ってゆっくり――」

「ねえ」

冷たい声が私の言葉を遮った。

京さんはこちらを向いた。能面みたいな、ぞっとする無表情だった。

「なんでヘラヘラしてんの？」

「え……」

「今の状況、分かってるよね？　同じ一日をもう何十回も繰り返してるんだよ。いつ明日が来るか分からないんだよ。永遠にこのままかもしれないんだよ。サニーパークからは出られないし、夜になったら空っぽの着ぐるみが追いかけてくる。異常だってこと、理解してる？　もうさ、殺人犯がどうとかいうレベルじゃないいんだよ。殺人くらい世界規模で考えたら毎日のように起きてるでしょ。この状況のほうが、ただ人が殺されることより百倍ヤバいの。なのに、クレープ？　バカじゃないの？　そんなことしてる場合？　緊張感とかないわけ？　こっちの気も知らないでへらへらへらへら、ふざけてばっかり……」

銃口のような目が、私を射る。

「なんで、普通にできないの？」

実弾を込められた言葉が、ドン、と額《ひたい》を撃ち抜いた。

さっきまでの私は死んだ。自己嫌悪がアリのように群がってきて、身体を少しずつ分解していく。その光景を、私は幽体離脱でもしたみたいに眺めていた。

「ごめんね」

私は薄く微笑《ほほえ》んで、京さんに言う。

「おかしいんだよ、私」

＊

あせびの言う『気分転換』を始めてから、体感にして一か月は経《た》っていた。

思いつく遊びはなんでもやった。空中ブランコでサーカスごっこもやったし、バイキングでタイタニックの真似《まね》事もした。キャストに扮して従業員として働いたこともあった。最初は一時間くらいでバレたが、繰り返すたび気づかれにくくなった。

ヒーローショーに紛れ込んだこともいい思い出だ。ショーが終わりに近づいた頃、変装した俺とあせびがステージに乱入して、殺陣《たて》を披露した。子供たちには大ウケだったが、スーツアクターさんを困らせてしまった。

ループという終わらない夢を、俺とあせびは踊り明かした。

満たされた時間だった。

もちろん、いつかは明日を目指さなければならないし、この時間が永遠に続くとも思っていない。どんな形であれ、サニーパークと決別する日はやってくる。でも、いつか必ずやってくるなら、そう急ぐこともない。

どうせ、時間はいくらでもあるのだから……。


「うう〜、さむさむ……」

あせびは手を擦《こす》り合わせながら、マフラーに顔を埋める。

閉園時間を過ぎてから三〇分ほど経《た》っていた。立ったまま話し込んでいたせいで身体の末端が冷たくなっている。隣にいるあせびも、耳の先と鼻の頭が赤くなっていた。

ここはプールサイドの端っこにある売店の前だ。庇《ひさし》があるから雪に当たらなくて済む。売店の中に入れたら一番いいのだが、残念ながら鍵がかかっている。

「……やっぱやめよっかぁ」

「ここまで来てか？　楽しそうだけどな、ゴーカートで着ぐるみと追いかけっこするの」

深夜の遊園地でゴーカートを乗り回し、追いかけてくる着ぐるみから逃げる……元々はあせびの案だった。もちろん単なる遊びであって、そんなことでは逃げ切れない。

「ん〜、そうなんだけどさぁ。キャストの人がみんな帰るまであと一時間くらいあるでしょ？

それまでこんな寒い場所にいたら、風邪引いちゃうっていうか……」

冷たい空っ風が吹き、あせびはぶるりと身体を震わせる。うう〜、と唸《うな》りながら、なぜか俺を恨めしそうに見てきた。

「カシオくんは平気なわけ？　手袋もマフラーもしてないけど」

「体温が高いんだ。ずっと常人の微熱くらいある」

「マジ？　仮病使いたい放題じゃん」

「そんな使い方はしない。小学生から皆勤賞を貫いてるんだ」

「いいねえ、健康優良児。私の身体と交換してほしいよ」

「体温が高いのもいいことばかりじゃないぞ。夏はすぐ汗だくになるし、冷房はガンガンに効かせないと涼しさを感じない。そのせいで電気代が高くつく」

「それでも、冷えるよりマシだよ」

あせびは静かに目を伏せ、白い息をはあと吐いた。

「寒いのは嫌い。どこまでも気分が沈むから」

まぶたは重そうに半分閉じかけ、そこから覗《のぞ》く瞳は霞《かす》んでいる。いつもの余裕ぶった彼女にはそぐわない、弱々しい表情だ。だけどその儚《はかな》さとも憂いともつかない寂しげな横顔が、不覚にも、綺麗《きれい》だと思ってしまった。

つい見とれていると、あせびがこちらを向いた。がっつり目が合って俺は慌てて視線を逸《そ》らす。完全に手遅れだ。たぶん、横顔を盗み見していたことはバレている。

「ね、カシオくん。ちょっとじっとしてて」

「あ、ああ」

何をされるんだろう。ヒヤヒヤしながら、あせびの言うとおりにじっとしていると。

ぴと、と彼女の冷たい指先が俺の首筋に触れた。

「うひっ」

にゃはは、とあせびは愉快そうに笑って手を引っ込めた。

「うひっ、だって。うひっ。変な声」

「からかうなよ……誰だって急に触られたら声くらい出る」

「ごめんごめん。でも、体温高いのマジなんだね。ホットの缶コーヒーくらい熱かった」

俺は自分の首筋を撫《な》でる。

あせびの指先は、氷のように冷たかった。触れられた部分が今でもはっきりと分かる。ホットの缶コーヒーくらい、というのはあながち誇張じゃないのかもしれない。体温の低いあせびからすれば、俺の身体は湯たんぽみたいなものなのだろう。

「……別に、触っててもいいぞ」

「へ？」

「手、冷たいんだろ。触ってマシになるんなら、触ってればいい」

「え～、もしかして触ってほしいの？　カシオくんって、意外と大胆……」

「嫌《いや》ならいいが」

「冗談だって。じゃあ、お言葉に甘えて」

再びあせびの手が首筋に触れる。今度はしっかりと手の平まで密着させた。冷たいが、不快に感じるほどではない。

「左手も大丈夫？」

「ああ」

もう片方の手も首に触れた。背後から首を絞められるような体勢だ。絵面は最悪だが、あせびはそれなりに満足しているようで、「あったか～」と腑抜《ふぬ》けた声を出している。

「お、すごい。頸《けい》動脈がピクピクしてるよ」

「実況しなくていい」

「ここ切ったら死ぬのか～」

「物騒なこと言うなよ……」

あせびの手によって冷やされた血液が脳に昇り、風が通ったように頭がすっとする。気持ちいいような、そうでもないような。次第に体温の差がなくなってきて、首筋がほのかに熱を帯びてくる。

「しっかし、君も無防備だねえ」

かり、とあせびの爪《つめ》が喉仏《のどぼとけ》を弱くひっかいた。

「私にこんな隙を晒しちゃっていいのかな？　いたずらしちゃうかもよ」

「……ある程度は構わない」

ふうん？　とあせびは訝《いぶか》しそうに言った。

「あせびが適度にふざけてくれるおかげで、気を張り詰めすぎなくて済む。以前はそういう態度が不謹慎だと思ったりもしたけど……今はその軽薄さに、救われてるよ」

「……」

あせびは黙った。顔が見えないから、どういう反応をしているのか分からない。

気になって振り向こうとしたら、突然、あせびの手に力が込められて首が絞まった。

「ぐえっ!?」

「油断したな！　私が暗殺術の使い手なら死んでたよ」

そう言って、あせびはぱっと手を離した。

「げほっ、ごほっ……」

こ、こいつ……本気で絞めやがった。

あせびは俺の前に回り込むと、にまーっと嗜虐《しぎやく》的な笑みを浮かべた。

「甘いねえ、カシオくんは。そんなんだからコロッと騙《だま》されちゃうんだよ」

まぁでも？　とあせびは視線を逸《そ》らし、照れくさそうに頬《ほお》をかいた。

「さっき言ってくれたこと、結構嬉《うれ》しかったからさ……お礼言っとくよ。ありがとう」

「げほ、げほ……」

俺は激しく咳き込みながら膝《ひざ》を折り、地面に両手をついた。

「ちょ、大丈夫？　強く絞めすぎたかな……」

心配そうに顔を覗《のぞ》き込んでくるあせび。

今だ——俺は手元の雪を集めて、あせびの顔にぶつけた。

「わぷっ」

「油断したな！　俺がやられっぱなしだと思うなよ」

あせびは顔についた雪を払い、ぺっ、ぺっ、と口に入った雪を吐き出した。

「こんの～……やったな！」

あせびも雪を丸めて投げつけてくる。あまり積もってないから砂混じりだ。当たりたくないので必死に避《よ》けた。俺は一度距離を取って、雪の積もってる部分から雪玉を作る。その隙にもあせびは闇雲に投げてきて、ばしばしと雪玉が背中に当たった。

反撃開始だ。一投目は外したが、二投目で顔面に当たった。狙ったわけではない。

「あ、悪い」

「顔ばっか狙うんじゃねー！」

あせびも必死に投げてくる。

雪のある場所に移動しながら、俺たちは雪合戦を繰り広げた。

白状すると、はしゃいでいた。雪合戦する機会なんてそうそうない。あせびも同じなのか、最初は怒っていたが、途中からは明らかに楽しんでいた。前々から感じていたが運動神経はいいようで、かなり正確に雪玉を投げてくる。俺も負けじと応酬した。

「ははっ」

と自然に笑い声が漏れる。

白熱していた。あせびは途中からマフラーを投げ出して、汗やら雪やらで髪を濡《ぬ》らしていた。俺もとっくにコートを脱ぎ捨て、腕まくりさえしていた。

寒さなんて、全然感じなかった。


「……四九二！　ぎゃーあと八点！」

スコアが表示され、あせびは悔しそうな声を上げた。

俺たちは【デラマンチャの幽霊退治】に乗り、さっきちょうどライドが一周したところだった。あせびには負けるが、以前に比べて俺のエイムはかなり上達している。それでも、満点には届かなかった。

「惜しかったな」

「簡単には取らせてくれないねえ……ま、そこが面白いとこなんだけど」

外に出ると、ちらほらと雪が降り始めていた。休憩がてら小腹でも満たしに行こうと俺たちはフードコートへ向かう。するとその途中で、「すみません」とあせびが若い女性から声をかけられた。

二人組の女性だ。声をかけてきた茶髪の女性が、あせびにスマホを差し出す。

「写真、撮ってもらっていいです？」

あせびは「もちろん」と頷《うなず》いて、スマホを受け取った。メリーゴーランドをバックに二人組がポーズを取ると、あせびはぱしゃりと撮影した。

「わ、めっちゃ綺麗《きれい》に撮れてる。ありがとうございます！」

「いえいえ、どういたしまして～」

女性の二人組はにこやかに会釈して、その場を離れていった。仲よく肩を寄せ合ってスマホの写真を見返している。

「仲いいよな、あの二人」

何度もループしているうちに、来園者の顔は全員うっすらと覚えていた。特にあの二人組の女性は、腕を組んで歩くくらい仲がいいので印象に残っている。

「別に、そうでもないよ」

あせびの冷めた反応に、俺はぎょっとした。

だがすぐにあせびは「あっ」と失言に気づいたような声を出して、珍しく狼狽《ろうばい》を見せた。

「いや、ごめん。なんでもない。変なこと言っちゃった」

「あの二人となんかあったのか？」

「なんかっていうか……」

あせびはためらいがちに言葉を続けた。

「二人とも、私と一緒にループしてたんだよ。茶髪の人が京《きょう》さんで、私と一番最初にループしてた人。そんで、もう一人の楓《かえで》ちゃんが二人目だね」

「な……あの二人が？　しかも、二人目って」

衝撃的な事実だった。

二人ともループ被害者だということもそうだが、一人目と二人目。ループに囚《とら》われる原因は、スペシャルパスの所有者に殺されることだ。つまり、あの二人は……。

「まぁ、中で話そっか」

そう言って、あせびは歩みを再開した。説明してほしい気持ちを抑えながら、俺は黙ってついていく。

午後三時のフードコートは空いている。シュウジたちはとっくに昼食を終わらせているから、鉢合わせすることはない。俺はホットのコーヒーを、あせびはカフェラテとミートスパゲティを注文して、真ん中辺りの席に着いた。

「よく食うな。昼飯もう食べただろ……」

「いいじゃん、どれだけ食べても太らないもんね」

あせびはフォークでくるくるとスパゲティを巻き取る。

「さっきの話だけどさ。初めてサニーパークで事件が起きたとき、殺されたのは私ともう一人いたんだよ。それが、京さん」

過去のループ被害者のことは断片的にしか聞いていない。俺が知りたかったのはパークから抜け出すための検証結果で、名前や人柄なんかは気にしていなかった。

あせびはスパゲティを口に含んで、咀嚼《そしゃく》しながら続けた。

「最初のほうは何も分からなくて手探りだったから結構大変でさ……なんやかんやあって、京さんは楓ちゃんをサクッといっちゃったわけ」

「端折りすぎだ」

「そんなに長々と語ることじゃないよ。楓ちゃんが京さんの彼氏と浮気してて、それに気づいた京さんが病んじゃって、修羅場の結果……って感じ。まぁ、そのおかげでループから抜ける方法が分かったんだけどね」

それはたしかに、じっくりと聞きたい話ではない。

二人とも仲がよさそうだったし、京さんという女性も穏やかな人に見えた。それが、殺人に発展するほどの軋轢《あつれき》が生まれるとは……二人の人間性云々《うんぬん》よりも、ループ現象に対する嫌悪感が湧いた。

「二人のおかげで法則が分かったとはいえ……つくづく悪趣味だな。誰かを殺さないと解放されないっていうのは」

「まぁ、実際は解放っていうより追放だろうけどね」

何気なく放たれた一言が、妙に引っかかった。

「どういう意味だ？」

「いや、別に深い意味はないよ」

そう言って、あせびは右手首の青いリストバンドを見せた。

「スペシャルパスが『お詫《わ》びの品』だって話はしたよね。じゃあこれがなくなるときってどういう状況だろう？　って考えたら、許容できないペナルティを犯したときだと考えてるわけ。それがたぶん、人を殺すことなんだよ」

「うん……？」

分かったような、分からないような。

「ええと、つまりね。サニーパークの神様視点で話すと……『あの子、殺されちゃって可哀想《かわいそう》。まだ楽しんでほしいからスペシャルパスでずっと遊べるようにしてあげるね……って、今度はお前が殺すんかい！　そんなヤツに遊ぶ権利はないわ！　スペシャルパス没収！』って感じ」

「おお……分かりやすかった」

不謹慎ではあるが……話の筋は通る。

サニーパークの神様とやらがいるとすればだが、あくまでループは善意からの施しであって、殺人はそれを帳消しにするほどの悪行、ということだ。倫理観があるのかないのか分からない。考えるだけ無駄な気がしてきた。俺はコーヒーを飲もうとカップを手に取った。

フードコートの喧噪《けんそう》が消えた。


実際に消えたわけではない。俺がそう感じただけだ。

なぜそう感じたのか？

閃《ひらめ》いたからだ。

思いついてしまったからだ。

サニーパークから出られるかもしれない方法を。

だけどそれは、煉獄から零《こぼ》れ落ちたようなアイデアだった。


「カシオくん？」

呼ばれて、はっとする。

喧噪が蘇《よみがえ》った。あせびが怪訝《けげん》そうに小首を傾げている。

「どしたの？」

「や、なんでもない……」

いま浮かんだアイデアを話そうか悩んだ。おそらくあせびも試したことはない。試そうとすら思わないだろう。だが、話したところで実行できるか分からなかった。技術的にできるかどうかもそうだが、主に覚悟の問題で。

俺は改めてコーヒーを飲んだ。しかし味がしない。頭の中をさっきのアイデアが虫のように動き回って、そちらにばかり気を取られた。あせびに話しかけられても空返事になってしまう。煮え切らない雰囲気のまま、あせびはミートスパゲティを完食した。

「ふー、食べた食べた」

お腹を擦りながら、ちらりと俺のほうを見る。

「なんか、元気ない？」

「そういうわけじゃないんだ。ただ、ええと……」

さっき思いついた『サニーパークから出られるかもしれない方法』を伝えたら、あせびはどんな反応をするだろう。反対してくるだろうか。それとも、実は検証済みで「もうやった」と返ってくるだろうか。どちらにせよ気まずい雰囲気になりそうだ。

俺が口ごもっていると、あせびはうーんと大きく伸びをした。

「いっぱい食べたし、ちょっと横になろっか」

正直、アトラクションを楽しめる気分ではなかった。だからあせびの提案はありがたいが、気を使わせたんじゃないかと思うと、申し訳なさを感じた。

「すまん……」

「なんで君が謝るのさ。私がそうしたいだけだよ」

あせびは立ち上がる。

「行こっか」

食器を返却口に置いて、フードコートから出た。そのあとゲート横にある事務所に向かう。

あせびだけが中に入ると、少しして、宿直室の鍵を指先で回しながら出てきた。

「お待たせ」

「……毎回さらっと盗《と》ってくるよな」

「慣れだよ、慣れ」

俺たちはフードコートに戻ると、今度は裏口から入り直して、二階の従業員エリアを訪れた。

人に見つからないよう、廊下を進んでいく。宿直室の前まで来ると、鍵を開けて中に入った。

あせびは暖房の電源を点《つ》けて、マフラーとコートを無造作に脱ぎ捨てる。行儀が悪いな、と
思いながら俺はその二つを畳んで部屋の隅に置いた。

あせびは畳の上に座ると、スマホをいじりだした。

「ネトフリで映画観《み》よっと。何か観たいのある？」

「俺も観るのか……？」

俺はあせびの隣に座って、スマホを覗《のぞ》き込んだ。

「なんでもいいよ。あせびのおすすめは？」

「『ハッピー・デス・デイ』とかどう？　女子大生が同じ一日を繰り返す話」

「……それ以外で」

「じゃあ『パーム・スプリングス』にしようか」

「どんな話だ？」

「男女が同じ一日を繰り返す話。たまにおっさんも出てくる」

「ループもの以外で頼む」

ワガママだな〜、と言ってあせびは画面をスワイプする。結局、互いに未視聴の映画になった。スマホをテレビと接続できたらいいのだが、残念ながらケーブルもスティックもないので、スマホで観《み》るしかなかった。

あせびは布団を敷いて、ごろんと寝転がる。ティッシュ箱を頭の近くに持ってきて、スマホを立てかけた。

「横になって映画観てると眠たくならないか？　しかも飯食ったあとだろ。寝落ちするぞ」

「大丈夫。私、サニーパークに来てから眠たくなったことないから」

「ええ？　さすがに嘘《うそ》だろ」

「本当だよ。それよりほら、カシオくんもこっち来なよ」

あせびは自分の隣をぽんぽんと叩《たた》いた。俺も横になれと言うのか。

「いや、それはさすがに……」

「膝枕《ひざ》やっといて今さら照れることないでしょ」

それはまぁ……そうかもしれない。

おっかなびっくりに、俺はあせびの隣に寝転がる。肩が触れ合いそうな近さに、鼓動が速くなった。

あせびが選んだのは、半世紀以上も前の白黒映画だ。ジャンルはシチュエーションラブコメディになるのだろうか。なかなか面白い。

ただ、映画を観ているあいだも、頭の片隅には『アイデア』が居座っていた。

いつかは言うべきだ。言わなくちゃいけない。だが成功するとはかぎらないし、なんなら今より状況が悪化する可能性すらある。しばらく頭の中で寝かせておいたほうがいいのか、映画を観終わったあとにでも話したほうがいいのか。いくら考えても、答えは出なかった。

一人で悶々《もんもん》としているうちに、映画が終わった。

エンドロールが流れる。

隣を見ると、あせびはうつ伏せのまま顔を横に向けて眠っていた。途中からうつらうつらしていたが、半分を過ぎた辺りで完全に寝落ちしていた。

布団をかけてやろうとしたら、姿勢が寝苦しかったのか、あせびはごろんと仰向けになった。その拍子に軽く投げ出された手が、俺の手に触れる。

以前、握手したときと同じように、あせびの手は冷たかった。放っておくのはいたたまれなくて、俺はあせびの手を弱く握る。俺よりも一回りは小さく、指を畳めばすっぽり覆えそうだ。手の甲はマシュマロみたいにつるりとしていて、指は長く細い。

「……?」

中指に小さなしこりがあった。

これは……ペンだこか。珍しくもないが、意外に感じてしまった。俺の前ではふざけてばかりいるが、実は勉強熱心なのかも――そう思って視線を上げると、あせびと目が合った。

固まる俺に、あせびは、ふふ、と微笑《ほほえ》みかけた。

「触り方がエロい」

そこでようやく、俺はばっと音が出るくらい素早く手を離した。

「起きてたんなら言え!」

「言ったじゃん。私、眠くならないんだって」

じゃあ……さっき眠っていたように見えたのは演技だったのか?

「は、嵌めたのか」

「人聞き悪いなぁ。ていうかそんな口利いていいの?　寝てるあいだに手を触ってきた人が」

「え、あ、それは……すみません……」

断りもなく触れたのは、たしかによくない。俺は素直に頭を下げた。怒ったり謝ったりで脳がバグりそうになる。

あせびは「冗談だよ」と言って、寝転んだままこちらに手を伸ばした。

「ほら、握っててよ。カシオくんの手、あったかいからさ」

「……」

何か企んでいる気がする。だけど断るのも悪いと思って、俺は警戒しながら、再びあせびの手を握った。さっきまで俺が握っていたからか、初めて触れたときより冷たくはない。自分の体温を分け与えるように、じっと手の平を密着させる。

あせびの手がもそりと動いた。握り直すのかと思ったら、こちょこちょこちょ……と手の平をくすぐられた。

「～～～っ！」

声にならない悲鳴を上げて、手を離した。あせびは「んふふふ」と満足げに笑った。

「な、何すんだ！　びっくりするだろ！」

「ちょっとしたスキンシップじゃんか～。私とカシオくんの仲でしょ？　そんな驚かないでよ」

「俺とあせびの仲ってなんだよ……」

「ん？　う～ん……そうだなぁ」

あせびは身体を起こした。頭を軽く傾けて、艶《つや》っぽい視線を向けてくる。あざとい仕草なのに、まんまとときめいてしまう自分がいた。

「カシオくんは、私とどういう仲になりたい？」

甘ったるい声で、あせびはそう言った。

心臓が大きく高鳴った。

どうせまた、俺をからかっているだけだ。俺の反応を見て楽しんでいるだけ。なのに俺は、処理落ちしたパソコンみたいに固まった。

俺は、あせびとどういう仲になりたいのだろう。

あせびは魅力的な女の子だ。最初は反感を覚えた軽薄さや茶目っ気も、今では好きになってきている。なら付き合いたい？　それはおこがましいような気がしてしまう。友達でいたい、というのは間違いではないが、それだと言葉が足りない。

「ちょっと、固まんないでよ。そんな深い意味はないって」

あせびは苦笑した。

軽く受け流すこともできる。だけどここは、真剣に答えたかった。

「俺は……」

続きの言葉が、なかなか出てこない。

散々迷った末、自分の気持ちを正面からぶつけることにした。

「俺は……どういう仲であれ、あせびと一緒にいたいよ」

あせびは大きく瞬きをした。

「いればいいじゃんか」

何言ってんの、とあせびは笑った。

「私はどこにも行かないよ。カシオくんがサニーパークにいるかぎり、いつまでも一緒にいてあげる。君の知らない楽しみ方をたくさん教えてあげるし、膝《ひざ》枕だってしてあげるよ」

「サニーパークにいるかぎり」

俺はあせびの言ったことを繰り返した。

「あせびと遊ぶのは楽しいよ。本当に、すごく。あせびのおかげで絶望せずに済んでるし、こんなに遊園地を楽しいと思えたのも初めてだ。でも……ずっとは、いられない」

あせびの顔から笑みが消えた。代わりに、傷ついたような表情が現れる。

根本的なところで、あせびとは無視できない断絶がある。俺はなんとしてもサニーパークから脱出したいが、あせびは留まることを望んでいる。どれだけ打ち解けても、そこだけは相容れなかった。

でも。

今もそうだとは、かぎらないんじゃないか。

「俺は、サニーパークの外でもあせびと一緒に過ごしたいんだ。寝る前に少しだけ電話したり、たまに二人で飯を食いに行ったり……みんなと同じ時間のなかで、あせびと関わっていたい」

「無理だよ」

即答だった。

一瞬だって、あせびは迷わなかった。

「悪いけど、サニーパークから出る気はないよ。そこだけは譲れないから」

「でも、あせびだっていつかは飽きる。サニーパークから出たくなるときが来るんだよ」

「来ないよ」

「来る」

「来ないってば」

あせびは怒ったふうに声を尖らせた。

「私のこと何も知らないくせに、知ったようなこと言わないで」

言葉が胸に刺さる。

何も知らないわけじゃない。俺は、あせびが寒がりなことも、ストロベリー味のチュロスが一番好きなことも、うなじにほくろがあることも知っている。だがそれは表面的なことであって、あせびの本質とは言いがたい。

「なら、教えてくれ」

訴えるように言うと、あせびはわずかに肩を震わせた。

「どうしてあせびはサニーパークにい続けたいんだ？　ここが好きなのは分かる。でも理由はそれだけじゃないだろ。何が、あせびをここに留まらせてるんだ？」

頼むよ、と俺は懇願する。

「俺は、あせびのことをもっと知りたい。理解したいんだ。だから、教えてくれ」

あせびは黙り込んだ。叱られた子供みたいに、俯《うつむ》いたまま唇《くちびる》を噛《か》んでいる。

時間はいくらでもある。俺はあせびが口を開くのをひたすら待った。何もせず、ただ待った。

その状態が何分くらい続いただろうか。ようやく、あせびはおずおずと顔を上げた。

「……話すと長くなるよ」

俺は頷《うなず》いた。

「聞かせてくれ」

＊

あせびちゃんは頭がいいね。

昔からよくそう言われた。友達からも、先生からも、親戚《しんせき》からも。頭がいいって言葉の意味は場合によって違った。学校だと「テストの成績」で、バイト先だと「要領のよさ」で、親戚の集まりだと「聞き分けのよさ」になる。

どんな状況でも、私は周囲の期待に応えてきた。全然、苦痛じゃなかった。それが私にとっての普通で、生きる意味……なんていうと大げさだけど、誰だって他人からよく思われたいし、褒められると気分がよくなる。みんな口にしないだけで、全人類から好かれたいと思ってるはずだ。全人類は言いすぎだとしても、自分の生活圏にいる人には嫌われたくない。みんなそうでしょ？

幸い、私はそれはもう器量がよくて、勉強もできるほうだった。小学生の頃からずっと成績は上位をキープしてるし、一年に数回は男の子から告白された。嫉妬《しっと》されることもあったけど、クラスの「人気者ポジション」から外れたことはなかった。

高校生になっても、それは同じ。

最初のほうは違ったけど。

私が入ったのは結構有名な進学校で、東大とか京大とかの合格者がバンバン出てる。宿題が超多くて、授業もめっちゃハイペース。当然、周りのレベルも高い。自信満々で受けた入学直後の実力テストじゃ、私はクラスで下から二番目の順位だった。これは気合いを入れないとまずいぞ、って思って、必死で勉強した。

テストの順位が上がってくると、先生から「よくやったな」って褒められて、クラスメイトからは「可愛《かわい》くて勉強もできるとか最強じゃん」みたいに尊敬されて、それがゾクゾクするくらい気持ちよかった。頑張ったら頑張った分だけ成績に反映された。敵を倒せば確実に経験値が入るＲＰＧみたいに、私はレベル上げを楽しんだ。

でもさ、勉強ばかりってのも味気ないよね。

せっかくの高校生活なんだし。

勉学が軌道に乗ってきたら、バイトを始めた。貯めたお金は服と美容に使って、おしゃれを楽しんだ。どんどん可愛くなる自分が好きで、そんな自分をもっと多くの人に見せつけたくて、インスタに自撮りを上げ始めた。バンバン増えるフォロワーといいねの数に比例して、私の自己肯定感と自己評価もガンガン高まっていった。

そのうち企業からPR案件が来るようになった。嬉《うれ》しくて全部受けた。フォロワーが五万人を超えた辺りで、「現役高校生のインスタグラマー特集」みたいな記事で紹介されて、私の姿が雑誌に載った。

すご～、ってみんな褒めてくれた。

私も自分のことながら、すげ～、って思った。

なんでもできる気がした。天使に背中を押されてるような追い風を感じながら、私は毎日を生きてた。

そりゃまぁ、すべてが順調ってわけでもない。当然、嫌《いや》なこともある。

たとえば。

「あせびちゃんはいいよね、可愛いからみんなに優しくしてもらえて」

みたいなことを、よく言われた。

どれだけ勉強を頑張っても「先生に好かれてるんだよ」とか言われて努力を認められなかったり、バイトリーダーに褒められて喜んでたら「あの人、あせびちゃんのこと狙ってるから」とか言われて冷めちゃったり、ＳＮＳで「親ガチャ成功例」みたいな括りに入れられたり……自分の頑張りが、正当に評価されないと感じることが多々あった。

でも容姿に恵まれてる自覚はあるし、そういう声は有名税みたいなものだと思って我慢した。嫌味《いやみ》を言われたら笑顔で受け流して、この子私のこと嫌いだな、って思ったら積極的に話しかけて好かれる努力をした。

とにかく私は、完璧な高校生でいたかった。

自分の頑張りが認められなくても、みんなから好かれていれば、それでよかった。

でも、高二になってから……。

急に、朝、起きられなくなった。

寝坊する、とかじゃない。とにかくめちゃくちゃ気分が落ち込んで、ベッドから降りられなかった。過去の恥ずかしい記憶や嫌《いや》なことを言われた記憶が頭の中でぐるぐると渦を巻いて、後悔と失意に押し潰されそうになった。布団を捲《まく》るだけでも、心臓が痛くなるくらい嫌な気持ちが押し寄せてきて、息ができなくなった。自分でも意味が分からなかった。

それでも、家族に心配をかけたくなかったから、遅刻しながらも学校は休まなかった。

ちょうどその一か月前に、お母さんが再婚して、新しいお父さんが家にやってきた。『小《こ》寺《でら》』さんはすごくいい人だ。よく笑う人で、私に気を使いすぎてギクシャクする……みたいなこともなかった。不満なのは、本当に名字だけ。

だからこそ。

メンタルの不調で休むわけにはいかなかった。風邪とかならいい。でもメンタルってなると、再婚したせいで環境が変わったから……ってお母さんは責任を感じる。絶対に。そういう人だから。実際、その影響がないとも言い切れなかった。

不調のあいだは、集中力が続かなくて失敗ばかりした。学校で間抜けな回答をして、バイト先じゃお皿を割って、ＰＲ案件でヤバい誤字をした。それでも毎日、死ぬ気で明るく振る舞った。テストの成績は徐々に落ちていったけど、ミスしたときの愛想笑いは、どんどん上手くなった。

そんな状態が、夏まで続いた。

七月に入ると、急に元気が戻った。なんなら不調になる前より調子がよかった。勉強は深夜まで捗ったし、バイトじゃいくら働いても疲れ知らずでいられた。自信が全身に漲《みなぎ》って、生きてるって素晴らしい！　みたいな気分が続いた。なぜか家族や先生には余計に心配されてしまったけど、私が期末テストで学年一位を取ると、喜んでくれた。

あ〜、よかった……復活して。たぶん、疲れが溜《た》まってたんだろうな。

ともあれ、これで一安心——かと思えたけど、快調はそう長く続かなかった。

二週間ほど経《た》って、また、気分がどん底に沈んだ。

朝起きるのが辛《つら》くて、バイトに行くのがしんどくて、ＳＮＳでの争いを見るたび胸を抉《えぐ》られて……この世のすべてがザラついた質感を伴って、私の心を削りにきた。以前の快調は夢だったんじゃないかと本気で疑った。何をするにしても憂鬱《ゆううつ》で、生きてることが申し訳なくなった。

とうとう私はベッドから降りられなくなって、学校を休んだ。心配したお母さんに、内科に連れて行かれた。メンタルの不調だと悟られたくなくて平静を装ったけど、診てくれたお医者さんは優秀で、心療内科を勧められた。

渋々心療内科に行って、先生と相談したら、お薬を処方された。治療的診断……って言って、このお薬で効果が出たら病名がはっきりする、みたいな感じらしい。

効果が出ませんように……と祈りながら、私は電池みたいな名前のお薬を飲んだ。

身体は正直だった。

私の症状は、明らかに安定した。

次の診断で、私は先生の前でボロ泣きしてしまった。そばにいるお母さんに心配かけたくなかったけど、我慢できなかった。

「ぜ、絶対、ちがいます……！」

おもちゃ屋でぐずる子供みたいに、私は先生に訴えた。

「だって私……そんな、病んじゃうほど弱くないです……根性だって、普通の子よりありますもん。バイトで怒られても、絶対泣いたりしなかったし……。それに、友達にも図太いとか言われるんですよ？　ほんと、繊細とかじゃなくて……」

「小寺《こでら》さん」

　先生は穏やかに言った。

「双極症はストレスから来るような心の病じゃないんだ。れっきとした脳の病気なんだよ。決して、あなたが弱いから罹《かか》ったわけじゃない。誰にでもこうなる可能性があるんだよ」

「で、で、でも……」

「大丈夫。ちゃんと付き合っていけば、普通の人と何も変わらない生活を送れるから。一緒に寛解を目指していこう」

　うう～、と喉《のど》から嗚咽が漏れた。

　取り乱す私と違って、先生は終始にこやかに対応してくれた。きっと今まで何人も私みたいな患者を相手にしてきたのだろう。先生にとって私は、ありふれた患者の一人でしかないのだ。特別な人間だと信じてやまなかった自分のことが、ひどく矮小《わいしょう》で凡百な存在に思えた。

　お母さんが「大丈夫だよ」って言って、背中を擦ってくれた。嬉《うれ》しかったけど、お母さんの負担になることが心底申し訳なかった。

　病気のことは、絶対、絶対、他人には知られたくなかった。恥ずかしい、面倒くさがられる、って恐怖が強かった。学校にいるときも、誰にも見られないようお薬を飲んだ。バイトとSN

Sの更新は、休むことにした。

さすがに前みたいに明るく振る舞うことはできなくなったけど、なんとか高校生活は送れていた。健康だった以前と違って、今は人間に擬態して生きてるみたいだった。『平成狸《たぬき》合戦ぽんぽこ』で、人間に化《ば》けたたぬきが栄養ドリンクを飲みながら社会に溶け込もうとしてるシーンがあったけど、あんな感じだ。私の場合、飲んでるのはお薬だけど。

そんなこんなで月日が流れて、年が明けた。

長いトンネルを抜けたみたいに、気分が晴れやかになった。私の病気は、長い鬱《うつ》と短い軽躁《けいそう》を周期的に繰り返すもので、だから治ったわけじゃないんだけど、ひとまずは安心した。今はただ、根拠なく溢《あふ》れてくる多幸感と解放感に酔いしれたかった。それが病気の症状で、一時的なものであることは、もちろん分かってた。

冬休みも終わりが近づいて、一月七日。

——サニーパーク、行きたいな。

朝、起きた瞬間、なんとなくそう思って、思った瞬間には、もう行く準備をしていた。理由を強《し》いてあげるなら、昔、お母さんに連れていってもらったことを思い出したから。本当に、その程度のものだ。

気分の『波』が上振れたときの行動力はすさまじかった。友達も誘わず、ふらっと散歩に出かけるくらいの感覚でバスに乗って、サニーパークに向かった。

後先考えずにチケットとワンデイパスを買った。入園したら、目についたワゴンショップでゾーイくんのカチューシャを買った。

「よくお似合いですよ」

ってキャストのお姉さんが言ってくれたから、私はスマイルを返した。

それからジェットコースターに乗って、コーヒーカップに乗って、観覧車に乗って……。

一人でも楽しかった。何を見てもワクワクした。この世のすべてが私を祝福してくれた。たとえすべてが、神経伝達物質の調節が狂った結果の幻想だとしても、別によかった。

うっとりと夢見心地に浸っていたら、近くで甲高い悲鳴が上がった。驚いて声のしたほうを見ると、女の人が倒れていた。そばには、大学生くらいの男の人が立っている。

「……俺だって……やればできるんだ……」

男の人が私に気づいた。

右手には包丁を持っていた。

ヤバい、って思った。遊園地だからそういう仮装なのかも、なんて可能性は一ミリも考えなかった。触れてたしかめられるくらい、明確な殺意を感じた。すぐに目を逸《そ》らしたけど、動けなかった。恐怖で身体が固まっていた。呼吸も瞬きもできなかった。男の人は、どんどん近づいてきた。

「恨むなら……」

包丁を、振り上げる。

「この世界を恨めよ」


こんなはずじゃなかった。

勉強を頑張って東大に進学して、在学中に芸能人とかになっちゃって、たまにクイズ番組で無双して、ゆくゆくはマイホームでもふもふのでっかい犬を飼う……そんな人生を、歩むつもりだったのに。

まぁでも……最近、しんどかったし。これ以上、ひどくなる前に終われてよかったのかも。

意識が暗闇に沈んでいって、そして——。


「よくお似合いですよ」

ループが始まった。

具体的に話すと長くなるから割愛するけど、最初はカシオくんと同じように、サニーパークから出ようと試行錯誤した。無差別殺人者をボコボコに痛めつけたり、着ぐるみと戦ったり。だけど、全部無意味に終わった。何をしても、サニーパークからは出られなかった。

誰かを殺せばループから抜け出せる——って法則を発見するのはもう少し先だけど、その前に私は、重大な事実に気がついた。

――あれ？　私、ずっと元気だ。

そのときすでに、五〇回はループしていた。時間に換算すれば一か月は経《た》っている。なのに、鬱《うつ》の『波』がいまだに来ていない。サニーパークから出られないことに気を揉んではいるけど、特に絶望はしていなかった。

もしかして治った？　でも、この根拠のない自信と多幸感が溢《あふ》れてくる感じは、病気の症状っぽい。なら、どうして？

……あ、そっか。

分かっちゃった。

ループすれば、記憶以外は全部リセットされる。だから疲労や眠気は蓄積されないし、怪我《けが》をしても元通りだし、髪も爪《つめ》も伸びない。

私の憂鬱《ゆううつ》と高揚を繰り返す症状は、気分の問題じゃなくて、脳の病気だ。いいことがあったから幸せを感じているわけでも、嫌《いや》なことがあったから落ち込んでいるわけでもない。

つまり、ループのたびに脳の状態がリセットされるから、『波』の周期が発生しないのだ。

同じ一日を繰り返すかぎり、私は絶好調でいられる。

すさまじい発見だった。

漂着した無人島で楽園を見つけたような気分だった。

それで、私、思った。

ここにいれば、世界のすべてから見捨てられたような不安に襲われることも、全身の血が泥に変わったみたいな気だるさも、周りの目を気にして八方美人に振る舞う必要も、明日のことを考えて心臓が痛くなることも、ない。

だったら……サニーパークから出られなくても、別によくない？

＊

「──ってね」

話し終えると、あせびは足を床に投げ出して天井を見上げた。ふう、と宙に息を吐き出す。

さすがに喋り疲れたようだ。

俺はどう反応すればいいのか分からなかった。あせびを哀れむのも、頑張ってたんだなと褒め称《たた》えるのも少し違う。かといって、じゃあサニーパークにいたままでもいいか、と納得できる話でもなかった。

病気……想像したことすらなかった。元々そういう性格なのかと思っていた。あせびの能天気で茶目っ気のある言動は、すべて病気の症状だったのだろうか。

だとしても、なんの問題もない。

病気だってあせびの一部だ。あせびに対する思いは変わらない。たとえ、俺の知るあせびがほんの一側面だったとしても、これから他の姿も知っていけばいいだけの話だ。綺麗《きれい》事かもしれないが、それが俺の本心だ。

「話しにくいことを、話してくれてありがとう。あせびのことを知れて嬉《うれ》しかったよ。ただ、その……ごめん」

俺は勢いよく頭を下げた。するとあせびは、困惑したように「えっ」と声を上げた。

「なんで謝んの？」

頭を下げたまま、質問に答える。

「もう、だいぶ前の話だが……俺、あせびにものすごくひどいこと言ったよな。病気のことも知らずに……」

「え？　あー……」

あせびも思い出したようだ。

――頭がおかしいんじゃないのか。

まだあせびと会って間もない頃だった。初めて着ぐるみと対面した次の周で、俺はあせびにそんな暴言を吐いた。思い出すと血の気が引いてくる。あの一言で、完全に縁を切られてもおかしくなかった。当時の自分をぶん殴ってやりたい。

「本当に、すまなかった。いくらあのときはあせびのことをよく知らなかったといっても、あんな暴言は許されない……償えるなら、なんでもする」

「大げさだなぁ。いいよもう過去の話だし。急に謝られても、正直ちょっとめんどくさいんだけど……ていうかカシオくんって謝るの好きだよね」

いや、別に好きというわけではないが……しかし言われてみればたしかに、あせびに対して頻繁に謝っている気がする。

頭を上げると、あせびは許すような笑みを浮かべた。

「償いはいいからさ。それより、分かってくれた？　私がサニーパークから出ない理由」

「ああ」

強く頷《うなず》いて、俺は気持ちを切り替える。

過去の暴言に対する謝罪と、あせびと一緒にパークを出たい気持ちは、また別の話だ。俺は、あせびにはっきりと告げる。

「変わらないよ、俺の気持ちは」

あせびは一瞬、目を瞠《みは》った。

何か言いたげに口を開いたものの、言葉は一向に出てこなかった。言葉を選別するように口を震わせたが、結局、どれもピンと来なかったのか、

「そっか」

とだけ言った。

失望とか、呆《あき》れとか、諦めとか、いろんな思いが込められた「そっか」だった。討論するつもりはないらしい。それは俺も同じだった。これだけ長話させたあとに説得するのは、気が引けた。

時間はある。そう急ぐことはない。

俺とあせびのあいだに、沈黙が落ちた。気まずさのある沈黙ではなかった。互いの意見を受け止めるために必要な、小休止の時間だった。

俺は頭の中であせびの話を反芻する。病気のこと、学校生活、家庭環境……今でも衝撃は残る。聞けてよかったが、きっと思い出したくないことも多かっただろう。病気が発覚したときのことや、通り魔に刺されたことだって――。

「あっ」

と声が漏れる。

「ん、どうしたの?」

あせびがこちらを向いた。

俺は急いで記憶を掘り返す。ループが始まる前。初めてサニーパークに来たときのこと。

今日――一月七日に起きた出来事を、正確に朝から思い出す。

ぱちん、と頭の中でピースが繋《つな》がった。

同時に、心臓が大きく鼓動した。

すごく、ものすごく、嫌《いや》な予感がした。呼吸が速くなり、冷たい汗が背中を流れる。

「カシオくん、どうしたの？」

心配したあせびが俺の顔を覗《のぞ》き込む。

「ちょ、大丈夫……？　なんか顔怖いよ」

「……あせび」

俺は彼女のほうを向いた。

「少し、確認したいことがある」


宿直室を出ると、あせびに一つだけ『お願い』をしてから、一度ループした。

いつもどおりシュウジたちと別れ、メインストリートにあるワゴンショップの前であせびと合流する。

「ルーチンは？」

「言われたとおり、まだなんもしてないよ。それより、ちゃんと説明してくんない？」

「……ああ」

俺は「何を確認したいのか」を説明し、だが「なぜそれをするのか」はあえて伏せた。あせびはもっと具体的な説明を求めていたようだが、俺に気を使ってか、深掘りしてくることはなかった。

まだ時間には余裕がある。近くのベンチに移動して、腰を下ろした。

とてもじゃないが、談笑する気分ではなかった。高校入試の結果が発表されるとき、もしくは全国出場がかかった試合の前と同じくらい、落ち着かなかった。大抵、何かを待つ時間は長く感じるものだが、今は逆だ。腕時計の針の進みが恐ろしかった。時間が経《た》つごとに、最悪な想像は現実味を帯びてくる。

あせびはそこらへんを散歩したり食事を取りに行ったりと気ままにしていたが、俺はほとんどその場から動かず、ただ待ち続けた。

刻々と時間は進み、やがて一二時になる。そろそろだ。

「来た。あいつだよ」

あせびはそっとゲートのほうを指さした。

俺はあせびの示した方向を見やった。

直後、脳天に氷柱《つらら》が刺さったような衝撃を受けた。頭の中で真っ白な火花が散り、限界まで目が見開かれる。

最悪な想像が的中した。

「ああ……っ！」

口から失意の声が漏れ、全身が崩れ落ちそうになる。

これからサニーパークで無差別殺人を起こす男を、俺は目にした。

俺は、あいつを知っている。

サニーパークに入る前に会っていた。人のスマホを盗もうとした、窃盗未遂犯。犯行がバレると逃げようとしたから捕まえて、俺がこの手で制圧した。一時は反省の弁を述べたが、悪態をついてその場から去ったことを覚えている。


——つ、通報だけは勘弁してくれ……。

——クソ……舐《な》めやがって……。


無差別殺人を止めるチャンスは、俺の目の前にあった。なのに、俺はそれを逃した。

……逃した？

いいや、違うな。

俺のせいだ。

もしあのとき、ちゃんと警察に通報していたら。

男を怒らすような真似《まね》をせず、穏便に解決できていたら。

そもそも、スマホを見つけた時点でバスの運転手に預けていたら。

無差別殺人は、起きなかったかもしれない。そうなると、ループ現象も発生しなかっただろう。ネリコも、他のループ被害者も、不本意な殺人を強《し》いられずに済んだ。

俺の、せいで。

「カシオくん？　どうしたの？」

心配したあせびが声をかけてくる。

不意に、どす黒い怒りが腹の底から湧いてきた。怒りはたちまち全身を回って、発火しそうなほど体温が上昇する。腹筋はキリキリと絞られ、まぶたがつり上がる。

俺は立ち上がった。

「あせびは手を出さないでくれ」

それだけ言い残し、男のもとへ向かった。

歩きながら拳を石のように固く握る。男がこちらに気づくと、驚いたふうに目を見開いて、憎悪に顔を歪《ゆが》めた。

「あ、お前……！」

俺は足を止め、表面上は冷静にたずねる。

「その包丁で何するつもりだ？」

男はまた驚いたように、自分の腰を見た。視線を追って場所を特定する。包丁は上着の下。

「な、何言ってんだよ。いい加減なこと言――」

俺は鼻っ柱に拳を叩《たた》き込んだ。本気で殴った。バチン！　と骨と骨のぶつかる大きな音が辺りに響き、きゃあ、と誰かが悲鳴を上げた。男は尻餅《しりもち》をつき、鼻血を流す。痛みと恐怖で顔を歪《ゆが》ませ、ガードするように両手を前に出した。

俺はヤツの上着を捲《まく》り、ベルトに差し込んであったむき出しの包丁を抜く。どうやら新品のようで、使われた形跡はなかった。最初から人を殺すつもりで買ったのだろう。俺とあせびが何もしなければ、こいつはこの包丁で二人の命を奪う。

「なんでだ?」

俺は問うた。投げ捨てた包丁が、カラン、と音を立てる。

「なんで俺じゃないんだ。お前が恨んでるのは俺だろ。なんで、まったく無関係な女性を狙った? 答えろ」

意味のない問いだ。現時点で、こいつはまだ何もやっていない。自分でもおかしなことを訊いてるなと思う。だが俺の求めているのは納得のできる返答ではなかった。どうせ、そんなものあるわけがない。今はただ、純粋な憎悪に身を任せた。

胸ぐらを掴んで無理やり立たせると、男はぶるぶると震えて泣き始めた。

「ごめんなさい、ごめんなさい……」

ひどく弱々しい、情けない姿だった。

こんなヤツに、あせびは。

あせびは。

どうしようもない無力感に襲われて――そのとき、俺は悟った。

こいつはその気になれば、サニーパークで俺を見つけ出して刺すこともできたはずだ。でもそうしなかった。それは少なからず俺に対して恐怖があったからだ。失敗するかもしれない返り討ちに遭うかもしれない。

だから、確実に殺せる相手を狙った。

これは無差別殺人じゃなかった。なぜならこの男には、自分より弱い女の子、という明確な標的があった。相手を選んで殺すのだから、無差別とはいえない。

「バカ！　何やってんのさ！」

ぐい、と肩を引っ張られた。

振り返ると、あせびが正気を疑うような目で俺を見ていた。その肩越しに、キャストがこちらに向かってくるのが見えた。これだけの騒ぎを起こしたのだから、人が来て当然だ。

「一旦《いったん》ループするよ。話はあとでじっくり聞かせてもらうから！」

あせびに引っ張られ、俺たちはゲートを抜けた。

「まずは何から乗ろっか？」

ユノの声を聞いた途端、膝《ひざ》がガクンと折れた。

力が抜けて立てなかった。さっきまで身体を支えていた怒りが、ループしたことで抜け落ちたみたいだった。ユノとシュウジ、ネリコの三人が、心底驚いたようにこちらを見て、俺の身を案じる。どうしたの、大丈夫か、と心配して声をかけてくる。俺は説明するどころか、まともに答える気力もなかった。ゆっくりと立ち上がり、三人に言う。

「……悪い、ちょっと立ちくらみがした。顔を洗ってくる」

「本当に大丈夫か？」

心配するシュウジに、俺は「ああ」と返事をして背を向ける。

歩きながら右手を擦《こす》った。殴った感触が血のりみたいにべったりと張り付いている。生まれて初めて、人の顔面を本気で殴った。怒りに駆られて暴力を振るったのも初めてだ。だが何一つすっきりしなかった。自分が自分じゃないみたいだった。

カシオくん、と声がして振り向くと、あせびがこちらに寄ってきた。俺がシュウジたちの元から離れるのを待っていたようだ。

「ねえ、君、どうしちゃったの？　説明を――」

俺は走った。

今はあせびと話せる状態ではなかった。一人になりたかった。全力で走って、プールサイドまで来ると、その場に跪《ひざまず》いた。

「うっ――」

酸っぱいものがこみ上げてきた。口元を押さえようとしたが間に合わず、嘔吐《おうと》する。

地面にうずくまって、吐き気と戦った。そうしているうちに、臓腑《ぞうふ》からじわじわと怒りが染み出してきた。今度の怒りは、あの男に向けられたものではなかった。

自分に対する怒りだ。

全部、俺のせいだ。

拳を強く握りしめる。爪《つめ》が手の平に食い込み、皮膚を裂く痛みが走った。少しでも自分を戒めたかった。こんな申し訳程度の自傷で許されるわけがないのに。

俺が、身勝手な正義感を振り回したせいだ。

あのとき、スマホを拾ったらすぐ運転手に渡しておけばよかった。そうすれば、悲劇は起こらなかったはずだ。ネリコが俺を殺すほど追い詰められることもなければ、過去のループ被害者たちが殺したり殺されたりすることもなかった。

俺が、すべての元凶だったんだ。

「カシオくん！」

あせびがこちらに駆け寄ってくる。顔を上げようとしたが、あせびの顔をまともに見られなかった。

「も～、急に走りだすからびっくりしたよ……ねえ、大丈夫？」

あせびが俺の顔を覗《のぞ》き込んでくる。

やめてくれ。俺のことなんか心配しないでくれ。俺は心配されるような人間じゃないんだ。

「……大丈夫だ」

必死に平静を装った。

同情を誘うようなポーズはやめろ。俺には、やるべきことがある。

自分の呼吸に集中する。脳に酸素を送り、取り乱した感情を撫《な》でつけていく。

もう、迷わない。

「悪い、あせび。全部、説明する」

「う、うん……」

困惑するあせびに、俺は説明を始めた。

俺と殺人犯に因縁があること、俺がループ現象を引き起こした間接的な要因になっていることと……説明を終えると、あせびに「ごめん」と謝った。

「俺は……ループを終わらせないといけない。責任を、取らなきゃいけないんだ」

「ええと、言いたいことはたくさんあるけど……」

あせびはためらいがちに言う。

「終わらせるって、どうやって？　そりゃ試してないことならあるかもしれないよ。でも、それが成功する保証はないよね……？」

「そうだな。成功するとはかぎらない。なんなら悪化する可能性だってある。それでも、試す価値は間違いなくある」

あせびは怪訝《けげん》そうな顔をした。

「カシオくん……君、何を考えてるの？」

あせびが察しているとおり、明るい話ではない。だが、希望に繋《つな》がる話だ。おそらく絶大な苦痛を伴うが、上手くいけばサニーパークから出られる。それに、この方法なら、苦しむのは俺一人でいい。

「ループ現象を終わらせるには、まず――」

計画を話すと、あせびは大きく目を瞠《みは》った。そして否定も肯定もせず、考察するように目を伏せた。この様子だと、やはりあせびも試したことがないらしい。

なら、勝算はある。

「俺が終わらせる」

覚悟は決まっていた。

「ループは、俺が終わらせる」

# 第六章

# グッド・デイ・トゥ・ダイ

「よくお似合いですよ」

とキャストのお姉さんが言う。

私は会釈だけして、ワゴンショップの前から離れた。いつもなら軽口や笑顔を返したりするところだけど、今はそんな気分じゃなかった。

――ループは、俺が終わらせる。

前回のループでカシオくんはその話をして、夜、実行したらしい。らしい、というのは私はその場にいなかったからだ。カシオくんに「次に行ってくれ」と言われて半ば無理やりゲートの向こうに押しやられた。

カシオくんの計画を聞いたとき、実はちょっとだけ可能性を感じた。でも冷静に考えたあとは反対した。成功するとはかぎらない、ってのが第一として、成功したらしたでカシオくんの負担が大きすぎる。

本当に、カシオくんはあの計画を実行したんだろうか。もし直前で怖じ気づいて諦めたとしても、私は彼を責めない。優しく微笑《ほほえ》みかけて、慰めてあげよう。そもそも私は、サニーパークから出たいわけじゃないし。

そんなことを考えながら、カシオくんがいるゲートの前へと向かった。

「……?」

私は足を止めて、きょろきょろと周りを見る。

……なんか、いつもと違う。

なんだろう。何かが足りない？　繰り返し観《み》ている映画から、登場人物が一人消えたみたいな……そんな違和感がある。

目の前を、小さな女の子が横切っていった。そのあとを母親らしき女性が追う。

あの女の子……たしか私と同じカチューシャを着けていたはずだ。なのに今は、見慣れないクマ耳のカチューシャを着けていた。

見慣れないクマ耳のカチューシャ。自分で言っといて、何それ？　と首を傾げる。もう何千回もループしているのに、このサニーパークで私が見慣れていないものなんてある？

「……まさか」

私は自分の頭からカチューシャを取り外した。

それは、いつも着けているゾーイくんのカチューシャじゃなかった。さっき見た女の子と同じ、クマ耳のカチューシャだ。

すぐさまワゴンショップの前に戻って、棚の商品を検《あらた》めた。だけどゾーイくんのグッズは、一つもなかった。

私は店員のお姉さんにたずねる。

「あの、すみません。ゾーイくんのグッズって、ここにありませんでしたっけ？」

「ゾーイくん？」

お姉さんは首を傾げた。

「そんなキャラ、いましたっけ」

＊

やめたほうがいい、とあせびには言われた。

だが考えを変えるつもりはなかった。

プールサイドで計画を話したあと、あせびには早々に次の周に行ってもらった。誰にも邪魔されたくなかった。その後は一人でじっと夜が来るのを待った。

夜になり、サニーパークからキャストが撤収すると、俺は急いでジェットコースターへと向かった。

雪の降るなか、暗闇のサニーパークを疾走する。アトラクションの照明はすべて消えたままだ。着ぐるみもまだ出現していない。ジェットコースターの乗り場に着くと、ライドの前方から、レール沿いに設けられた点検用の足場に進んだ。レールを支える骨組みと同じように点検用の足場も木でできている。一歩進むたびに、きしり、と木の軋む音がした。

雪で足を滑らさないよう気をつけながら、キツい傾斜をひたすら登る。レールの一番高いところまで来ると、足を止めた。

いざ自分の足で立ってみると、想像以上に高い。雪混じりの風が吹き荒み、足下が少し揺れている。バランスを崩して落下すれば、命はない。高所自体は平気だと思っていたが、恐怖に心臓をつかまれる。足下から這《は》い上がってくる震えを、力みで押し殺した。

「ふー……」

冷たい風が顔に当たり、表情筋がぴしぴしと張り詰めていく。

アトラクションの照明が、一斉に点灯した。眼下のまばゆい光に、俺は目を細める。コートを脱ぎ捨て、呼吸を整えていると、レールの先から何かが近づいてくる気配があった。

着ぐるみだ。

ピンと立った耳が特徴的なあの着ぐるみは、イヌのゾーイくんだ。一番乗りはサニーパークのメインマスコット。思えば、深夜のサニーパークで初めて対面した着ぐるみも、こいつだった。何かと縁があるな、と思いながら、俺は姿勢を低くする。

一人で着ぐるみたちと格闘していた頃、夜な夜なヤツらと取っ組み合った。ヤツらの行動パターンは頭に叩《たた》き込まれている。それでも、朝まで逃げることはできなかった。それも地上での話で、こんな一本道かつ不安定なレールの上では、一分と保《も》たないだろう。

逃げることはできない。

だが、捕まり方くらいなら選べる。

迫り来るゾーイくんの手を、いなし、あるいは躱《かわ》す。しびれを切らしたゾーイくんは、両手を広げて、重心を落とした。

来る。

俺はすり足で後退する。誰かに少しでも押されたら、あるいは軽く触れられただけでもレールから落ちてしまうような——そんな、不安定な立ち位置に自分を追い込む。

上手くいくだろうか？　分からない。今になって不安になってくる。けど、やるしかない。

予想したとおり、ゾーイくんが突っ込んでくる。

俺は避《よ》けなかった。タックルされるように捕まり——そのまま、ゾーイくんもろとも頭から落下した。

内臓がぎゅんと引っ張られ、本能的な恐怖に思考が塗りつぶされる。濃厚な死の予感を前に、冷静な行動なんて不可能だった。だが極限状態のなかで、これならいける、という確信めいたものを感じていた。

ゾーイくんには、俺を殺してもらう必要がある。


『解放っていうより追放だろうけどね』

サニーパークの神様からすると、スペシャルパスはあくまでお詫《わ》びの品だ。優待、と言い換えてもいい。だがそれは、殺人というペナルティを犯すと剝奪《はくだつ》される。だから、ループ被害者は誰かを殺すことでループから抜け出すことができる。

着ぐるみはどうだ？

もし、俺たちをパークの外に追い出すだけの着ぐるみが、俺たちを殺してしまったら、どうなる？　ヤツらはパーク側の存在だ。サニーパークの神様が処罰を下すとなれば……。

追放は、免れない。

レール上の一連の流れが、『殺す』の判定になるのかどうかは怪しいところだ。だが俺を殺してもらう方法は他にも考えてある。失敗したら、それを試せばいい。

「――っ！」

地面が迫る。

刹那が引き伸ばされ、脳裏に数々の記憶が流れる。小学校で初めて表彰状を受け取ったときのこと。ジャングルジムから落ちた痛み。図書館で借りたままの本。母の手。サニーパークのスペシャルパス。あせびの太ももの感触。

そして。


――ぐしゃ。

「まずは何から乗ろっか？」

戻った。

同時に、ふらりと身体が傾いて、俺は尻餅《しりもち》をついた。

確実に死んだ。頭が割れ、身体がコンクリートに叩《たた》きつけられた感触が、全身に焼き付いている。ループして無傷の状態にリセットされたが、胃が混乱しているみたいに蠕動《ぜんどう》して吐き気がした。

成功か、失敗か。結果が気になるところだが、それをたしかめるよりも、今は身体が休息を求めていた。俺はシュウジたちと別れ、救護室へと向かった。

ベッドに横たわると、少ししてから、あせびが救護室に入ってきた。

「ゾーイくん、消えたよ」

あせびは両手をポケットに突っ込んだまま、ベッドに腰を下ろした。

「ていうか、元から存在しないことになってるっぽい。試しにスマホで検索してみたけど、サニーパーク関連でゾーイくんは一件もヒットしなかった。キャストの人でも覚えてなかったんだ。メインマスコットの座は、クマのズーズーに奪われちゃったみたいだね」

「……そうか」

俺は横になったまま瞑目する。

ゾーイくんが消えた。

つまり――成功したんだ。

全身から力が抜けていく。達成感よりも、安堵感のほうが大きかった。ダメだったら次の方法を試せばいい、と思いながらも、その実、俺は失敗をとてつもなく恐れていたようだ。ともあれ成果は想像以上。まさか存在そのものが消えるとは。サニーパークどころか、この世界から追放されている。ややオーバーキルな感はあるが、やめるつもりはない。

「よし……これをあと七回繰り返せば、ヤツらを完全に排除できる」

「正気の沙汰《さた》じゃないね」

あせびはため息交じりに言った。

「一回でもそれだけ疲弊してるのに、あと七回？　どうにかなっちゃうよ」

「大丈夫だ。ちょっとふらついたが、繰り返してるうちに慣れる。それに、痛みを感じる暇なく死ねたんだ」

「もし復活したらどうすんの？」

「存在そのものが消えることなんて今までなかっただろ？　きっと成功してる」

「希望的観測だよ」

「だとしても、やめる理由にはならない。絶望するのは、やり切ってからでも遅くはない」

「……あのさ」

怒ったふうにあせびは言う。

「こっち見て話してくんない？」

う、と言葉に詰まる。

俺はあせびの目を直視できなかった。前回のループからそうだった。引け目なんて言葉じゃ収まりきらないほどの罪悪感が、俺の視線を下へ下へと押さえつけている。

「人と話すときは相手の目を見て話せって、学校で教わらなかった？」

「……すまん」

「あの男のこと、気にしてるの？」

俺は何も答えられない。

あせびは俺の横にごろんと寝転がった。吐息を感じる距離だ。以前ならドギマギしただろうが、今は溢《あふ》れ出る自己嫌悪でそんな余裕はなかった。

「カシオくんは悪くないよ」

囁《ささや》くような声で言う。

「ループ現象の元凶は、君じゃない。君があの男に会わなかったとしても、きっと事件は起きてた。誰も君のことは責めないよ」

俺は寝返りを打って、あせびに背を向けた。

「ネリコを含めた過去のループ被害者たちは、きっとこの現象を呪《のろ》っていた。俺が元凶じゃないとしても、事件を止めるチャンスを逃したことに変わりはない……それを知ったら、みんな俺を恨む」

「止めるチャンスは他の人にもあったんじゃないの？　君だけが責任を感じる必要はないよ。それに、私は全然君のこと恨んでないし。なんなら感謝したいくらいだね、心地のいい永遠が手に入ったんだから」

「それでも……あせびは、あの男に一度は命を奪われた。いくら今は元気でも、それは看過できない事実だ」

「もう気にしてないよ。昔のことだし……」

「……俺は」

自分の殻に閉じこもるように、背中を丸める。

「みんなが気にしてなくても……俺自身が、自分を許せないんだ……」

結局は、それが一番大きな理由だった。あせびがどれだけ励ましてくれても、俺は逃れようのない責任を感じていた。

俺のせいで取り返しのつかない事態に陥った。気づいていないだけで、過去にも同じことがあったかもしれない。俺の中途半端な善行のせいで、事態を悪化させていたかもしれない——その可能性にまったくの無自覚だった自分が、本当に恥ずかしくて、愚かで、痛くて……死にたくなる。

「んも〜〜めんどくさいな〜〜」

俺の心情など知ったことかと、ぽこぽこ背中を殴ってくる。

「せっかく励ましてあげてんのにうじうじうじうじ……そんなに言うなら、好きにしなよ」

あせびはベッドから降りて、救護室を出ていった。

これでいい。あせびには申し訳ないが、今は一人になりたい。

——と思っていたら、すぐに戻ってきた。

「ごめん嘘《うそ》。君のことが心配だよ」

俺の背中に、優しく語りかけてくる。

「まだサニーパークから出たいとは思わないけどさ……私にしてほしいことがあったら、なんでも言ってよ。手伝ってあげるから」

俺は頭から布団を被《かぶ》った。

あせびの優しさに甘えたくなかった。楽になるのは、まだ早い。


それから夜まで、食事も取らず救護室で横になっていた。

たまにシュウジたちが様子を見に来てくれたが、体調不良を理由に会話は最低限に留めた。

夜になると「親が迎えに来てくれたから先に帰る」とシュウジたちにメッセージを送り、無人のプールサイドで着ぐるみたちが現れるのを待った。

そのあとにやることは、前回のループと同じだ。

足を滑らさないようレールを登る。十分な高さまで来ると、ちょうどパークの照明が点灯した。着ぐるみが、レールを伝って登ってくる。

大丈夫、前回は上手くいった。だから二度目も成功する。ビビるな。

トカゲのパッチが、俺のところまで登ってきた。一度目と同じように迫り来る手をいなし、突っ込んでくるのを誘う。狙いどおり掴みかかってきたので、俺はあえて躱《かわ》さず、トカゲのパッチと一緒にレールから落ちた。身体がふわっと浮き、猛烈な速さで重力に引っ張られる。

──あ。まずい。

この体勢はダメだ。足から落ちるのはよくない。体勢を変えないと。頭を下に。体勢を。まずい。ダメだ。間に合わ──間に合わない！


骨のへしゃげる音を聞いた。


「──がっ」

血の混じった咳《せき》をする。片側しかない視界が、真っ赤に染まっていた。

死ねなかった！

仰向けのまま動けない。全身の感覚がなかった。痛みすら間に合っていないほど、身体が壊れている。

そばで何かが動く。

俺と一緒に落ちてきた、トカゲのパッチ。ヤツは起き上がると、感情のない目で俺を見下ろし、足を掴んだ。折れてあらぬ方向に投げ出された足が、まっすぐに伸ばされる。そのまま引きずられた。頭髪が血のりで地面に張り付いていたのか、頭皮が引っ張られる感じがした。

血が、すごく出ている。

怪我《けが》の場所は分からない。だが、身体の深いところが傷ついているのが分かる。破れた場所から、魂そのものが流れ落ちていく。意識が、寒くて暗い場所に、吸い込まれる。

視界が、暗転する。

「まずは何から乗ろっか?」

俺はその場で嘔吐《おうと》した。

吐瀉物《としゃぶつ》の上に膝《ひざ》をつき、耐え切れずうずくまる。すぐさまシュウジたちが駆け寄ってきた。頭上から驚愕《きょうがく》と困惑の入り混じった声が降ってくる。言葉は断片的にしか拾えなかった。

どうした、大丈夫か、誰か呼ぼう。

キャストの人が駆けつけ、朦朧《もうろう》としたまま救護室に運ばれる。ベッドに寝かされたところで、ようやく正気を取り戻した。

「救急車を――」

と言い出したシュウジに、俺は起き上がって「いい」と首を振る。

「すまん、もう大丈夫だ……落ち着いた。平気だ」

「平気なわけないだろ！　吐いて倒れたんだぞ！」

「お願い、カシオ。ゆっくりしてて……」

何度も大丈夫だと言い立てたが、シュウジとユノの意志は固かった。結局、救急車を呼ばれてしまい、少し経《た》って救急隊員が救護室に入ってくる。俺はもう諦めた。担架に乗せられ、パークの外に運ばれる。


「まずは何から乗ろっか？」

あまり無闇にループしたくないのだが、さっきのはもう仕方がない。俺は今度こそ冷静に、自分の意思で救護室へと向かった。幸いにも、即死じゃなくても「殺された」判定になるようで、トカゲのパッチはパークから消えていた。

これで二体、消すことができた。残りは六体。ループ現象に囚《とら》われてから、初めて成果らしい成果を出せている。この調子なら、そう遠くないうちに着ぐるみを消し去ることができる。また夜になったらレールの上におびき寄せて、それで――。

どくん、と動悸《どうき》がした。

全身の毛穴から冷たい汗が噴き出す。心臓が痛いほど脈打って、俺は服の上から胸を押さえた。息が苦しい。着ぐるみと落ちる瞬間を想像するだけで、一気に気分が悪くなった。

即死できなかったことが、トラウマになっている？

いいや、ただの思い過ごしだ。すぐに元通りになる。考えすぎるな。辛《つら》くても今は我慢しろ。

あと六体だ。六回繰り返せば、きっとすべてがよくなる。

だから、今は休もう。夜に備えて、眠る。

救護室のベッドの上で覚醒と浅い眠りを繰り返しているうちに、昼食の時間が近づいてきた。

そろそろシュウジたちが食事の誘いに来る頃合いだ。食欲がないので、今回も断るつもりだ。

だがやって来たのは、シュウジたちではなく、あせびだった。

「やほ。調子は……悪そうだね」

気まずさを感じて、俺は顔を逸《そ》らす。いまだに目を合わせられない。

「一緒にご飯食べようよ。それくらいはいいでしょ？」

断ろうかと思ったが、ここで意地を張る必要もないだろう。俺はあせびに甘えたくないだけで、困らせたいわけではない。分かった、と答えて、重い身体を引きずるようにしてベッドから降りた。

あせびも大してお腹が空いていないようなので、俺たちはワゴンショップでハンバーガーを買い、ベンチに座って食事を取ることにした。

正面にはメリーゴーランドが見える。イルカを模した遊具に跨《また》がる女の子が、楽しそうに笑っていた。

「そういや、カシオくんとメリーゴーランドは乗ったことないな」

「俺たちが楽しめるようなアトラクションじゃないだろう」

「そこは工夫次第だよ。たとえば……イルカに跨がらず逆走するとか」

「何が楽しいんだそれは……」

やってみないと分かんないじゃんかよぉ、と言ってハンバーガーを頬張《ほお》る。俺も一口食べた。

メリーゴーランドが止まり、子供たちが降りてくる。改めて見てみると、ズーズーのグッズを身につけた子供が多い。ゾーイくんに慣れていたので、まだ少し違和感がある。

「もしズーズーもいなくなったら、次は誰がメインマスコットになるんだろ？」

あせびも俺と同じことを考えたのか、そんな疑問を口にした。

「さあな……次に人気のあるヤツじゃないか」

「人気投票とかやってんのかな？　私的にはモルモットのコッペがいいな〜。まぁズーズーも可愛《かわい》いけどね。このクマ耳のカチューシャ、結構気に入ってるんだよ。丸っこい耳がハイパーにキュート」

「そうだな」

「せめてこっち見て言え」

あせびは俺の頬に手を伸ばして、ぐぐぐ、と無理やり顔の向きを変えてきた。だが力でどうにかできるのは顔だけで、視線までは変えられない。俺は目を逸らし続けた。

「変なとこで意固地だなぁ……ま、いいや」

手を離して、あせびは再びハンバーガーを頬張《ほお》る。

俺たちは黙々と食べた。パサついたバンズと塩っ辛《から》いパテを咀嚼《そしゃく》しながら、道行く人を眺める。どこを見ても、誰かの笑顔が目に入る。周りが平和な分、落下死のトラウマで潰れそうになっている自分が、ひどく場違いな存在に思えた。

俺はハンバーガーを食べ終える。あせびも同じタイミングで完食して、ソースのついた指をぺろりと舐《な》めた。

「……辛《つら》いなら、やめたほうがいいと思う」

今までになく真面目なトーンであせびは言った。

「やっぱりさ、正気の沙汰《さた》じゃないよ。着ぐるみに殺されるなんて……ループすれば身体は元通りになるけど、そんなこと繰り返してたら廃人になっちゃうよ」

座ったまま、あせびは距離を詰めてくる。

「痛いのも辛《つら》いのもやめてさ、また一緒に遊ぼうよ。楽しいこといっぱい教えてあげるよ？試してないこと、まだまだあるから」

甘い誘惑だった。だが罪の意識にどっぷり浸かった俺の心は、一ミリも動かなかった。

「ループ現象を終わらせてほしくないから、やめさせたいのか？」

俺なんかに気を使ってほしくなくて、つい突き放すようなことを言ってしまう。

「違うよ。私はただ……心配なんだよ」

「俺にそんな価値はない」

「そんなこと言わないでよ。こっちまで悲しくなるじゃんか」

俺は深くうなだれて、額《ひたい》を押さえた。

「……ごめん、あせび。俺のことを気にかけてくれてるのは本当にありがたいよ。でも今は、放っておいてほしい」

「カシオくん……」

今までずっと、自分は正しい人間なんだと信じていた。あまりに傲慢《ごうまん》な勘違いだった。俺はただ、自分が気持ちよくなるために正義というエゴを振り回していただけだ。

そんな俺でも、せめてループ現象だけは自分の手で終止符を打たなければならない。それが俺の責務であり、贖罪《しょくざい》でもある。

「……分かった」

あせびは立ち上がった。俺の正面に移動して、仁王立ちになる。

「カシオくんは弱い！」

突然、大きな声でそんなことを言われた。

「腕っ節の強さと諦めの悪さは認めるよ。だけど見た目のわりにビビりだし、本当は傷つきやすい」

俺はぽかんとした。なんなんだ、急に。

困惑していると、あせびの表情はふっと和らいだ。

「……それでも君は、後悔と自責の念で必死に自分を繋《つな》ぎ合わせて……ボロボロになりながら、あがなおうとしてる。立派だけど、見てられないよ」

だからさ、と言ってあせびがこちらに手を伸ばす。両手で挟み込むようにして、俺の顔を持ち上げた。

「私が助けてあげるよ。このサニーパークじゃ、私、最強だから」

「……」

何も答えられずにいると、あせびは手を離して、回れ右してその場を去った。ベンチに取り残された俺は、離れていくあせびの背中を見つめるしかなかった。


その日も着ぐるみを消すために夜まで残った。

二二時までにジェットコースターへと向かい、レールを上る。そして着ぐるみに自分を殺してもらう。そうするつもりだった。

でも、できなかった。

乗り場にはたどり着けた。だが照明が点灯した途端、身体が硬直して、足の裏が縫い付けられたみたいに動けなくなってしまった。レールを登ることも逃げることもできず、アルパカのデラマンチャに捕まった。ヤツの腕に掴まった瞬間、ひそかに安心してしまった自分が心底情けなかった。

死の恐怖に、抗えなかった。

次は……次は、確実に成功させる。そう決心して次の周を迎えたが、今度は乗り場に近づくことすらできなかった。太ももをどれだけ叩《たた》いても、足が言うことを聞いてくれなかった。

もし、今回も即死できなかったら――ほんの一瞬でもその考えがよぎったら、もう無理だった。身体が言うことを聞かなくなる。

死ぬのは怖くない。怖いのは、死に損ねることだ。硬い地面に全身を打ち付けられ、身体の内側と外側がひっくり返るようなあの衝撃が、どうしても忘れられなかった。

このままだと死ねない。着ぐるみたちを、排除できない。

他の死に方を試すべきだ。

次の周で夜になると、俺はゴーカートのガソリンタンクを取り外した。そのための道具は、乗り場の近くにある倉庫にあった。

重いガソリンタンクの蓋《ふた》を開け、所定の位置に中身をばら撒《ま》く。着ぐるみが近づいてきたら、食堂から持ち出したライターで引火させ、ヤツを火だるまにする。着ぐるみに火が効かないことは分かっている。だが人間には効く。

火だるまになった着ぐるみに大人しく捕まれば、こちらにも引火して俺は焼け死ぬ。これなら高所に登る必要はなく、着ぐるみに殺されることができるはずだ。

空になったガソリンタンクを捨て置き、俺は着ぐるみが出てくるのを待った。気化したガソリンの匂いが、辺りに立ち込めている。雪は降っているが、確実に火はつくだろう。だから、これでいい。

……これでいい？

…………いいわけないだろ。

全身から、どっと汗が吹き出す。

何も……何も、よくない。今、何をしようとしていた？　着ぐるみと一緒に燃える？　バカか。できるわけがないだろ。身体が燃えるんだぞ！

完全に血迷っていた。まともな思考回路じゃなかった。カタカタと歯が鳴る。もし冷静さを取り戻していなかったら……想像するだけで気分が悪くなった。

冷静に、ならないと。

深呼吸だ。脳に酸素を送れ。……よし。大丈夫だ。落ち着いた。俺は正常だ。

火は使わない。やっぱり、落下死を続けるしかない。たぶん、それが一番楽に死ねる。恐怖は頑張って克服するしかない。次は成功させる。確実に、死んでみせる。

——正気の沙汰《さた》じゃない。

あせびの声が耳元で蘇《よみがえ》る。

俺は今、正気なんだろうか？

「まずは何から乗ろっか？」

次の周では久しぶりにシュウジたちと過ごすことにした。気分転換というより、正常だった頃の自分を思い出すための状況再現だ。明るく振る舞い、過去に何度も何度も繰り返したやり取りに、初めてみたいなリアクションをする。

正直、楽しいとはいえないが、少しばかり懐かしさを感じていた。着ぐるみから逃げ切ることに執着していたあの頃は、死や苦痛に対する恐怖感はほとんどなかった。

あの頃と今とじゃ、どっちがマシだろう……。

そんな疑問が浮かんで、どっちもキツい、と結論を出す。比べるようなものじゃない。

俺たちはメインストリートに進む。時刻は正午を回った頃合いで、客入りはピークを迎えていた。周りを見れば、着ぐるみと一緒に写真を撮ってもらう子供をよく見かける。

「……」

俺は足を止めた。

過去に何度も、俺はこの時間にメインストリートを歩いた。並木道のように並ぶヤシの木の本数も、すれ違った人の顔も、覚えている。だから、この時間、ここにいる着ぐるみも、把握している。

「カシオ、どうしたの？」

声をかけてきたユノに、悪い、と一言詫《わ》びて俺は走りだした。メインストリート沿いにあるゲームコーナーの前に、ガシャポンが並んでいる。そのうちの一つはサニーパーク独自の筐体で、着ぐるみたちのフィギュアが売られている。

俺は筐体に顔を近づけ、ラインナップを見た。元は八体いたが、二体は存在を抹消されたため今は六体しか残っていない。……はずなのに、ラインナップには五体しかいなかった。

一体、足りない。

ここにいないのは……カモのグレゴールだ。今まで俺を殺した着ぐるみはイヌのゾーイくんと、トカゲのパッチだけ。

俺が認知できていないだけで、ヤツも俺を殺していたのか？　たとえば共犯みたいな形で、一度の死で二体の着ぐるみが消えていた、とか。いや、ないな。レールによじ登ってきたのは確実に一体だったし、挟み撃ちされたわけでもなかった。

となると……俺以外の人間が、着ぐるみに殺された。

俺以外に、夜、動けるのは。

「嘘《うそ》だろ」

俺はスマホを取り出し、あせびに電話をかけた。

だが、一向に出ない。

「あ、いた！」

ユノたちが追いかけてきた。

「急に走りだすからびっくりしたよ……電話してたの？　なんか急用？」

「……悪い、ユノ。それと、シュウジとネリコも」

ユノと、その後ろに立つ二人のほうを見て、俺は言う。

「親戚《しんせき》が……サニーパークに来てるんだ。ゾ……ズーズーのカチューシャを着けた同い年の女の子で、俺はその子に会わなくちゃいけない。一緒に捜してくれるか？」

シュウジは不審そうに俺を見た。

「お前に同い年の親戚なんかいたのか？」

「ああ。大切な人なんだ……頼む」

頭を下げて頼み込む。シュウジは少し慌てたように「分かったよ」と了承してくれた。

「任せて！　頑張って捜すよ」

とユノが胸を叩《たた》き、ネリコは「手分けして捜す？」と提案してくれた。

三人に感謝しながら、俺はあせびの容姿を詳しく説明した。ネリコの言うように、手分けして捜したほうが効率がいい。見つからなければ一時間後に合流することを決めて、俺たちは別れた。

パークを走り回ってあせびを捜す。基本一人で行動しているから見つけやすいはずだ。だがなかなか見つからなかった。プールサイドにもいない。三人から何度か報告があったが、いずれも人違いだった。

やっぱり、あそこか？

フードコートの二階に上がり、従業員専用エリアに忍び込む。廊下を進み、角にある宿直室の扉をノックした。返事はない。ドアノブを握る。鍵がかかっていた。

俺はスマホを取り出し、もう一度電話をかけた。すると宿直室の中からコール音が聞こえた。いるじゃないか。

「あせび、開けてくれ。話したいことがある」

返事がない。聞こえていないのか？

「着ぐるみが一体消えていたんだ。あせびがやったんだろ？　一度話を――」

「おい君！　何をしてるんだ」

キャストの人に見つかった。クソ、あせびが中にいることは間違いないのに……。

「夜になったらいつもの場所で待ってる」

扉の前でそう言い残して、俺は逃げた。

急いで階段を下り、外に出る。後ろを振り向いたが、外までは追いかけてこなかった。

あせびは大丈夫だろうか。もしあのあとキャストの人が合鍵を使って宿直室に入ったら……ちょっとまずいことをした気がする。だがもしそうなっても、あせびなら上手く切り抜けるだろう。

それより、着ぐるみのことだ。

あせびは俺と同じように、自分の命を使って着ぐるみを消したのだろうか？

もし、そうだとしたら、俺は……。


あせびの捜索は取りやめた。シュウジたちには謝罪をして、あせびのことは「家庭の事情で次にいつ会えるか分からないから」と説明した。三人とも腑《ふ》に落ちない様子だったが、俺が頭を下げると何も訊かずにいてくれた。

それからまた、四人でアトラクションを巡り、夜になったらシュウジたちの元から離脱した。しんしんと雪の降るなか、俺は無人のプールサイドであせびを待つ。

閉園時間はとうに過ぎていた。キャストもすでに帰っただろう。

あせびは、まだ来ない。

もしあせびが俺の声に気づかなかったとしても、電話をかけたから着信履歴は残っている。気づいたら折り返しでかけてくるはずだ。いまだに連絡がないということは、俺を拒絶していると考えていいだろう。

ぎり、と奥歯を噛《か》みしめる。

脳内に居座る疑問が、うるさく自己主張を始める。どうしてあせびは俺を無視するんだ、会ってくれない理由はなんだ、カモのグレゴールはどうやって消したんだ。

落ち着かない……このままじっとしていたら、いずれ着ぐるみたちが現れる。

俺はスマホを取り出して、もう一度、あせびに電話をかけた。ダメ元だった。これで出なければ今回は諦める。

「あせび？」

コール音が、二つの場所から聞こえた。

一つは、耳元のスピーカーから。もう一つは、更衣室のほうからだ。

コール音が止まる。着信が拒否された。

あせびが近くにいる。俺は音のしたほうに向かって走った。すると物陰から人影が飛び出した。あせびで間違いない。彼女はこちらに背を向け、逃げ出した。

「おい待て！　なんで逃げる！」

急いで追いかけた。入場口を出て、プールサイドを離れる。

アトラクションの照明は消えたままだから、パークの中は薄暗い。おまけに雪のせいで視界も悪い。うかうかしていると見失いそうなので、全力で走った。距離はどんどん縮まっていき、俺はあせびの腕を掴んだ。

「転ぶから止まれって！」

語気を強めて言うと、あせびは諦めたように足を止めた。薄く積もった雪を踏んで、べしゃ、と音が鳴る。逃げる様子はなさそうなので、手を離した。

あせびはおずおずとこちらを向いた。さすがにもう目を逸《そ》らすわけにはいかなかった。

「なんで逃げたんだ……」

「いや、会おうとは思ってたんだよ……でもカシオくん、イライラしてるっぽいからやっぱりやめとこうと思って」

「イライラしてない。落ち着かなかっただけだ」

正直、今も平静じゃない。すぐにでも問いただしたいところだが、なんとか抑えていた。

「なあ、あせび。着ぐるみが減ってたんだ。何か……心当たりはあるか?」

返事をためらうような間があった。どこか居心地が悪そうに自分の腕を抱きながら、あせびは口を開く。

「カシオくんと同じ方法で、着ぐるみを消したんだよ。私はジェットコースターのレールじゃなくて、フリーフォールの上からだけどね」

ハシゴで上に登れるんだ、とあせびは付け加えた。

気が遠くなるような目まいがした。登り方なんて、どうでもよかった。

「……痛くなかったか?」

「うん、一瞬だったし」

少しだけ安堵したが、やるせない感情がもくもくと膨らんでいく。その恐怖を知っているからこそ、胸が張り裂けそうになった。あせびにそんなことはしてほしくなかったし、そんなことをさせた自分が不甲斐《ふがい》なかった。

「どうして、そんなバカな真似《まね》をしたんだ……」

む、とあせびは眉《まゆ》を寄せた。

「その言い方はひどくない？　私だって……力になりたかったんだよ」

「あせびはサニーパークから出たくないんだろ？　そこまでする必要はない。何度も死ぬのは俺一人でいいんだ。だからあせびは何もするな」

「やだ」

「どうして！」

声を張り上げると、あせびの目が悲痛に歪《ゆが》んだ。

「何かしてあげたいって思うことが、そんなにおかしい？」

みぞおちが切なく締め付けられた。

「おかしいとかじゃなくて……俺はただ……」

あせびのためを思って言ってるんだ。

そんな言葉が出かけて、飲み込んだ。それじゃただのエゴの押しつけだ。もっと違う言い方がある。

「あせびが俺のことを心配してくれるのは嬉《うれ》しいよ。でも、失敗すると本当に辛《つら》いんだ。即死できなかったときは悲惨だぞ。全身が弾《はじ》け飛ぶくらいの衝撃で、視界が真っ赤に染まるんだ。着ぐるみが折れ曲がった足を掴んで、俺をゴミみたいに引きずって……痛いどころの話じゃない。あせびを、そんな目に遭わせたくないんだよ。分かるだろ？」

あせびは怯《ひる》んだように唇《くちびる》を噛《か》んだ。今の話を聞いて、さすがに恐怖を覚えたらしい。

勢いを増す雪が、あせびの髪に鱗粉《りんぷん》をまぶしたみたいにひっついている。屋根もない場所で長々と話すこともない。俺は諭すように話しかけた。

「頼むから、二度と死のうとするな。俺は大丈夫だから」

「分かったよ……」

悔しそうに目を伏せて、あせびは小さく頷《うなず》――。

「って諦めるか！」

だっと走りだした。

俺は唖然《あぜん》とした。

……は？　ダッシュ？　この状況で？

開いた口が塞がらない。あまりに突拍子もない行動に混乱していたが、あせびの進行方向にフリーフォールがあることに気がついた。

まさか……今からやるつもりなのか？　嘘《うそ》だろ、何も分かってないじゃないか！

俺は全力で追いかけた。幸い、あせびはそこまで足が速くない。フリーフォールの手前で追いつき、今度は後ろから羽交い締めにした。

「離せ〜！　死ぬっつったら死ぬの！」

「さっきの流れでなんでそうなるんだよ！　大人しくしろ！」

子供みたいにじたばたと暴れる。これじゃ対話で諦めさせるのは無理だ。あまり手荒な真似《まね》はしたくないが、こうなったら仕方がない。

俺は一瞬腰を落として、あせびを肩に担いだ。右肩にへその辺りが食い込んだようで、あせびは「ぐえ」と声を上げた。

「ちょっと！　降ろしてよ！」

ぽかぽかとあせびは俺の背中を殴った。当然、降ろすつもりはない。このままパークの外に連れ出す。着ぐるみみたいに放り投げるんじゃなくて、ちゃんとゲートから外に出してやる。次の周で、改めて話をしよう。

俺は早足でゲートへ向かった。早くしないと、着ぐるみが出てくる。

メインストリートに差し掛かった辺りで、あせびの動きが止まった。ようやく諦めたか、と思ったら、突然俺の服を捲《まく》り始めた。腰の辺りが外気に晒され、冷たい空気が入り込んでくる。

一体、何を……。

腰の辺りに鋭い痛みが走った。

「痛ってえ！」

こ、こいつ……噛《か》みつきやがった！

「おろひへ！」

噛みながら「降ろして」と訴えてくる。俺はたまらずあせびを肩から落とした。

「何すんだバカ！」

「そっちが言うこと聞かないからじゃん！」

「言うこと聞かないのはお前だ！　こっちはずっと心配して言ってんだぞ！」

「だからその心配が余計なお世話なんだって！　助けてあげるんだから素直に従え！　いつまで意地張ってんだ！」

「意地じゃない！」

俺は、ひときわ大きな声で言った。

もはや怒鳴るような声に、あせびはびくっと肩を揺らす。

「これは……俺がやらなきゃいけないことなんだ。直接的な原因じゃないとしても、俺がループ現象を引き起こす要因になったのは、事実なんだよ。今までのループ被害者たちの首を絞めた指の一本は、俺なんだ」

「……違うよ。そんなことを言ったら、あの男をパークに通したキャストも、連れてきたバスの運転手も、包丁を売った店員も、悪いことになる。この世のすべては複雑に絡まってて、君は事件の端っこに軽く触れただけだ」

「でも、俺なら防げた。防がなきゃ、いけなかったんだ……」

喉《のど》の奥から、熱いものがこみ上げて来る。

「なあ、あせび。俺を刺したネリコは、そのあとどうなったと思う？」

あせびは目を見開いて、「それは……」と言葉を濁らせた。

「たまに、想像してしまうんだ。俺を殺したあとの、ネリコのことを。ネリコはループのバトンを俺に渡して、サニーパークから出た。だがそのあと、俺を殺したことで罪に問われる。未成年でも殺人は重罪だ。刑罰は免れない。友人を殺した誹《そし》りを受けることもあるだろう。もしかしたら、ユノとシュウジはネリコをものすごく恨むかもしれない」

鼻の付け根が、つんと痛む。

「もし殺人がバレずに済んでも、ネリコは優しいから、きっと大きな罪悪感を抱《かか》える。俺が死んで悲しむユノやシュウジを傍目《はため》に、秘密を隠し続けることができるだろうか。墓場まで持っていくとしても、精神的な負担は相当なものだ。一生、重荷を背負って生きることになるかもしれない。もちろん、これはネリコだけじゃない。他のループ被害者も、同じ道を辿《たど》ったかもしれない」

喋れば喋るほど苦しくなる。だけど自分の過ちに、無自覚でいたくなかった。

「全部、ただの憶測だ。誰にもたしかめようがない。そんな世界は、どこにも存在しないかもしれない。でも、もし……もしも、サニーパークを出たあともループ被害者たちが地獄みたいな日々を歩んでいるとしたら……俺は……」

涙がこぼれてきて、いよいよまともに喋れなくなった。

嗚咽を抑えることも、溢《あふ》れる涙を止めることもできない。ただただ苦しかった。苦しくて苦しくて仕方がなかった。胸が荒縄でキツく縛り上げられたみたいに呼吸ができなかった。視界に映るすべてがぼやけていて、あせびの顔も見えない。

「ごめん、あせび……」

どろどろの声で俺は言った。

「俺なんかを、心配してくれて……でも、俺にそんな価値は、」

ふわ、と甘い香りが鼻を掠めた。

全身が柔らかさに包まれる。

突然のあせびからの抱擁に、俺は言葉を失った。

「泣かないでよ、カシオくん」

耳元であせびが囁《ささや》いた。

背中に回された手が、さらに身体を密着させる。華奢《きゃしゃ》な身体なのに、抱きしめる力は思いのほか強かった。

「私がどれだけやめろって言っても、君はきっと苦しみながらやり遂げようとするんだろうね。そうすることでしか、自分を許せないから……」

アトラクションの照明が、一斉に点灯する。

鮮やかなネオンライトに照らされるなか、あせびは続けた。

「だからさ……私、決めたよ。決めたっていうか、半分は諦めた。君の言うとおりにしてあげる。私はもう、着ぐるみを消すためには死なない」

その代わり、と大きな声で強調した。

「君がすべての着ぐるみを消し去るまで、私は全力で君のことを応援する。君がボロボロになれば、君がまた頑張れるようになるまで、君を支える。そのためなら、なんだってするよ」

骨の髄まで浸透するような、優しくて温かい言葉だった。心の冷たい部分が、じんわりと熱を持つ。

「それでも、どうしても辛《つら》くて耐えられなくなったら……そのときは、遠慮なく言ってよ。痛みを背負う覚悟は、いつでもできてるから」

あせびの肩越しに、二体の着ぐるみが見えた。もう、すぐそこまで迫っている。だけど俺は、あせびから離れられなかった。この温かさと優しさにいつまでも浸っていたかった。

「どうして、そこまで……」

あせびは身体を離すと、どこかいたずらっぽい微笑《ほほえ》みを浮かべた。

そして、またこちらに一歩踏み込んできて、触れるようなキスをした。

「君が助けてあげたくなる顔してるのが悪いんだよ」

着ぐるみに捕らわれ、あせびと引き離される。

引きずられながら、また涙が出てきた。苦しさからではない。どういう涙なのか、自分でも分からなかった。自分の弱さをすべてさらけ出して、それが情けなくて、恥ずかしくて……

だけど、その全部を受け入れてくれたあせびが、堪《たま》らなく心強くて、愛《いと》おしかった。

俺はこれからもまた弱音を吐くだろう。嘆き、後悔し、滂沱《ぼうだ》することもあるかもしれない。

そんな弱さも、たぶんあせびは、認めてくれる。

胸の奥に、火が灯った。

## 第七章

# 人食い遊園地の終焉

隣人のアラームで目が覚めた。

ビニール製の冷たいフラットシートから身体を起こす。関節が凝り固まり、全身が錆《さ》び付いているみたいだった。スマホで時刻を見ると、朝七時だった。昨夜、ネカフェに来たのは深夜二時頃だったと記憶している。なかなか眠れず、五時か六時くらいまでパソコンを触っていたから、まともに眠れたのは一時間程度だ。だが二度寝する気にはなれなかった。

ふと両腕にひりひりとした痛みを感じて、袖《そで》を捲《まく》った。

手の形をした赤い痣《あざ》が、くっきりと両腕に浮かんでいた。


父は教師だった。

自分にも他人にも厳しく、学業の成績こそすべてと考える人だった。教育熱心で、当然、その熱意は息子である俺にも向けられた。父のスパルタ指導によって、俺は誰よりも早く九九を覚え、小学生にして連立方程式と因数分解を解いた。テストで満点を取ると、父は褒めてくれた。だが俺が粗相をしたり成績を落としたりすると、当たり前のように暴力を振るった。

中学二年のとき、数学で九一点を取ったことがある。俺にとってはあり得ない点数だった。今までテストは九五点以上しか取ったことがなく、しかもほとんどが満点だった。今回はちょっと難しかったかな、と笑いながら宣《のたま》う教師に殺意を覚えた。

この点数を父に知られたら、間違いなく怒られる。今回は叩《たた》かれるだけでは済まないかもしれない。困り果てた俺は偽装を試みた。九一点の「1」を「7」に書き換えたのだ。バレないと思っていた。だが父を欺くことはできなかった。

「手を出しなさい」

そう言われ、おそるおそる手を出すと、火の点《つ》いた線香を手の平に押し当てられた。ぎゃあ、と俺は悲鳴を上げた。

「死んだ母さんも悲しんでる。もう二度としないと誓いなさい」

俺は痛みと恐怖で泣きながら何度も謝った。火傷《やけど》の痕は今でも手の平に残り、ほくろのように小さく黒ずんでいる。

父は絶対的な支配者だった。高校も大学も父の指定した学校に進み、読む本も観《み》る映画も父に与えられたものを摂取した。なんとか父の期待に応えてきたが、就活ばかりは上手くいかなかった。父が持ってきた求人に応募し、立て続けに落ちた俺は、何度も折檻《せっかん》を食らい、人格を否定された。

「お前は一体、何ならできるんだ」「恥をかかせやがって」「このバカが」「お前はなんのために生まれてきたんだ？」

俺はひたすら謝り続けた。父の気が済むまで床に頭を擦《こす》りつけ、涙ながらに謝った。家にいるあいだは、父の機嫌を損ねないよう細心の注意を払った。それでも毎日のように罵倒《ばとう》され、竹刀で背中を叩かれた。

限界は唐突に訪れた。

昨夜、ベッドで眠っている父の首を絞めた。

全体重をかけて、喉《のど》の真ん中に親指をめり込ませた。父はもがき苦しみ、俺の腕を強く握った。文字どおり、父は死力を尽くした。腕の骨を握りつぶされるんじゃないかと思うほどだった。それでも、こっちだって命がかかっていた。失敗すれば父に殺されると、本気で思っていた。だから全力で首を絞め続けた。

やがて父は動かなくなった。そのあとも一〇分近く首を絞め続けた。父が起き上がってきて「自分が何をやったか分かってるのか?」と問い詰めてくるのが心底恐ろしくて、手を離せなかった。

確実に死んだのを確認すると、俺は「ごめんなさい」と最後に謝って、ずり落ちた布団を頭まで父に被《かぶ》せた。そして最低限の荷物をまとめ、家を出た。一度も振り返らず、二度と戻らない決心をした。

ネカフェを出ると、眩《まぶ》しい朝日が瞳孔を刺した。

確実に死ねる方法をPCで調べていた。線路に飛び込むのがいいらしいので、駅に向かった。ICカードで改札を抜けると、ホームは人でごった返していた。世間はまだ冬休みだからか、サラリーマンの他に家族連れも多く見られた。

ホームの電光掲示板を見ると、次に電車が通過するのは一〇分後だった。俺は黄色い線の上に立ち、残された時間で人生を回顧した。不思議と心は凪《な》いでいた。だがどれだけ記憶を遡《さかのぼ》っても、思い出すのは嫌《いや》なことばかりだ。別にそれでも構わなかった。嫌な出来事が多ければ多いほど、自死が正当化されるような気がした。

「楽しみだなぁ、サニーパーク」

ふと、そんな声が聞こえた。

子供の声だ。近くの家族連れだろう。

サニーパーク……東京の郊外にある遊園地だ。まだ母が生きていた頃、一度だけ家族みんなで遊びに行ったことがある。初めて乗るジェットコースターが、少し怖くて、だけど爽快《そうかい》だったことを覚えている。

楽しかったな、サニーパーク。

『特急はこの駅には止まりません。黄色い線の後ろまで下がってください――』

どうせ、いつでも死ねる。

半ば自棄《やけ》みたいな気持ちで、俺はその家族を追った。通過電車を見送り、次の電車に乗る。バスに乗り継いだところで、ふと残金が気になって財布を見た。

手持ちは三千円ほど。口座もクレジットカードも持っていないから、これが俺の全財産だ。サニーパークにはたどり着けるだろうが、思う存分遊ぶには心許《こころもと》ない。それに、腹が減っていた。喉《のど》も渇いている。冷たいコーラと塩辛《から》いポテトを食べたい。ファストフードは父に禁止されていたが、もう気にしなくていい。

せめて、贅沢《ぜいたく》してから死にたい。そのためには、金がいる。

家に戻れば、いくらか金は手に入る。だが父の遺体があるあの家には、もう戻りたくない。大金じゃなくてもいいから、金がほしい。

そう思いながらも行動できず、サニーパーク前にたどり着いた。バスから降りて、これからどうしようかと思ったそのとき。

「スマホの落とし物があります。心当たりのある方はいますか？」

高校生くらいの男子が、バスの近くでそう叫んだ。

自分のスマホではない。周りを見たが、持ち主はなかなか現れなかった。

もし、あのスマホが手に入れば……。

ロックがかかってないなら、使い放題。ロックがかかっていても、タッチ決済に登録していれば、機種によっては使える。

ほしい。

「すみません、すみません、それ、俺のです」

どうせ死ぬんだと考えると、自分でも驚くほどの行動力を発揮できた。相手はまだ高校生くらいだ。簡単に騙《だま》せると思っていた。

だが、ヤツのほうが上手だった。盗みは失敗。何か技をかけられ、硬いアスファルトに叩《たた》きつけられた。

「がは……」

肺の中の空気が押し出され、横隔膜がせり上がる。息ができないほど苦しかった。

なんとか通報を免れ、その場から離れたものの、悔しくて情けなくて涙が出た。年下に投げ飛ばされ、土下座する勢いで謝り、力の入らない足で逃げ去る。

なんなんだ、俺の人生。

さっさと死んでおけばよかった。あるいは、サニーパークなんかに来なければ。そしたら、こんな惨めな目に遭うこともなかったのに。

「すごかったねカシオ！　ヒーローみたいだったよ」

声がして振り向くと、さっき俺を投げ飛ばしたヤツが女子に褒められていた。俺は一層、惨めになった。外出や遊びを制限されていたせいで、昔からほとんど友達ができなかった。あんなふうに同年代の異性に褒められたことなんて、一度もない。

『お前はなんのために生まれてきたんだ？』

父の言葉が蘇《よみがえ》る。

俺はなんのために生まれてきたのだろう。俺の生きた意味はなんだったのだろう。

このまま死んでも、俺には親殺しの罪しか残らない。

もったいない――強く、そう思った。

二三年間、父の虐待に耐えながら必死に生きてきた。俺は、ものすごく頑張ったのだ。俺の名前を、人生を、一人でも多くの人に知ってもらいたい。でなきゃ生きた意味がない。

ヘロストラトスの名声、という言葉がある。紀元前の話だ。ただの平凡な羊飼いであるヘロストラトスは、自分の名を不滅のものにするため、かの有名なアルテミス神殿に火を放った。果たしてヘロストラトスの企みは成功し、今でも彼の名は歴史に刻まれている。

それと同じだ。

どうせ死ぬなら、とびっきりの悪名を残して死んでやる。

冷たい衝動に突き動かされ、俺は帰りのバスに乗った。通りがかった百均で包丁を買い、俺はまたサニーパークに戻った。入場料を払うと、ほぼ全財産を使い切った。帰りの分の金は、どうせ必要ない。

そういえば、ネカフェで死ぬ方法を調べていたとき、あるまとめサイトを見つけた。そこのコメント欄に、一番いい自殺の方法は死刑になることだと書いてあった。三人殺せば、確実に死刑になるらしい。なら、最低でもあと二人。未遂で終わらせたくない。確実に殺せる相手にする。

標的を探して歩いていると、高笑いしている若い女性を見つけた。

決めた。

心臓がバクバクと鳴る。手汗を拭《ぬぐ》い、俺はベルトに差し込んである包丁の柄を握った。

「やめろ」

と後ろから声がした。

振り向くと、そこに立っていたのは、俺を投げ飛ばしたあの男だった。

「引き返せなくなるぞ」

*

雪が降りしきる夜のサニーパークを、あせびと二人で歩いていた。

すでにキャストは撤収し、俺たち以外には誰もいなかった。事務所の傘立てにあったビニール傘を二人で相合い傘にして、静かなサニーパークを歩く。アトラクションの照明は点灯しておらず、まばらにある外灯の明かりだけが頼りだった。

メリーゴーランドのそばにあるベンチから雪を払って、俺とあせびは並んで座った。濡《ぬ》れてはいないが、冷たさがズボンを通して伝わってくる。

時刻は二二時四七分。

アトラクションの照明は、いまだに点灯していない。着ぐるみも出てこない。辺りは死んだように静まり返っていた。

前回のループで、俺はカエルのピップに殺された。

そいつが最後の着ぐるみだった。ついにサニーパークからマスコットが消え、ワゴンショップからキャラもののグッズは根こそぎなくなり、マスコットの名を冠していたアトラクションはすべて無難な名称に差し替わった。あせびのカチューシャも、メインとなるマスコットを消すたびテーマを変えていたが、今ではカチューシャそのものが抹消されている。

俺たちは、やり遂げたのだ。

「これからどうするんだっけ」

あせびが訊いてくる。

「とりあえず、朝まで待つ。それでも着ぐるみが出てこなかったら、パークから出てみよう」

日の出の時刻は七時くらいだ。時間は山ほどある。

あせびと話しながら、サニーパークを歩き回った。これが見納めになるかもしれないと思うと、寂寥感のようなものを感じた。散策の途中で、メリーゴーランドのイルカに跨《また》がってみたり、ジェットコースターのライドに座ってみたり……どちらも稼働していないが、それはそれで新鮮だった。

疲れてきたら、観覧車のゴンドラで休んだ。肩を寄せ合って暖を取り、手を繫《つな》いだ。俺とあせびの体温が手を通して混ざり合う感覚が好きだった。朝まで起きているつもりだったが、眠気に負けて、俺は意識を手放してしまう。

「――カシオくん」

名前を呼ばれ、目を覚ます。

あせびが仕方ないなといったふうな笑みを浮かべて、俺を覗《のぞ》き込んでいた。

「朝だよ、朝。起こしたほうがいいと思ってさ」

「す、すまん、助かった。寝落ちした……」

ごしごしと目を擦《こす》って腕時計を見ると、もう六時半だった。真っ暗だった空は灰色に明るみ、外は電車がいくつか運休になりそうなほど雪が積もっている。あれだけ降りしきっていた雪は、いつの間にかやんでいた。

あせびと一緒にゴンドラから降りると、冷たい空気が頬《ほお》に触れた。夜の冷たさとはまた違う、新鮮で、瑞々《みずみず》しい冷気だった。深く息を吸うと、肺の中が洗われるようだった。吐く息がものすごく白い。

ぎゅ、ぎゅ、と雪を踏みしめながら、とりあえず二人でゲートへ向かう。メインストリートを進んでいると、じわ、と首元に熱を感じた。雪の積もった地面が白く光りだし、建物が黒い影を落とす。

俺とあせびは、足を止めて振り返った。

地平線から、わずかに太陽が顔を出していた。東の方角はそこまで雲が厚くなく、太陽の光がまっすぐに届いていた。

日の出を拝むのは、一体いつ以来だろうか。

朝の輝きに、俺は完全に目を奪われた。網膜が白く焼き付くのも気にならなかった。ただ、朝日を全身で受け止めていた。互いに無言で、しばらくそうしていた。

打ち震えるような感動も、そう長くは続かなかった。流れてきた雲が太陽を隠し、俺は夢が覚めたみたいにはっとする。

「あせび、ゲートから出てみよう」

「う、うん……」

俺は不安そうにするあせびの手を引いた。その手は少し震えていた。ゲートの前まで来ると、一度足を止めて、あせびと向き合った。

「パークから出るが……大丈夫か？」

大事なことを確認しておく。あせびはループ現象を終わらせる手伝いをしてくれたが、本人の口から「出る」とは聞いたことがなかった。もし、あせびがまだパークに留まることを望んでいたら……そう考えると、怖くて訊けなかった。こんな出るか出ないかの瀬戸際に立つまで踏み出せなかった自分の臆病さに、嫌気《いやけ》が差す。

あせびは逡巡《しゅんじゅん》するような間を置いて、こくりと頷《うなず》いた。

「ここまで来たら、出るしかないでしょ。けど……」

「けど？」

「……本当に、終わるかな」

そう言われると、自信がなくなってくる。本当に今さらだが、着ぐるみがすべて消えても
ループ現象が終わる確証はない。

返答に迷っていると、あせびは気遣うように笑った。

「出てみないと分かんないよね。とりあえず、行ってみようか」

「……まぁ、そうだな」

俺は前を向く。

歩みを進め、俺たちは二人一緒にサニーパークを出た。

「まずは何から乗ろっか？」
もう何百回も聞いた、ユノの第一声。
目の前に広がったのは、見慣れたゲート前の広場だ。一面に積もっていた雪は綺麗《きれい》さっぱり
なくなり、石畳の地面がむき出しになっている。俺の近くでは、ユノとシュウジが最初に乗る
アトラクションで揉めていた。

戻った。

着ぐるみは全員消した。それでも、サニーパークからは出られない。

ふー、と息を長く吐いて、気持ちを落ち着かせる。

……大丈夫。思ったより、冷静だ。期待しすぎないでよかった。

一応、次のことも考えてある。これで手詰まりになったわけじゃない。

俺は体調不良を理由にシュウジたちと別れ、救護室であせびと会った。あせびが隣に座ると、ぎし、とベッドが音を立てた。

「残念だったね」

とあせびは言った。けどセリフとは裏腹に、その表情には安堵の色が見えた。もしかして、あせびはまだ……と邪推しそうになって、思考を中断する。きっと心の準備ができていないだけだ。いちいちネガティブに捉えるのやめておこう。

「大丈夫だ、このパターンは想定してある。次の作戦に移ろう」

「今夜やるの?」

「ああ」

と一度頷《うなず》いてから、「……いや」と俺は首を振って撤回する。

迷っていることがある。一刻でも早くループ現象を終わらせたいところだが、あせびと過ごしているうちに、バキバキにへし折れていた正義感が息を吹き返していた。ただ、この話をすればあせびを傷つけるかもしれない。だから、なかなか言い出せなかった。

「何か、やり残したことでもあるの？」

「……もし嫌《いや》だったら遠慮なく言ってほしいんだが……いいか？」

あせびは顔をきょとんとさせたあと、ちょっと怒ったふうに「なんだよ～」と言って俺の首に腕を回してきた。中学生がじゃれ合うみたいに、俺の脇《わき》腹を拳でぐりぐりしてくる。

「私とカシオくんの仲じゃんか。今さら遠慮なんかせず、どんときなよ」

「……分かった。なら、聞いてくれ」

あせびは優しく微笑《ほほえ》んで、腕を離した。

「あせびは、ループのたびにあの男に電話して、殺人を未然に防いでるんだよな」

「うん、そうだね」

「あせびのおかげで、誰も死なずに済んでる。でも、それは今日の話だ。明日は？　一週間後は？　一か月後は？　大元の原因をどうにかしないかぎり、違う日時、違う場所でまた悲劇が起こるんじゃないか？　俺は、そう考えてる」

「……うん、それで？」

「俺は……悲劇の芽は、確実に摘んでおきたい。そのために、また何周かループしようと思ってる」

俺は恐る恐るあせびの顔色を窺《うかが》う。殺人犯、それもあせび自身を殺した人間のために、俺は計画を延期しようとしている。だが、必要なことだった。ヤツを野放しにすることはできない。

「いんじゃない？」

拍子抜けするほど軽い感じでオッケーを出された。

「私も放置するのはどうかと思ってるし、カシオくんに協力するよ」

「ありがとう、あせび」

「で、確実にってのはどうやって？」

「一応、計画はある。ただ、その前に……」

俺は少しトーンを落として言った。

「一度だけ、本人から話を聞きたい」

＊

「引き返せなくなるぞ」

と、俺はこれから通り魔を起こすであろう男、蔦元純《つたもとじゅん》に言った。

悲劇の芽は、確実に摘んでおきたい――そうあせびと話し合ってから、五〇回ほどループしていた。なぜ凶行に及ぶのか、動機だけでも知りたくて蔦元との対話を試みた。問答無用で警察に逮捕させる方法も考えていたが、俺も事件に無関係ではない。二度と同じことを繰り返させないためにも、原因を知っておくべきだった。

蔦元と話をするうちに、恐ろしい事実が発覚した。まさか、実の父親を殺害していたなんて。最初に感じたのは恐怖で、次に訪れたのは、哀れみだった。

少しだけ、同情してしまった。

蔦元のしたことは、決して容認されるものではない。だが、ヤツにはヤツの苦痛があり、それはケアされるべきものだった。

罪を憎んで人を憎まず――綺麗《きれい》事だと思う。特に、一度はヤツに殺されたあせびの前では、絶対口にできない。だがその言葉には、少なからず真理が含まれていると思うのだ。誰だって生まれたときから悪者というわけではない。人の悪意と環境が、犯罪を生む。

「あんたのことを調べさせてもらった」

蔦元は眉《まゆ》をひそめた。ほとんど面識のない相手にそんなことを言われても、意味が分からないだろう。だが本当のことだ。何度も何度もループして、俺は蔦元と対話した。少しずつ情報を引き出し、数え切れないほど刺されそうになった。

「……あんたのしたことは、到底許されるものじゃない。でも、もし俺があんたの家に生まれていたなら、同じ道を辿《たど》っていたかもしれない」

「な、なんのことだよ……」

蔦元は明らかに動揺している。

長話をするつもりはない。俺は手短に言うべきことを言う。

「正当防衛とはいえ、投げ飛ばして悪かった。それに関しては、申し訳ないと思ってる」

「はあ……？　今さら謝りに来たのか？　もう遅いんだよ」

「そうだな……もう遅い」

俺が一歩近づくと、蔦元《つたもと》はベルトから包丁を抜き取ろうとした。その行動は読んでいた。俺は一瞬で距離を詰め、素早く包丁を奪い取る。

実は二回、奪い取るのに失敗していた。この三回目でようやく成功だ。

得物《えもの》を失った蔦元は、わけも分からずといった様子で目を白黒させていたが、慌てて逃げ出した。俺は追わずに、包丁を懐にしまう。一瞬だったから、誰にも見られていないだろう。騒ぎになったら面倒だ。

ポケットからスマホを取り出し、ある連絡先にかけた。

「親父。今、行ったよ」

『ああ、分かった』

父にはパークの出入り口で待機してもらっている。父を頼ることにかなりの抵抗はあったが、他に頼れそうな人物がいなかった。

説明は、すべて事前に電話で済ませていた。すべてだ。殺人犯がパークに来ていることも、放っておけばこれから通り魔殺人が起きることも、俺が同じ一日を何度も繰り返していることも。汚職を働いたとはいえ、元警察官の父に嘘《うそ》は通用しない。だから事実のみを話した。信じ込ませるのに苦労したが、思いのほか早い段階で理解を示してくれた。

――カシオが冗談を言う性格じゃないのは、よく知っている。それに、めったに口すら聞いてくれないお前がこうやって電話をかけてきたんだ。ただ事じゃないのは、分かっていた。

それを聞いたとき、ほんの少しだけ目頭が熱くなった。

「丸腰とはいえ、気をつけてくれ」

『分かった。あとは任せろ』

「じゃあ、切るぞ」

待て、と父は言った。そして逡巡《しゅんじゅん》するような間を置いてから、言葉を続けた。

『頼ってくれて、ありがとう』

「……いいよ。礼を言いたいのはこっちのほうだ」

『また、連絡する』

通話が切れた。

スマホをしまうと、近くで見守っていたあせびが寄ってきた。

「上手くいきそう?」

「たぶんな。一応空手の有段者だし、返り討ちに遭うことはないだろう」

「おおう、親子揃《そろ》ってフィジカル強いな……」

不安がないといえば嘘《うそ》になるが、失敗したらまたループすればいい。この一日に起きた出来事なら、取り返しはつく。

「あとは祈るよ。すべてが上手くいくことを」

さて、と俺は呟《つぶや》いて、軽く宙を見上げた。乾いた風が前髪を持ち上げる。

通り魔に対する対処は済んだ。これでいつでも、ループを終えられる。

腕時計を見ると、時刻は一二時を回っていた。シュウジたちには「体調が悪いから」と伝えていて、俺は救護室で休んでいることになっている。

「ついに終わるな」

「まぁ、本当に最後になるか分かんないけどね。多少、願望も入っちゃってるだろうし」

「いや、これが最後だと思って過ごそう。ループから抜け出せれば、今日はもう二度と来ないんだ」

最後の周をどう過ごすかは、あせびと話し合って決めていた。

「じゃあ、早くユノちゃんたちのとこに戻ってあげなよ。君にとっては何百回と繰り返した一日でも、ユノちゃんたちにとっては最初で最後の一日なんだからさ」

「ああ、そうだな……」

正直にいうと、最後の周もあせびと過ごしたかった。だがシュウジたちに心配をかけたまま、明日を迎えたくない。それに、あせびとはもう数え切れないほどサニーパークで遊んでいる。どちらが大事か、という話ではなく、最後はシュウジたちといるべきだろう。

この時間、三人は昼食を取っている。戻るタイミングとしてはちょうどいい。フードコートに向かおうとして、俺はあせびのほうに向き直った。

「あせび。閉園の一〇分前くらいに観覧車まで来てくれないか？」

「いいよ。乗るの？　観覧車」

「まぁな。その……ちょっと、二人になりたくて」

「えー、なんだろ。エロいことされちゃうのかな……」

「す、するかバカ！」

「冗談だって、じゃあまた夜にね」

あせびは軽く手を振って、ふらりと歩きだした。俺もシュウジたちのところに戻ろうと、その場を離れた。

「ねえ！　次、あれ乗ろうよ」

疲れを知らない子供のようにはしゃぐユノに、シュウジが「前見なきゃ転ぶぞ」とやんわり窘《たしな》める。その二人を、ネリコが微笑《ほほえ》ましそうに見ている。

あまりにも見慣れた光景だったが、これが最後だと思うと急に切なくなった。苦痛を感じるほど繰り返したやり取りの一つひとつが、今では愛《いと》おしいとすら思う。

最後はできるだけ『今日初めてサニーパークに来た竜崎《りゅうざき》カシオ』でいたかったので、苦手なフリーフォールにも乗った。当然のように気持ち悪くなったが、不思議と名残惜しさを感じた。

「カシオくん、大丈夫？」

ベンチで休んでいると、ネリコに声をかけられた。

「……ちょっと酔った。実は苦手なんだ、浮遊感のあるアトラクション。ユノには黙っててくれ」

「あ、やっぱり苦手だったんだ。ジェットコースター見てるとき、なんか表情硬いなと思ったんだよね」

いつの話だ？　と一瞬首を傾げそうになったが、そういえばサニーパークに入る前に、ネリコとそんな話をした記憶がある。俺にとっては、懐かしさすら感じるほど前のことだ。

「あの頃は、ジェットコースターくらい乗れて当然だと強がってたんだろうな……」

ネリコは控えめにぷっと吹きだした。

「あの頃は？　なんだか昔のことみたいに話すね」

「いや、あはは……」

笑ってごまかす。体感的にはもう一年以上はサニーパークにいる。時間感覚のズレは直しておかないと。

「でも、ちょっと安心したかも」

「安心?」

「カシオくん、全然自分の弱みとか見せないからさ。実際なんでもこなせちゃうし、そういうところはすごいと思ってるけど……ずっと肩肘張ってるように見えたから。でも遊園地に来てリラックスしてるというか」

ネリコは俺のことをまじまじと見つめると、しっくり来る表現が見つかったように、口を開いた。

「重荷を下ろせたのかな、って」

重荷。

誰よりも正しく生きること……それこそが俺の使命でありアイデンティティであると考えていた。その信念によって勝ち取れた功績はたくさんある。だが正しさを求めるあまり、いつからか力の抜き方を忘れてしまっていた。

それを思い出させてくれたのは、あせびだ。あせびと遊んで、笑って、たまに甘えてしまったり……あせびのおかげで「正しくあらねば」という強迫観念から、解放された。

「……そうかもな」

「二人とも早く来なよ!」

ユノが呼ぶ。

ああ、と俺は返事をして、ベンチから立ち上がった。

その後も、サニーパークを堪能した。俺が不在にしていた午前の分を埋め合わせするように、ハイペースでアトラクションを回った。たくさん話して、たくさん写真を撮った。青春の一ページをデコレーションするみたいに、面白そうなことに手を出していった。

ユノは、ずっとはしゃいでいた。心の底から楽しんでいるようだった。だからこそ、これから起こるイベントのことを考えると、気が重くなった。

「そういや俺、高いとこ無理だったわ」

観覧車の列に並んでいると、シュウジが言った。

すでに夜だった。星の見えない真っ暗な空から、ちらほらと雪が舞っている。乗り場には屋根があるが、冷たい風が俺たちの元まで雪を運んでいた。

シュウジとネリコに嵌められて、俺はユノと二人で観覧車に乗る。ゴンドラという密室に、二人きり。

「いや〜、参ったね。あいつら、ほんと何考えてんだろ。降りたら説教しなきゃ」

まぁまぁ、と俺はなだめる。

綺麗《きれい》な夜景を見ながら、何気ない談笑で沈黙を満たした。これもうんざりするほど繰り返したシチュエーションだが、やはり最後だと思うと感慨深い。以前までは、気まずくなったりこちらの心労を悟られたりしないよう明るく振る舞っていたが、今は純粋にユノとの会話を楽しむことができた。

　ゴンドラが頂点に近づくと、途端にユノは緊張した表情になった。

「あ、あのさ、カシオ」

　来たか。

　俺は息を呑《の》み、平静を装って「どうした？」と返した。

「あの……実は、前々から言いたいことがあって」

　ユノはガチガチに身体を強張《こわば》らせて俯《うつむ》く。ボリュームのあるツインテールが、静かに垂れ下がった。

「言いたいこと？」

「実は、私……」

　全身を使って言葉を捻り出すように、ユノの肩に力が入る。俺は言葉の続きを待った。急《せ》かすことなく、ただ静かに待ち続けた。

　そしてユノは言う。

「ごめん……やっぱり、今度言うよ」

　今さらなんの驚きもない。何を言いたいかは分かっていたし、いざ口にしたらしたで、返事に困ってしまう。だから今までずっと「無理して言わなくてもいい」と受け流してきた。

だが、今回は違う。

「本当に、言わなくても大丈夫か？」

う、とユノが怯《ひる》んだような声を出す。

「こんなふうに二人きりで話す機会は……今度、いつあるか分からない。俺は、聞けるなら続きを聞きたい」

言ったそばから、先のことを想像して胸が痛んだ。

俺には、他に好きな人がいる。だからユノに告白されても、交際することはできない。それを伝えたら、きっとユノは悲しむ。傷つき、涙を流すかもしれない。それでも、言うべきだろう。ユノの好意を知りながら、素知らぬフリを続けるのは不誠実だから。

……でも、自分から催促しといて振るなんて、あまりにもひどくないか？

ぽつんと湧いた疑問に、思考を引っ張られる。

考えてみれば……たしかにひどい。不誠実？　違うな。ただ、自分が罪の意識から逃れたいだけだ。何もこの状況で、ユノにとって辛《つら》い事実を突きつける必要はない。

さっと頭から血の気が引く。とんでもない間違いを犯してしまったかもしれない。

すまん、やっぱり言わなくていい——慌ててそう言おうとしたら、

「たとえば、なんだけど」

とユノが口を開いた。

「カシオが……宝くじか何かで、百万円を当てたとするでしょ？」

「た、宝くじ？」

なんの脈絡もない単語が飛び出してきて、俺は戸惑った。

「カシオは百万円を手に入れて、舞い上がってるの。それを見た人が、カシオにこう言うんだ。五〇パーセントの確率でその百万円を倍の二百万にしてあげるけど、もう半分の確率で五〇万円にするって……カシオはこの賭けに乗る？」

一体、なんの話だ。ここに来て心理テストか？

意味が分からないが……ユノの目は真剣味を帯びていた。ただのお遊びで話しているわけではない。だから俺も、できるだけ真面目に答えた。

「……乗らないよ。百万円も手に入れば十分だ」

そもそも賭博は違法だ。

「私もそう。それと同じだよ。今日、すっごく楽しかったんだ。みんな部活とかバイトで、なかなか休日に集まれることなかったし。こんなふうに四人で遊園地に行くの、もしかしたらこれで最後かもしんない。だからこそ、台無しにしたくないんだよ」

ユノは顔を上げて、俺の目を見つめた。

「私はもう、百万円以上の幸せが手に入ったからさ。賭けはしたくない……だからごめん、今は何も言えないの。でも、近いうちに必ず言うから。そのときまで、待ってほしい」

切実なお願いに、胸を打たれた。

「……分かった」

ユノは、小さく微笑《ほほえ》んだ。

これが正解なのかは分からない。問題を先送りにしただけにも思える。だけど、少なくともユノは悲しんでいない。ならもう、これでいいんじゃないだろうか。すべてに白黒つける必要はなくて、曖昧《あいまい》でも虚飾があっても、目の前のユノが笑っていられるなら、それで――。

複雑な感情を胸の奥にしまって、俺も笑みを浮かべた。

観覧車を降りたあと、シュウジが顔を寄せてきた。ユノとネリコに聞かれないよう、耳打ちしてくる。

「どうだった?」

「……シュウジ」

俺はシュウジに向き直った。

「今度、相談したいことがあるんだ。その……恋愛のことで」

シュウジは虚を突かれたような顔をした。ちょっと間抜けなくらい驚いている。シュウジのそんな顔を見るのは初めてだった。

シュウジは逡巡《しゅんじゅん》したあと、なぜだか妙に優しい顔をして、俺の肩にポンと手を置いた。

「今度ラーメンでも食いながら話すか」

「……ああ」

コート越しだから体温を感じるわけがないのに、肩に置かれた手はやけに熱く感じられた。

それから四人でナイトパレードを見て、サニーパークを締めくくった。マスコットが全員消えたナイトパレードは実に簡素なもので、本来のそれと比べると、ささやかな余興に過ぎなかった。

ナイトパレードが終わると、俺たちはゲートに向かった。「はー、遊んだ遊んだ」と満足そうに言いながら、ユノが背伸びをする。ゲートを前にして、俺は足を止めた。

「悪い。三人は、先に帰ってくれ」

三人は同時に振り返り、揃《そろ》って困惑の表情を浮かべた。理由を訊かれる前に、自分から説明する。

「俺は……どうしても、ここに残らなきゃいけないんだ。理由はまだ言えない。今度、必ず話す。絶対に約束する。だから、何も訊かずに行ってほしい」

俺は深く頭を下げた。

説明になってないな、と我ながら呆《あき》れる。今までは「急用ができた」とか「体調不良で」とか嘘《うそ》をついて先に帰るフリをしていた。でも、最後だけは嘘をつきたくなかった。

「ど、どういうこと？　そんなこと言われても気になるよ……」

ユノが困ったふうに言った。

胸が痛む。三人とも、俺の大切な友人だ。できることなら一から十まで説明して、ちゃんと納得させたい。だがそれでは時間がかかりすぎるし、余計な心配をかけさせる。今は無理を聞いてもらうしかなかった。

「おいカシオ、頭上げろよ」

言われたとおりに顔を上げると、シュウジが怒った顔で見つめてくる。目つきが鋭い。説明を求めているわけではなく、何かを見定めるような視線だった。俺も目を逸《そ》らさず、必死に頼み込むようにシュウジを見つめ返した。

やがてシュウジは、諦めたようにため息をついた。

「……今度、昼飯奢《おご》ってもらうからな」

そう言って、踵《きびす》を返す。

ユノはあたふたしながら「い、いいの？」とシュウジに声をかけた。

「あいつ、変なとこで頑固なんだよ。今度説明するって言ってるし、まぁいいんじゃねえの」

「ええ～……？」

ユノは慌ただしく俺とシュウジを交互に見た。今、俺に説明を求めるか、シュウジについていくか、二択を迫られ葛藤《かっとう》している。苦悶《くもん》の表情で悩んだ末、ユノは俺のほうを向いてびしっと指さした。

「絶対！　ちゃんと説明してもらうから！」

ああ、と俺は頷《うなず》く。

ユノはシュウジに続いた。その二人に、ネリコは特に迷うことなくついていく。だがゲートを抜ける前に、俺のほうを振り返って、面白そうに笑った。

「理由聞くの、楽しみにしてる」

そうして三人は、ゲートを抜けてサニーパークから退園した。

三人の背中が見えなくなると、俺は全力疾走で観覧車に向かった。時刻は閉園三分前。アトラクションは閉園間際まで受け付けているが、今からだとギリギリだ。観覧車の乗り場が見えてくると、そこに立っていたあせびが俺に気づいて、ぶんぶんと手を振った。

「はやくはやく！」

乗り場にはあせびと数人のキャストしかいなかった。どうやら俺たちが最後らしい。

「すまん！　遅れた！」

滑り込むようにして受け付けを済ませ、俺とあせびはゴンドラに乗り込んだ。

全力疾走したせいで身体が汗ばんでいる。ゆっくりと上昇していくゴンドラのなか、俺はコートを脱ぎ捨てた。

「悪い、シュウジたちを見送ってたら遅くなった」

「も〜、ほんとだよ。キャストさんを説得してクローズ延ばしてもらったんだからね」

「本当にすまん……」

平謝りする。途中からギリギリになりそうだとは感じていたが、シュウジたちと中途半端な形で別れたくなかった。

弁明すべきか悩んでいると、あせびはにこっと笑った。

「うそうそ、気にしてないって。相変わらず真面目だなぁ、カシオくんは」

ホッとする。まぁ、本気で怒っているとは思っていなかったが。

「昼間は何してたんだ？」

「ふつーに遊んでたよ。カシオくんもずっと三人と遊んでたでしょ？　疲れてない？」

「本音を言うと、ちょっと疲れてる。けど頑張るよ、これが最後になるかもしれないからな」

「……そうだね。この景色も、見納めになるかも」

あせびは窓に寄りかかって、外を見た。彼女の吐息が窓を白く染める。ゴンドラの中の気温は、外と大差ない。

あせびにつられて地上に目をやると、市内へ続く一本道に光の点が連なっていた。車のライトが、まるで血管を通る血液のように道に沿って動いている。こちらに向かってくる光よりも、離れていく光のほうが圧倒的に多い。みんな、家に帰ろうとしている。

「あせびはサニーパークから出られたら何かしたいことってあるか？」

「ここから出られたら？　う〜ん……」

何気ない質問だったが、やけに深く考え込んでいた。

「特にはないかなぁ」

「何もないのか？　食べたいものとか、やりたいゲームとか、続きを読みたい漫画とか、いろいろあるだろ」

「そうだなぁ……強《し》いて言うなら、温泉に入りたいかも」

「へえ、いいじゃないか。たしかに、ループが始まってから一度も風呂《ふろ》に入ってないな。俺も銭湯でいいからじっくり肩までお湯に浸かりたい」

「カシオくんはどうなの？　やりたいことある？」

「寿司《すし》を食べたいな、俺は」

「あー、お寿司。ここじゃ食べられないもんね」

「新鮮な海鮮ならなんでもいい。貯金全部使ってくら寿司でドカ食いしたいよ」

そんなことを言っていると腹が減ってきた。だが今夜はもう食事できそうにない。最後の一仕事が終わるまで、我慢しないと。

腹をさすって空腹をごまかしていると、いっくしゅ、とあせびが控えめなくしゃみをした。

「寒いか？　コート貸すぞ」

「別にいいよ。それより私は……」

言いながら立ち上がると、俺の隣に座り、ぐっと肩を寄せてきた。距離感が近いのはいつものことだが、毎度ドキドキさせられる。まるで恋人みたいだ。

——まるで恋人。

俺は静かに自問する。『まるで』でいいのか？

「やっぱあったかいねぇ、カシオくんは」

「……ちょっと汗かいたから、匂うかもしれない」

「そう？　分かんないけどな」

あせびは顔を寄せて、すんすんと身体を嗅《か》ぎ始めた。元々近い距離感がさらに縮まる。二重の意味で恥ずかしかった。だが突き放すこともできず、嗅がれるままにしていた。

ふと、幼い頃に行った動物園のふれあいコーナーを思い出した。自分の背丈ほどあるヒツジが鼻先を近づけてきて、俺の身体を嗅ぎ始めるのだ。俺はドギマギしながら、ヒツジが離れるのを待っていた。あのときと、ちょっと心境が似ている。

ん、と何かに気づいたようにあせびが小さく声を出した。

「カシオくん、唇《くちびる》カサカサだね」

「そ、そうか？」

「ちゃんと保湿したほうがいいよ。笑ったとき血ぃ出ちゃうからね」

あせびはポケットからリップクリームを取り出した。まさか貸してくれるのか？　と一瞬思ったが、あせびは自分の唇に塗り始めた。そりゃそうだ。リップクリームはシェアするようなものではない。

リップクリームを塗り終わると、あせびはこちらを見て、にい、と挑戦的な笑みを浮かべた。

「おすそわけしてあげようか」

「おすそわけ……？」

あせびは上目遣いにこちらをじ〜〜っと見つめてくる。かと思ったら、目を瞑《つぶ》って、顔を近づけてきた。

お、おすそわけってそういうことか⁉　初めてじゃないにせよ、緊張する。ドキドキしながら俺も目を瞑ろうとしたら……。

がり、と鼻を噛《か》まれた。

「痛っ⁉」

目を開けると、あせびは顔を離して「にゃはは」と笑った。

「下心丸出し」

かあ、と顔が熱くなる。は、嵌められた……。

ヒリヒリする鼻を押さえながら、それでも怒る気になれず、あせびにつられて笑った。少々痛みは残るが、嫌《いや》な感じではなかった。

「相変わらずいい反応してくれるね、カシオくんは」

あせびは目尻に滲《にじ》んだ涙を拭《ぬぐ》って、俺の肩にしなだれかかった。あせびの頭から、あせびの匂いとしか言いようのない、いつまでも嗅《か》いでいたい匂いがした。

笑い声が収まると、沈黙が落ちた。窓に吹き付ける風の音と、観覧車の駆動音が、ゴンドラを満たす。

心地のよい静寂だった。

あせびはもそりと身じろぎして、小さく口を開いた。

「終わらなきゃいいのにな」

びゅお、と外で強い風が吹いて、ゴンドラが揺れる。

肩越しに、あせびの身体がわずかに強張《こわば》るのが分かった。

「あせび」

名前を呼んで、俺は隣を向いた。

驚いた顔をするあせびに、はっきりと言う。

「好きだ」

あせびは大きく目を見開いた。

「心の底から好きだ」

だから、と俺は続ける。

「俺と……サニーパークの外でも、付き合ってほしい。あせびと一緒にいさせてほしい。休日に二人で出かけたり、近所で買い物したり……たまには遠出して、水族館とか動物園とかにも行こう。喧嘩《けんか》してもすぐに仲直りできて、いいことがあったら真っ先に報告し合えるような、俺は、あせびと、そういう関係になりたい」

静かな時間が流れた。

あせびは感情の読めない目で俺のことを見ていた。返事を待ち続けていると、すっと俺に手を伸ばし、頬《ほお》に触れた。指先の冷たさで、自分の顔が熱くなっていることを自覚する。

「カシオくんは今、夢を見てるんだね」

「え……？」

「目に映るすべてが鮮やかで、天に昇るみたいに楽しくて、ずっと浸っていたくなるような、そんな夢……だけど」

あせびは、氷が溶けるように笑った。

「目が覚めたら、全部忘れちゃう」

俺は途端に、置いてけぼりを食らったような不安に襲われた。

「すまん、言ってることが……よく、分からない」

「カシオくんのは、ただの吊《つ》り橋効果だよ。一緒にループしてる相手が私じゃなかったら、君はきっとその子に恋をしてるよ。ユノちゃんでも、ネリコちゃんでもね。サニーパークっていう時間の無人島に二人きりでいたら、恋心が芽生えるのは自然なんだ。まぁ、ベタベタしすぎた私にも責任はあるけどね」

頬《ほお》から離れたあせびの手を、俺はほとんど無意識に握った。

「違う。俺は、あせびだから好きになったんだ。それに……もし仮に吊《つ》り橋効果だとしても、なんの問題がある？　この気持ちに嘘《うそ》はない」

あせびは微笑《ほほえ》んだまま、首を横に振った。

「気持ちなんて、場所と脳みその状態で簡単に変わるよ」

「それは……」

大丈夫、とあせびは言った。

「君のことが嫌いになったわけじゃないよ。私が言いたいのは、性急すぎるってこと。付き合うとかどうとかは、外に出てから考えても遅くはないでしょ」

「……」

「そんな顔しないでよ。もし、次の計画が上手くいかなくて、パークから出られなかったら、そのときは……また、恋人らしいことしてあげるからさ」

そう言って、あせびは俺の頭を撫《な》でた。あせびの慰めるような言動に、情けなくなる一方でほのかに心が安らいだ。

頭を優しく撫でつける手の感触は、もう顔も声も覚えていない、母の記憶を刺激した。

観覧車を降りると、キャストに退園するよう見せかけて、プールサイドに身を隠した。

すべてのキャストが撤収すると、俺とあせびはサニーパークをくまなく歩き回った。やることは二つだ。園内の監視カメラをすべて破壊すること。残っている人がいないか確認すること。特に重要なのは後者だ。もし一人でも残っていたら、取り返しのつかないことになる。

本来、夜の宿直室には警備員さんがいて、二三時以降はそこで眠っている。だが今日は上司に偽装したメールを送って、あらかじめ退勤してもらっていた。

数時間かけてカメラの破壊と巡回を終えると、ゴーカート乗り場へと向かった。そこで、俺とあせびは手分けしてすべてのゴーカートからガソリンタンクを取り外した。ガソリンタンクを抱《かか》えて、別々の場所へ向かう。俺はメリーゴーランド、空中ブランコ、コーヒーカップ、バイキング。それらの場所に、ガソリンタンクを置いて回った。扱いには細心の注意を払った。

ガソリンは非常に気化しやすく燃えやすい。五リットル缶一つで、アトラクションを一つ吹き飛ばせるくらいの爆発が起きる。

所定の位置にガソリンタンクを設置し終えると、今度はフードコートでライターを拝借した。

ゲート前の広場に戻ってくる。

夜通し作業して、時刻は午前六時。日の出まで、あと一時間ほど。

俺はあせびのほうを向いた。

「燃やしていいか？」

「いいよ」

俺は生け垣に火を放った。

南国をコンセプトにしているサニーパークは、緑が多く、ヤシの木やシダといった植物が至るところに植えられている。燃やせるものは、いくらでもあった。生け垣に放った火は、他の樹木に引火していく。


動く着ぐるみが出てくる条件は、二つある。


一つは、スペシャルパスを持った人間が二二時を超えてもパークに居座っていた場合。

もう一つは、パークのアトラクションや設備を損壊させようとした場合。

なぜ着ぐるみは俺たちをパークの外に追い出そうとするのか？

長くいたら困るからだ。

物を壊されたら困るからだ。

なら、その困ることをやってやろう。

ヤツらに止められることなく、やり切ってやろう。

それは、サニーパークの神様にとって……スペシャルパスを剥奪《はくだつ》するにふさわしい、殺人と同じくらいの悪行なんじゃないか？

火の手は生け垣から建物に移り、フードコートのほうへと伸びていった。ボンッ！　と大きな爆発音がした。ガソリンタンクが爆発したようだ。フードコートが燃えているのが分かった。あそこで何度も食事を取り、宿直室で眠った。もう二度とあそこで同じことはできない。オレンジ色の炎が、夜を照らす。次に燃えたのはメリーゴーランドだ。再び爆発音。古いアトラクションだからよく燃えた。

火の手はさらに広がっていく。メインストリートのヤシの木が燃え、火柱が立った。引火の連鎖は止まらない。ヤシの木からコーヒーカップと空中ブランコに燃え移る。煙の匂いがして、救護室から持ってきたタオルを鼻に押し当てた。あせびも同じようにした。俺たちは自由なほうの手を握り合った。炎は広がる。風が吹くと、額《ひたい》にわずかな熱を感じた。

まだか？

ギリギリまでここにいる。本当にまずくなったらすぐに背後のゲートから外に出る。まだ、いける。ジェットコースターの乗り場が爆発し、木製のレールが燃えていく。もうもう煙を吐き出しながら、炎はそれ自体が生き物のように、レールの骨組みを飲み込んでいく。下のほうから崩れ始め、べきべきと樹木が折れるような音が響いた。

まだか……？

あせびの、俺の手を握る力が強くなる。震えている。汗で冷たくなって、少しぬめる。火はゲートまでは来ていないが、ここまで燃え広がるのも時間の問題だろう。もしこの計画が失敗したらどうなる？　考えるな。汗がこめかみを伝う。熱い。火が近い。

頼む、何か起こってくれ……！

そう祈った矢先、ジジ、と下から妙な音がした。

あせびと繋《つな》いだ手に視線を落とす。青色のリストバンドが、細い煙を立てていた。

スペシャルパスが、燃えている。

絶対に、何をしても切れ目すら入れられなかった、あのスペシャルパスが、燃えている。

「あ、あせび！　手首！　右の手首！」

「うわっ、なんか燃えてる！」

「今ならちぎれるかもしれない！」

俺はあせびのスペシャルパスを両手で掴んだ。そのまま燃えているところから、引きちぎるように、指先に力を込める。不思議と熱くはなかった。力を込めると、わずかに破れるような感触がした。いけそうだ。爪《つめ》が割れてもいい。あせびのスペシャルパスだけは、絶対に取り外す。

「ふん――――ッ！」

べり、と音がして、スペシャルパスがちぎれた。

輪っかではなく細い紙切れになったスペシャルパスは、俺の手の中で激しく燃え始めた。慌てて地面に落とすと、あっという間に灰になって、さらさらと消えていった。

「カシオくんのも早く！」

「あ、ああ！」

あせびに手伝ってもらいながら、俺も自分のスペシャルパスをちぎり捨てた。

枷《かせ》が消えた。

これで、出られる。

歓喜と興奮に打ち震えた。やっとだ。やっと、終わる。これでもう、悲劇が生まれずに済む。

誰もループの呪縛に囚《とら》われずに済むんだ。

「あせび、出よ――」

突然、あせびに突き飛ばされた。

まったく予期していない衝撃に、俺は横に倒れた。普段の俺なら踏ん張れたし、すぐに起き上がることもできただろう。だがあまりにも唐突だったので、そのまま固まってしまった。

我に返って、俺は倒れたままあせびを見上げる。

「な、何を」

俺は言葉を失った。

着ぐるみが、あせびの腕を掴んでいた。

見たことのない着ぐるみだった。太いくちばしを持つ、カラフルな色合いのデフォルメされた鳥類。こんなヤツ、サニーパークにいなかった。初めて見た。……いや、どこかで見たことがある。古い書類で見たんだ。たしか……そうだ。宿直室のマニュアルだ。あせびが教えてくれた。

名前はたしか、

『オウムのオーガスタス』

『あんまり可愛《かわい》くないよね。何度目かのリニューアルで没になったんだよ』

なんで、没キャラがこんなところに？　どうして今まで隠れていた？　他の着ぐるみと何か違うのか？　分からない。分からないが、とにかく、あせびを救わないと。

俺は立ち上がった。

「お前、離せ！」

「カシオくん……」

泣きそうな顔で、あせびは俺の名前を呼んだ。

次の瞬間。

オーガスタスはくちばしを大きく開いて、あせびを頭から丸呑《の》みにした。一気に腰まで飲み込み、上を向いて、あせびの足がばたつくのも気にせず、ごくんと足先まで飲み込んだ。

脳がフリーズする。

目の前の光景が信じられない。現実感が、まったくない。脳が理解を拒んでいる。

あせびを……食った？

着ぐるみは、俺たちを追い出すだけじゃなかったのか？


——人食い遊園地、ってのがあるんだけどさ。


……ああ。

おかしいと、思っていたんだ。

人食い遊園地の都市伝説は、このループ現象が曲解されて伝わったものだと俺は考えていた。だがそうだとしたら妙だ。ループ現象が発生しているのは、一月七日。その日一日だけ。だが人食い遊園地の都市伝説自体は、前からあった。時系列がおかしいのだ。だから、ループ現象と人食い遊園地は、まったくの無関係だと俺は結論を出した。

違った。

こいつだ。

こいつなんだ。

ループ現象とは別に、人を食う着ぐるみがいるんだ——。

激情が、身体を内側から焼き焦がす。

「お前!!」

俺はオーガスタスに全力でタックルした。しかし倒れない。だが右足の膝《ひざ》裏辺りに手を回して持ち上げると、バランスを崩して後ろに倒れた。柔道の手技の一つ、朽木倒《くちきたおし》だ。

「吐き出させてやる……！」

サッカーボールをコートの端から端まで届かせるくらいの強さで、思いっきり、オーガスタスの頭を蹴り飛ばした。頭はすごい勢いで飛んでいき、首の穴からぽっかりと闇が覗《のぞ》く。

俺はそこに、手を突っ込んだ。

「あせび！」

次の瞬間、重力がひっくり返ったように身体が傾いて——俺は首の穴に吸い込まれた。


「——はっ」

気がつくと、知らない遊園地にいた。

黄昏《たそがれ》色の西日が瞳孔を刺す。夜でもなければ、雪も降っていなかった。ループした直後の感じに似ているが、目の前に広がる光景は、見慣れたゲート前の広場ではない。

今は夕刻のようだ。強い西日が辺りを黄金《こがね》色に染めている。暑さは感じないが、なぜか夏だと直感した。辺りは多くの人で賑《にぎ》わっていて、家族連れや仲睦まじいカップルが目についた。

「なんだ、ここ……」

俺はさっき、着ぐるみに吸い込まれて……それで、どうなった？

困惑しながら、辺りを見渡す。サニーパークに比べると、この遊園地はこぢんまりとしていて、アトラクションが密集している。それに、全体的にレトロな雰囲気を感じた。お化け屋敷、ミラーハウス、百円を入れると動くパンダの乗り物、文化祭みたいな小さなジェットコースター。観覧車はビッグサンの四分の一程度しかなく、ゴンドラは鳥かごのような無骨な形をしていた。

時代錯誤みたいな遊園地だが、周りにいる人は、誰も彼もが心から楽しんでいるようだった。

「なんなんだ、一体……」

後ろを振り返ると、ゲートが見えた。一応、出入り口はある。だがこの遊園地を抜け出す前に、あせびを捜さないと。きっと、ここにいるはずなのだ。どんな物理法則が働いているのかは謎だが、悠長に観察したり分析したりしている暇はない。

ポケットに手を突っ込んでスマホを取り出す。だが当然のように圏外だった。足と声で捜すしかないか。

「おーい、あせび！　どこにいるんだ！　あせび！」

大声で名前を呼びながら園内を歩き回った。普段ならこんな捜し方はしない。今は緊急事態だ。一刻も早く、あせびを見つけ出したかった。

狭い遊園地だから、見回るのに大して時間はかからなさそうだ。だが周りの賑やかさに、声がかき消されそうだった。

ここにいる人たちは、なんなのだろう。実在する人間なのか、幻なのか……いいや、考えるな。今は捜すことに集中しろ。

「おーい、あせびー！」

遊園地の中心には、メリーゴーランドがあった。ただ、よくあるメリーゴーランドとは違っていた。海をモチーフにしているようで、人を跨《また》がらせて回る遊具は、馬や馬車ではなく、イルカや船だ。サニーパークのメリーゴーランドにそっくり……というか、そのものだった。

もしかして、ここはサニーパークなのか？

そういえば、昔のサニーパークはもっと小さかったとあせびから聞いたことがある。リニューアルを繰り返すうちに、遊園地自体が大きくなっていったのだと。改めて周りを見渡してみると、園外の景色に既視感を覚えた。サニーパークは小高い山の上にあるおかげで、園外にビルや電波塔みたいな視界を遮るものがない。ここも同じだった。

昔のサニーパーク……没になった着ぐるみが、理想郷としてこの空間を作り出したのだろうか？

そんなことを考えていると、ノイズのかかった愉快な音楽が流れた。メリーゴーランドが稼働を始めたようだ。回転する遊具のなか、犬耳のカチューシャを着けた高校生くらいの女の子を見つけた。子供たちに混じってイルカに跨がっている。その表情は純真無垢で、実に楽しそうだった。

あせびだった。

「あ、あ、あせび!?」

「あ、カシオくん！　君も乗りなよ！」

「いやっ、おまっ」

メリーゴーランドは回っているから、あせびが離れていく。俺はダッシュで柵《さく》を乗り越え、メリーゴーランドの中に侵入した。間違いなくキャストに怒られるところだろうが、不思議と何も注意されなかった。

「何やってんだ！　早く出るぞ！」

「まぁいいじゃんか。ほら、そこのイルカが空いてるよ。あ、それとも船がよかった？」

「乗るか！　頼むから降りてくれ！」

分かったよ、と言ってあせびは渋々イルカから降りた。なおもメリーゴーランドは回り続けているが、やっぱり、誰も注意しない。みんな目の前のことに夢中で、周りのことなんかどうでもよさそうだった。

あせびを柵の外まで連れ出すと、彼女の手を握ってゲートのほうに向かった。

とりあえず、無事でよかった。あそこから出られるか分からないが、無理そうなら他の出口を――。

手が振りほどかれた。

「私は戻らないよ」

あせびは平然とそう言った。

聞き間違いだろうか、と思って俺は聞き返す。

「戻らないって……？」

「外の世界には、戻らない」

はっきりと聞こえた。それがあせびの冗談であることを祈ったが、彼女は今まで以上に真剣だった。

「ど、どうして……」

「だってさ、ここには観覧車もジェットコースターもあって、みんな好き放題に遊んでて……すごく、居心地がいいんだ。私が知ってるサニーパークのアトラクションよりかは小っちゃいけど、私は満足してる。だから、出たくない」

賑《にぎ》やかな遊園地なのに、俺とあせびの周りだけ空間が切り取られたみたいに音がはっきりと聞こえた。それは比喩というわけではなく、本当に、周りに人がいるのに喧噪《けんそう》が遠くに感じられた。

「そ、そんなこと言わないでくれ……一緒に、外の世界を見よう。温泉に入りたいって、言ってたじゃないか」

「そうだね。でも、外は嫌《いや》」

「どうして」

「消えたくなるからだよ」

あせびは冷たい声でそう言った。

そのとき、理解した。あせびは催眠術か何かにかかっているわけではない。これは本心だ。本心すぎるほどに本心だ。あせびはまだ、サニーパークに閉じこもることを望んでいる。明日を拒み、変わらない今日を求めている。

「……ひどいときは、ただただ消えたくなるんだよ。死にたいんじゃないんだよ。自分の存在そのものを、最初からなかったことにしたくなるんだよ」

「やめてくれ……！　俺がそばにいる。絶対、あせびをそんな気持ちにさせない」

「そんなの、無理に決まってんじゃん」

君は何も分かってないね、とあせびは口元を緩ませた。

「鬱《うつ》の波が来てるときは、目に映るすべてが耐えがたいんだよ。好きだったものまで、嫌いになっていくんだよ。カシオくんに想像できるかな？　道を歩いているだけで、ショッピングモールで買い物するだけで、電車に乗るだけで……周りの人が、自分の正しさを見せつけてくるような気持ちになって」

あせびは、呼吸を挟む。

「生きてるだけで、自分が間違ってることを、思い知らされる」

そんなことはない、あせびは間違っていない。

すぐにでも否定するべきだ。でも、できなかった。あせびが抱《かか》える大きな絶望を前に、腰が引けた。

「これはね、カシオくんのためでもあるんだよ」

「……俺の？」

「君が私のことを大好きなのは分かってるよ。だからこそ、私は君を深みに巻き込んでしまう。一緒にいると、君も地獄を見ることになるよ。私のことを想うあまり、メンタルをヤスリでゴリゴリ削られる毎日が来るよ」

分かってよ、とあせびは懇願するように言う。

「君のことが好きだから、私なんかで消耗してほしくないんだよ」

空気が、張り詰めていく。

何か、言わないと。

硬直を打ち破るように、俺は言う。

「それでも……俺は、まったく構わない。あせびと良いことも悪いことも分かち合いたいんだ」

「私はその良い悪いの比率が一対九くらいなんだよ。今まで君が見てきた私は、その一だった。他の九を見たら、きっと失望する。君が好きな、無駄に明るくてふざけてばかりいるいたずら好きなあせびちゃんには、ほとんど会えないんだよ。そして私は、他の九を君には絶対に見られたくないんだよ……」

「そんなこと……」

「お願いだから、分かって……」

あせびは両手で顔を覆った。ひっく、と嗚咽が指の隙間《すきま》から漏れた。

「楽しい夢を、終わらせないで……」

ひどく怯《おび》えたように震え始め、覆われた顔から涙が滴《したた》った。うう、と唸《うな》りとも声ともつかない音が、あせびから聞こえていた。

「俺は……」

自分に、何ができる。あせびのために、何をしてあげられる？

俺は考えた。必死に頭を回した。でもこれといった案は浮かばなかった。

「……俺は……」

主語が行き先を見失って宙空を漂う。

どうすればいい。

どうすれば。

「……それでも、好きだ」

分からないから、もう、情動のままに、愚直に、ぶつかっていく。

「たしかに、俺は明るいときのあせびしか知らないから、落ち込んでるときの姿を見たら戸惑うかもしれない……でも、それが嫌いになる理由にはならない。俺はあせびの全部を好きになりたいんだ。暗いときのあせびも俺は知りたい」

「ほんといいもんじゃないから……八つ当たりしまくるかもしれないよ」

「俺のほうが強いから大丈夫だ」

「そういう問題じゃないんだってば……」

あせびは顔から両手を離して、すん、と鼻をすすった。目と鼻の先が赤くなっている。

「それに君、身体はともかく、メンタルはそこまで強くないでしょ……」

「これから頑張って強くなるよ」

「メンタルは鍛えられるようなもんじゃないよ……」

「あせびのためならなんだって耐えられるよ。俺は七回も死んだんだぞ？　そこらへんの人よりかは絶対に忍耐はある。それに、俺の諦めの悪さは知ってるだろ」

「でも、そんなの……」

あせび、と名前を呼んで、俺は彼女に抱きついた。強く抱きしめた。身体はなおも小刻みに震えていて、強張《こわば》っている。

「辛《つら》いとき、ずっと支えてくれただろ。本当に、嬉《うれ》しかったんだ。だから恩返しさせてくれよ。サニーパークの中じゃあせびに助けられてばかりだったから、外の世界じゃ俺があせびを助けたいんだ。その機会を、俺に与えてほしい」

「で、でも……」

ぎゅう、とさらに腕に力を込める。あせびを、逃がしてしまわないように。

「好きだ」

噛《か》みしめるように言って、俺は続けた。

「あせびのことが……すごく、好きだ。未来のことは分からなくても、俺の、今の気持ちは、間違いなく本物なんだ。それは誰にも、あせびにだって、否定させない」

でも、でも、とあせびは鼻にかかった声で小さく繰り返していたが、それが止まって、今度は「ううう〜〜〜」と泣き始めた。顔を肩に押しつけて、涙や鼻水を擦《こす》りつけた。俺はあせびの頭を撫《な》でながら、彼女が落ち着くのを待った。だけど、ずっと泣き続けていた。

「……そろそろ行こう」

俺が言うと、あせびはぼろぼろ泣きながら、こくり、と頷《うなず》いた。


あせびとゲートを抜けた瞬間、俺たちはサニーパークに戻った。

まだ日も昇っていない、現実世界のサニーパークだ。正確には、ゲートから園外に一歩出たところに立っていた。後ろを見れば、ごうごうとサニーパークは燃えていて、オウムのオーガスタスが亡骸《なきがら》のように転がっている。あれだけパークからの脱出を願っていたのに、なぜだか嬉しさも達成感もなく、妙な寂しさを感じた。

「ふううぐっ、うぐ、っぐ……」

あせびは、ずっと泣いている。涙で前が見えていないんじゃないか、と思うほどだった。

俺は無言であせびをおんぶした。少しでもあせびの力になりたかった。

ゲートを離れ、駐車場までの道のりを歩く。サニーパークに来たときは、シュウジと、ユノと、ネリコの四人で歩いた道だ。帰り道がこんなことになるなんて、一ミリも想像していなかった。

駐車場を抜けると、山を下り始めた。最寄りの駅まで歩くつもりだ。雪で足を滑らさないよう、慎重に車道の端を歩いた。空は明るみ始めているが、まだ薄暗い。

振り返ると、サニーパークからもくもくと煙が上がっているのが見えた。ここからじゃ火は見えない。鎮火はしていないだろうが、延焼の心配はないだろう。

「うう、ふうっ、うう……」

泣いているあせびに、俺は「大丈夫、大丈夫」と子守歌を聴かせるみたいに、声をかけ続けた。

山を下りたら、一旦《いったん》食事を取ろう。お腹が空いた。サニーパークでは食べられなかった海鮮を山ほど食べたい。だが、早朝から営業している回転寿司《ずし》はたぶんない。選択肢は、ファミレスか、ファストフードか……あとであせびに何を食べたいか訊いておこう。

不意に、地平線がキラリと光った。

まっすぐな朝日が、目に飛び込んでくる。夜明けの輝きは、山の下にある家々の屋根を照らし、凍てついた空気を溶かしていった。

朝だ。

# 終章

長い長い一月が終わり、二月が来た。

車は東京都下の国道を進んでいる。助手席から外を見ると、休日の正午だからか車道は少し混んでいた。時間には余裕を持って出発したので、待ち合わせには十分間に合うだろう。

「蔦元《つたもと》の精神状態は安定している」

と運転席の父が言った。

「拘置所に入った頃はかなり憔悴《しょうすい》していたようだが……今は罪を認めて反省しているそうだ。とはいえ、殺人は重罪。最低でも五年は塀の中だろうな」

「……そうか」

それが長いのか短いのか、俺には判断できない。もう関わりたくない、というのが正直なところだ。罪を償ったあとは、どうか俺の知らない場所で、誰も傷つけず生きてほしい。

俺は手持ち無沙汰《ぶさた》にスマホをいじる。ニュースサイトを閲覧していると、ある記事に目が止まった。

『火災が発生した遊園地。サニーパークはいまだ営業再開の目処が立っておらず、このまま廃園になるとの話も――』

タブを削除した。

サニーパークで過ごした日々が嘘《うそ》みたいに、俺はあっさり日常に順応した。実際の時間に換算すれば一年以上はサニーパークに留まっていたはずだが、思い返してみると現実味を感じられない。なんだか長い夢を見ていたような感傷を覚える。

俺がサニーパークの炎上を引き起こしたことは、ほんの一部の人しか知らない。火を放ったことは決して肯定されるものではないが、後悔はしていなかった。パークから出るためには、必要なことだった。たとえ時間が巻き戻ったとしても、俺は同じことをする。

目的地のファミレスが見えてきた。

車は駐車場に入り、停車する。シートベルトを外すと、運転席の父がこちらを向いた。

「帰りは電車でいいんだな」

「ああ。遅くなるようだったら連絡する」

俺は車から降りた。

「送ってくれてありがとう……父さん」

「気にするな」

ドアを閉めると、車は俺を残して発進した。

ファミレスに入り、辺りを見渡す。まだ来ていないようなので、奥の席に座り、先にドリンクバーだけ注文した。

約束の時間を三分ほど過ぎたところで、キャスケットを被《かぶ》った女の子がやってきた。

「ごめん、待った？」

心臓が高鳴る。

俺は平静を装って、笑みを向けた。

「いや、今来たとこだよ」

あせびは俺の正面に座ると、コートを脱いだ。下は縦縞のニットだった。サニーパークでは下に制服を着ていたので、新鮮に感じられた。

あせびと会うのは、サニーパークを脱出して以来だ。連絡先を知っていたのでやり取りはしていたが、顔を合わせるのはおよそ一か月ぶりとなる。久しぶりに会うあせびは、以前よりも心なし痩せたように見えた。

「昼ご飯食べたか？」

「ううん、まだ」

「俺も。なんか頼むか」

メニューを広げた。俺はオムライス、あせびはカルボナーラとドリンクバーを注文する。

あせびがホットのカフェオレを淹《い》れてくると、俺は「今、どんな感じ？」と曖昧《あいまい》にたずねた。

この言い方でも、あせびにはちゃんと伝わる。

「そんなにかも」

「そんなにか」

「今は平気なんだけど、たぶん、帰ったら反動で丸一日動けなくなると思う。いくら楽しくても、終わったあと、すごく疲れるの。電話でもさ……君と話してるあいだは楽しいんだけど、終わると、急に落ち込んで何もできなくなる。感情の体力が、全然ない感じ」

「感情の体力か。なるほど、上手い言い方だな」

「筋肉みたいに、鍛えられたらいいんだけどね……」

食事がやってきた。

二人で「いただきます」をして、料理に手をつける。特に会話もなく、黙々と食べた。サニーパークにいる頃のあせびは、勝手に人の料理から肉を取ったり調味料をドバドバ入れてきたりしたが、そういういたずらは仕掛けてこなかった。

食事を終え、あせびが紙ふきんで口を拭《ぬぐ》うと、「ごめん」と謝った。突然なので、何かまずいことを言ってしまったんじゃないかと慌てる。

「な、何がだ？」

「こんなこと、言わないほうがいいと思うんだけどさ……」

あせびは少し俯《うつむ》いた。

「私、もう少しサニーパークにいたかったって、どうしても思っちゃうんだ。あそこにいた頃は、意味もなく毎日が楽しくて、すべてがキラキラして見えて……まるで、夢みたいな時間だった」

あせびは、すん、と小さく鼻を啜った。

「元気なときに、もっとカシオくんと遊びたかったな」

今にも泣き出しそうな顔だった。あせびの悲嘆がこちらまで伝わってきて、胸が裂かれるように痛んだ。そしてその悲しみは、俺にも原因がある。

「あせび、手を出して」

「……?」

テーブルの上に出されたあせびの右手を、俺は両手で握った。相変わらず、冷たい手だ。俺とあせびの体温を足して二で割って、平等に振り分けられたらいいのに。

「こうやってじかに触れ合うと、オキシトシンって幸福ホルモンが出るらしいんだ。あせびの手がホカホカになるまで握っとくよ」

「……ありがと」

あせびは少しだけ元気を取り戻したように笑った。

「大丈夫、俺がずっとそばにいる。元気なときにいろんな場所に行こう。遊園地でも、水族館でも……今度は俺が、あせびを楽しませる番だから」

あせびの細くて柔らかい手を、包み込むように握る。するとあせびも、手を握り返してきた。

あせびが毎日健やかに生きられることを祈りながら、俺は繰り返す。

「きっと、大丈夫だ」

それから軽く近況報告し合って、他愛《たわい》のない雑談に花を咲かせた。午後五時を回った頃、俺たちは店を出た。雪こそ降っていないものの、空はどんよりとしていて夜みたいに暗い。帰るにはまだ少し早くて、俺たちは当てもなく歩き続けた。駅を越えて、知らない商店街を抜けて、そして誰もいない小さな公園にたどり着く。

ベンチに座ると、あせびが寄りかかってきた。身体をぴったりくっつけて、俺の肩に頭を載せる。彼女の体温が、匂いが、息遣いが、俺の五感を撫《な》でつけた。会話もなく、ただじっと互いの存在をたしかめ合った。

俺は、静かに目を瞑《つぶ》る。

すると、笑い声が耳元で蘇《よみがえ》った。誰の笑い声かは分からない。でも一人じゃない。二人、三人……もっと大勢いる。子供から大人まで、いろんな人が笑っている。そして笑い声に混じって、メリーゴーランドの明るい音楽が聞こえた。今はなきサニーパークの記憶が、頭の深いところから蘇ってくる。夢を見ているような気分だった。

——カシオくん。

記憶のなかで、あせびが俺を呼ぶ。太陽みたいに眩《まぶ》しい笑みを浮かべて、こちらに手を差し伸べる。

俺は、記憶のなかではなく、隣にいるあせびの手を握った。

# あとがき

ディズニー映画に出てくるヴィランズが、どうしてあれほど傲慢《ごうまん》に振る舞うのか、長いあいだ疑問でした。全員が全員そうというわけではないのですが、基本的に彼らは傲慢で、狡猾《こうかつ》で、どちらかといえば強者です。実力はあるんだからもっと謙虚でいたほうがカッコいいのに、と幼い自分は映画を観《み》ていて思うわけです。でも、次第に理解してきました。人は力を持つと、それを思いっきりぶん回したくなるのだと。

自分の本が映画化されて、たくさん売れると、たまにその実績（と言うのもちょっと傲慢な気がする。売り上げもメディアミックスも作者の力量以外で決まる部分が大きいので）をぶん回したくなるときがあります。こんなにもすごいんだぞ、もっと褒めてくれ、と。何度か欲望に負けて誇示してしまったことがあるのですが、そのあとに襲いかかってくる虚《むな》しさといったら！　なんというか、自分ががきんちょのように思えてしまうのですね。その虚しさに自覚的であるうちはいいと思うのですが、年を取るごとにその辺りの感覚が麻痺《まひ》していくんじゃないかという不安があります。

良くも悪くも、デビュー当初に比べてタフになりました。些細《ささい》なことを引きずって延々と気に病むことは少なくなりましたし、定食屋で発した「すみません」の声が店員さんに届かなくても今では気にしません（これは嘘《うそ》）。それ自体は成長と捉えてもいいでしょう。でも、タフネスと引き換えに、繊細さを失っているんじゃないか？　とたまに考えてしまうのです。悲しいニュースを見て自分のことのように傷ついていたあの頃の自分のほうが、作家としての純度が高かったんじゃないかと。作家にとっての成長って、一体なんなんでしょうか。

以下、謝辞です。

担当編集の濱田《はまだ》様。今回もかなり心労をおかけしてしまった気がします。これは怒られるかもな〜と思いながら毎回電話に出ていました。親身に付き添っていただき感謝です！

くっか先生。ついに四季が揃《そろ》いましたね。春夏秋冬で表紙を並べることを、ずっと楽しみにしていました。一つ夢が叶った気持ちでいます。くっか先生のイラストがあってこその、時と四季シリーズです。本当にありがとうございます！

読者の皆様。お待たせしてしまってすみません！　皆様がいたからこそ、こうして四季を揃えることができました。感謝してもしきれません。今後とも皆様の期待に応えられるよう、全力を尽くして参ります。なので、引き続き見守っていただけたら幸いです。

最後に、刊行に携わられた皆様、そして取材に協力してくださった皆様に多大なる感謝を。

それでは、またお会いしましょう。

二〇二五年　某日　八目迷《はちもくめい》

〈参考文献〉

『これだけは知っておきたい双極症 第3版 ココロの健康シリーズ』 加藤忠史(翔泳社)

また、取材にご協力してくださった浅草花やしき様に、この場をお借りして深くお礼申し上げます。

GAGAGA

ガガガ文庫

# 終わらない冬、壊れた夢の国

八目 迷

発行　2025年4月23日　初版第1刷発行

発行人　鳥光 裕

編集人　星野博規

編集　濱田廣幸

発行所　株式会社小学館
〒101-8001 東京都千代田区一ツ橋2-3-1
[編集]03-3230-9343　[販売]03-5281-3556

カバー印刷　株式会社美松堂

印刷・製本　TOPPANクロレ株式会社


Printed in Japan　ISBN978-4-09-453228-9